# 태평천하

# 태평천하

● 채만식 장편소설 ●

창비

# 차례

**일러두기**

1. 『태평천하(太平天下)』는 1938년 1월부터 9월까지 『조광(朝光)』에 『천하태평춘(天下太平春)』이라는 제목으로 연재되었던 장편소설로, 1940년에 명성사(明星社)에서, 1948년에 동지사(同志社)에서 단행본으로 발간되었다. 이 책은 저자가 생존 시 마지막으로 손질한 1948년 동지사 본을 원본으로 삼았다.

2. 이 작품은 전체적으로 입말과 사투리, 의성어, 의태어가 많고 지문 또한 이야기체로 되어 있어서, 그 특성을 감안해 현행 표기법과 맞춤법을 유연하게 적용했다. 현대어로 고쳐 읽기 편하게 하되 원본과 어감이 다를 경우 되도록 원본을 충실히 반영하고자 했다.

3. 문장부호는 뜻을 해치지 않는 한에서 읽기 편하도록 고쳤다.

4. 책 끝에 낱말 풀이를 달았다.

## 1. 윤직원 영감 귀택지도(歸宅之圖)

추석을 지나 이윽고 짙어가는 가을 해가 저물기 쉬운 어느 날 석양.

저 계동(桂洞)의 이름난 장자〔富者〕 윤직원(尹直員) 영감이 마침 어디 출입을 했다가 방금 인력거를 처억 잡숫고 돌아와 마악 댁의 대문 앞에서 내리는 참입니다.

간밤에 꿈을 잘못 꾸었던지, 오늘 아침에 마누라하고 다툼질을 하고 나왔던지, 아무튼 엔간히 일수 좋지 못한 인력거꾼입니다.

여느 평탄한 길로 끌고 오기도 무던히 힘이 들었는데 골목쟁이로 들어서서는 빗밋이 경사가 진 이십여 칸을 끌어 올리기야, 엄살이 아니라 정말 혀가 나올 뻔했습니다.

이십팔 관, 하고도 육백 몸메!······

윤직원 영감의 이 체중은, 그저께 춘심이 년을 데리고 진고개로

산보를 갔다가 경성우편국 바로 뒷문 맞은편, 아따 무어라더냐, 그 양약국 앞에 놓아둔 앉은뱅이저울에 올라서 본 결과, 춘심이 년이 발견을 했던 것입니다.

이 이십팔 관 육백 몸메를, 그런데, 좁쌀 계급인 인력거꾼은 그래도 직업적 단련이란 위대한 것이어서, 젖 먹던 힘까지 아끼잖고 겨우겨우 끌어 올려 마침내 남대문보다 조금만 작은 솟을대문 앞에 채장을 내려놓곤, 무릎에 들였던 담요를 걷기까지에 성공을 했습니다.

윤직원 영감은 옹색한 좌판에서 가까스로 뒤를 쳐들고, 자칫하면 넘어박힐 듯싶게 휘뚝휘뚝하는 인력거에서 내려오자니 여간만 옹색하고 조심이 되는 게 아닙니다.

"야, 이 사람아……!"

윤직원 영감은 혼자서 내리다 못해 필경 인력거꾼더러 걱정을 합니다.

"……좀 부축을 히여줄 것이지. 그냥 그러구 뻐언허니 섰어야 옳담 말잉가?"

실상인즉 뻐히 섰던 것이 아니라, 가쁜 숨을 돌리면서 땀을 씻고 있었던 것이나, 인력거꾼은 책망을 듣고 보니 미상불 일이 좀 죄송하게 되어, 그래 얼핏 팔을 붙들어 부축을 해드립니다.

내려선 것을 보니, 진실로 거판진 체집입니다.

허리를 안아본다면, 아마 모르면 몰라도 한 아름하고도 반은 실히 될까 봅니다. 그런 데다가 키도 알맞게 다섯 자 아홉 치는 넉넉합니다. 얼핏 알아듣기 쉽게 빗대면, 지금 그가 타고 온 인력거가 장난감 같고, 그 큰 대문간이 들어서기도 전에 사뭇 그들먹합니다.

얼굴도 좋습니다.

거금 삼십여 년 전에, 몇 해를 두고 부안(扶安)·변산(邊山)을 드나들면서 많이 먹은 용(茸)이며 저혈(猪血)·장혈(獐血)이며, 또 요새도 장복을 하는 인삼 등속의 약효로 해서 얼굴은 불콰하니 동안(童顔)이요, 게다가 많지도 적지도 않게 꼬옥 알맞은 수염은 눈같이 희어, 과시 홍안백발의 좋은 풍신입니다.

초리가 길게 째져 올라간 봉의 눈, 준수하니 복이 들어 보이는 코, 뿌리가 추욱 처진 귀와 큼직한 입모, 다아 수부귀다남자(壽富貴多男子)의 상입니다.

나이? …… 올해 일흔두 살입니다. 그러나 시뻐 여기진 마시오. 심장 비대증으로 천식(喘息)기가 좀 있어 망정이지, 정정한 품이 서른 살 먹은 장정 여대친답니다. 무얼 가지고 겨루든지 말이지요.

그 차림새가 또한 혼란스럽습니다. 옷은 안팎으로 윤이 지르르 흐르는 모시 진솔 것이요, 머리에는 탕건에 받쳐 죽영(竹纓) 달린 통영갓〔統營笠〕이 날아갈 듯 올라앉았습니다.

발에는 크막하니 솜을 한 근씩은 두었음 직한 흰 버선에, 운두 새까만 마른신을 조마맣게 신고, 바른손에는 은으로 개 대가리를 만들어 붙인 화류 개화장이요, 왼손에는 서른네 살배기 묵직한 합죽선입니다.

이 풍신이야말로 아까울사, 옛날 세상이었더라면 일도의 방백(一道方伯)일시 분명합니다. 그런 것을 간혹 입이 삐뚤어진 친구는 광대로 인식 착오를 일으키고, 동경·대판의 사탕 장수들은 캐러멜 대장 감으로 침을 삼키니 통탄할 일입니다.

인력거에서 내려선 윤직원 영감은, 저절로 떠억 벌어지는 두루마기 앞섶을 여미려고 하다가 도로 걷어 젖히고서, 간드러지게 허리띠에 가 매달린 새파란 염낭끈을 풉니다.

"인력거 쌕이(삯이) 몇 푼이당가?"

이 이야기를 쓰고 있는 당자 역시 전라도 태생이기는 하지만, 그 전라도 말이라는 게 좀 경망스럽습니다.

"그저 처분해줍사요!"

인력거꾼은 담요로 팔짱 낀 허리를 굽신합니다. 좀 점잖다는 손 님한테는 항투로 쓰는 말이지만, 이 풍신 좋은 어른께는 진심으로 하는 소립니다. 후히 생각해달란 뜻이지요.

"으응! 그리여잉? 그럼, 그냥 가소!"

윤직원 영감은, 인력거꾼을 짯짯이 바라다보다가 고개를 돌리더니, 풀었던 염낭끈을 도로 비끄러맵니다.

인력거꾼은 어쩐 영문인지를 몰라 뚜렛뚜렛하다가, 혹시 외상인 가 하고 뒤통수를 긁적긁적하면서……

"그럼, 내일 오랍쇼니까?"

"내일? 내일 무엇 허러 올랑가?"

윤직원 영감은 지금 심정이 약간 좋지 못한 일이 있는데, 가뜩이 나 긴찮이 잔말을 씹힌대서 저으기 안색이 변합니다.

그러나 이편 인력거꾼으로 당하고 보면, 무엇 하러 오다니, 외상 준 인력거 삯 받으러 오지요라는 것이지만, 어디 무엄스럽게 그런 말을 똑바로 대고 하는 수야 있나요. 그러니 말은 바른대로 하지 못하고, 그래 자못 난처한 판인데, 남의 그런 속도 몰라주고, 윤직 원 영감은 인제는 내 할 말 다아 했다는 듯이 천천히 돌아서 버리 자고 합니다.

인력거꾼은, 이러다가는 여느 때도 아니요, 허파가 터질 뻔한 오 늘 벌이가, 눈 멀뚱멀뚱 뜨고 그만 허사가 되지 싶어, 대체 이 어른 이 어째서 이러는지는 모르겠어도, 그건 어찌 되었든지 간에 좌우간 이렇게 병신스럽게 우물쭈물하고만 있을 일이 아니라고 크게 과단을 내지 않을 수가 없습니다.

"저어, 삯 말씀이올습니다. 헤……"

크게 과단을 낸다는 게 결국은 크게 조심을 하는 것뿐입니다.

"삯?"

"네에!"

"아니 여보소, 이 사람……"

윤직원 영감은 더럭 역정을 내어, 하마 삿대질이라도 할 듯이 한 걸음 나섭니다.

"……자네가 아까 날더러, 처분대루 허라구 허잖있넝가?"

"네에!"

"그렇지?…… 그런디 거, 처분대루 허람 말은 맘대루 허람 말이 아닝가?"

인력거꾼은 비로소 속을 알았습니다.

알고 보니 참 기가 막힙니다. 농도 할 사람이 따로 있지요. 웬만하면, 허허! 하고 한바탕 웃어젖힐 노릇이겠지만, 점잖은 어른 앞에서 그럴 수는 없고 그래 히죽이 웃기만 합니다.

"……그리서 나넌 그렇기 처분대루, 응?…… 맘대루 말이네. 맘대루 허라구 허길래, 아 인력거 삯 안 주어두 갱기찮언 종 알구서, 그냥 가라구 히였지!"

인력거꾼은 이 어른이 끝끝내 농을 하느라고 이러는가 했지만, 윤직원 영감의 안색이며 말씨며 조금도 그런 내색이 보이지 않습니다.

"……거참! ……나는 벨 신통헌 인력거꾼도 다아 있다구, 퍽 얌전허게 부았지! 늙은 사람이 욕본다구, 공으루 인력거 태다주구 허넝 게 쟁히 기특허다구. 이 사람아, 사내대장부가 그렇기 그짓말을 식은 죽 먹듯 헌담 말잉가? 일구이언은 이부지자(一口二言 二父之子)라네. 암만히여두 자네 어매가 행실이 좀 궂었덩개비네!"

인력거꾼쯤이니 일구이언은 이부지자라는 공자님 식〔孔子式〕의 욕이야 알아듣지 못했겠지만, 자네 어매가 행실이 궂었덩개비네 하는 데는 슬며시 비위가 상하지 않을 수가 없습니다. 실상 그렇지 않아도 인력거 삯을 주지 않으려고 농인지 진상인지는 모르겠으되, 쓸데없는 승강이를 하려 드는 게 심정이 좋지 않은 참인데, 게다가 한술 더 떠서, 이건 한다는 소리가 거짓말을 한다는 둥, 또 죽은 부모를 편사 놈이 널〔棺〕머리 들먹거리듯 들먹거리는 데야 누군들 좋아할 이치가 있다구요.

사실 웬만한 내기가 인력거를 타고 와설랑, 납작한 초가집 앞에서 그따위 수작을 했다가는 인력거꾼한테 되잡혀 가지곤 뺨따구니나 한 대 넙죽하니 얻어맞기가 십상이지요.

"점잖은 어른께서 괜히 쉰네 같은 걸 데리구 그리십니다!……어서 돈짱이나 주어 보냅사요! 헤……"

인력거꾼은 상하는 심정을 눅이고 종시 공순합니다. 그러나 그 돈짱이란 말이 윤직원 영감한테는 저 히틀러라든지 하는 덕국 파락호(破落戶)의 폭탄선언이라는 것만큼이나 놀라운 말입니다.

"머어? 돈짱? ……돈짱이 무어당가? 대체……"

"일 환 한 장 말씀입죠! 헤……"

남은 기가 막혀서 하는 말을, 속없는 인력거꾼은 고지식하게 언해(諺解)를 달고 있습니다.

"헤헤, 나 참, 세상으 났다가 벨일 다아 보겄네! ……아니 글씨, 안 받어두 좋 드키 처분대루 허라던 사람이, 인제년 마구 그냥 일

원을 달래여? 참 기가 맥히서 죽겠네…… 그만두소. 용천배기 콧
구녕서 마널씨를 뽑아 먹구 말지, 내가 칙살시럽게 인력거 공짜
루 타겄넝가! …… 을매 받을랑가? 바른대루 말허소!"

인력거꾼은 괜히 돈 몇십 전 더 얻어먹으려다가 짜장 얻어먹지
도 못하고 다른 데 벌이까지 놓치지 싶어, 할 수 없이 오십 전을 불
렀습니다. 그러나, 윤직원 영감은 여전합니다.

"아니, 이 사람이 시방 나허구 실갱이(승강이)를 허자구 이러넝
가? 권연시리(괜시리) 자꾸 쓸디읎넌 소리를 허구 있어!…… 아
이 사람아, 돈 오십 전이 뉘 애기 이름인 종 아넝가?"

"많이 여쭙잖습니다. 부민관서 예꺼정 모시구 왔는뎁쇼!"

"그러닝개 말이네. 고까짓 것 엎어지면 코 달 년의 디를 태다주
구서 오십 전씩이나 달라구 허닝개 말이여!"

"과하게 여쭙잖었습니다. 그리구 점잖은 어른께서 막걸리 값이
나 나우 주서야 허잖겠사와요?"

윤직원 영감은 못 들은 체하고, 모로 비스듬히 돌아서서, 아까
풀었다가 도로 비끄러맨 염낭끈을 다시 풀더니, 이윽고 십 전박이
두 푼을 꺼내 가지고, 그것을 손톱으로 싸악싹 갓을 긁어봅니다.
노상 사람이란 실수를 하지 말란 법이 없는 법이라, 좀 일은 되더
라도 이렇게 다시 한 번 손질을 해보면, 가사 십 전짜린 줄 알고 오
십 전짜리를 잘못 꺼냈더라도, 톱날이 있고 없는 것으로, 아주 적
실하게 분별을 할 수가 있는 것이니까요.

"옜네…… 꼭 십오 전만 줄 것이지만, 자네가 하두 그리싸닝개
이십 전을 주넝 것이니, 오 전을랑 자네 말대루 막걸리를 받어 먹
든지, 탁배기를 사 먹든지 맘대루 허소. 나넌 모르네!"

"건 너무 적습니다."

"즉다니, 돈 이십 전이 즉담 말인가? 이 사람아 촌으로 가면 땅이 열 평이네, 땅이 열 평이여!"

인력거꾼은, 그렇거들랑 그거 이십 전 가지고 촌으로 가서 땅 열평 사놓고서 삼대 사대 빌어먹으라고 쏘아 던지고서 홱 돌아서고 싶은 것을, 그러나 겨우 참습니다.

"십 전 한 푼만 더 줍사요. 그리고 체두 퍽 무거우시구 허셨으니깐, 헤……"

"아니, 이 사람이 인제년 벨 트집을 다아 잡을라구 허네! 이 사람아, 그럴 티면 나년 이 큰 몸집으루 자네 그 쬐외깐헌 인력거 타니라구 더 욕을 부았다네. 자동차나 기차나, 몸 무겁다구 돈 더 받년 디 부았넝가?"

"헤헤, 그렇지만……"

"어쩔 티여? 이것 받어 갈랑가? 안 받어 갈랑가? 안 받어 간다면 나 이놈으루 괴기 사다가 야긋야긋 다져서 저녁 반찬이나 히여 먹을라네."

"거저 십 전 한 푼만 더 쓰시면 허실 걸, 점잖어신 터에 그리십니다!"

"즘잖? 이 사람아 그렇기 즘잖을라다가넌 논 팔어먹겄네!…… 에잉, 그거참! 그런 인력거꾼 두 번만 만났다가넌 마구 감수(減壽) 허겄다!……"

이 말에 인력거꾼이 바른대로 대답을 하자면, 그런 손님 두 번만 만났다가는 기절하겠다고 하겠지요.

윤직원 영감은 맸던 염낭끈을 또 도로 풀더니, 오 전박이 한 푼을 더 꺼냅니다. 이 오 전은 무단스레 더 주는 것이거니 생각하면 다시금 역정이 나고 돈이 아까웠지만, 인력거꾼이 부둥부둥 떼를 쓰는 데는 배겨낼 수가 없다고, 진실로 단념을 한 것입니다.

"……거참!…… 옜네! 도통 이십오 전이네. 이제넌 자네가 내 허리띠에다가 목을 매달어두, 쇠천 한 푼 막무가낼세!"

인력거꾼은 윤직원 영감이 말도 다 하기 전에 딸그랑하는 대소 백통화 서 푼을 그 육중한 손바닥에다가 받아 쥐고는, 고맙다고 하는지 무어라고 하는지, 분명찮게 입 안의 소리로 두런거리면서, 놓았던 인력거 채장을 집어 들고 씽하니 가버립니다.

"에잉! 권연시리 그년의 디를 갔다가 그놈의 인력거꾼을 잘못 만나서 실갱이를 허구, 애맨 돈 오 전을 더 쓰구 히였구나! 고년 춘심이 년이 방정맞게 와서넌 명창 대휘(名唱大會)지 급살인지 헌다구, 쏘사악쏘삭허기 때미 그년의 디를 갔다가……"

윤직원 영감은 역정 끝에 춘심이더러 귀먹은 욕을 하던 것이나, 그렇지만 그건 애먼 탓입니다. 왜, 부민관의 명창 대회를 무슨 춘심이가 가자고 해서 갔나요? 춘심이는 그저 부민관에서 명창 대회를 하는데, 제 형 운심이도 연주에 나간다고 자랑 삼아 재잘거리는 것을, 윤직원 영감 자기가 깜짝 반겨선, 되레 춘심이더러 가자가자 해서 꾀어가지고 갔으면서……

사실 말이지, 춘심이가 그런 귀띔을 안 해주었으면 윤직원 영감은 오늘 명창 대회는 영영 못 가고 말았을 것이고, 그래서 다음날이라도 그걸 알았으면 냅다 발을 굴렀을 것입니다.


## 2. 무임승차 기술

윤직원 영감은 명창 대회를 무척 좋아합니다. 아마 이 세상에 돈만 빼놓고는 둘째가게 그 명창 대회란 것을 좋아할 것입니다.

윤직원 영감은 본이 전라도 태생인 관계도 있겠지만, 그는 위낙 남도소리며 음률 같은 것을 이만저만찮게 좋아합니다.

그렇게 좋아하는 깐으로는, 일 년 삼백예순 날을 밤낮으로라도 기생이며 광대며를 사랑으로 불러다가 듣고 놀고 하고는 싶지만, 그렇게 하자면 일왈 돈이 여간만 많이 드나요!

아마 일 년을 붙박이로 그렇게 하기로 하고, 어느 권번이나 조선 음악연구회 같은 데 교섭을 해서 특별 할인을 한다더라도 하루에 소불하 십 원쯤은 쳐주어야 할 테니, 하루에 십 원이면 한 달이면 삼백 원이라, 그리고 일 년이면 삼천…… 아유! 그건 윤직원 영감 으로 앉아서는 도무지 생각할 수도 없게시리 큰 돈입니다. 천문학 적 숫자란 건 아마 이런 경우에 써야 할 문잘걸요.

한즉, 도저히 그건 아주 생심도 못할 일입니다.

그런데 그거야말로 사람 살 곳은 골골마다 있다든지, 윤직원 영 감의 그다지도 뜻 두고 이루지 못하는 대원(大願)을 적이나마 풀 어주는 게 있으니, 라디오와 명창 대회가 바로 그것입니다. 이완 (李浣)이 대장으로 치면 군산(群山)을 죄꼼은 깎고, 계수를 몇 가 지 벤 만큼이나 하다 할는지요. 윤직원 영감은 그래서 바로 머리맡 연상(硯床) 위에 삼 구(三球)짜리 라디오 한 세트를 매두고, 그걸 금이야 옥이야 하면서 방송국의 마이크를 통해 오는 남도소리며, 음률 가사 같은 것을 듣고는 합니다.

장죽을 기다랗게 물고는 보료 위에 편안히 드러누워 좋다! 소리 를 연해 쳐가면서 즐거운 그 음악 소리를 듣노라면, 고년들의 이쁘 게 생긴 얼굴이나 광대들의 거동이 눈에 보이지 않아서 유감은 유 감이지만, 그래도 좋기야 참 좋습니다.

라디오를 프로그램대로 음악을 조종하는 소임은 윤직원 영감의 차인 겸 비서 겸 무엇 겸 직함이 수두룩한 대복(大福)이가 맡아 합니다.

　혹시 남도소리나 음률 가사 같은 것이 없는 날일라치면 대복이가 생으로 벼락을 맞아야 합니다.

　"게, 밥은 남같이 하루에 시 그릇썩 먹으면서, 그래, 어떻기 사람이 명청허면, 날마당 나오던 소리를 느닷읎이 못 나오게 헌담 말잉가?"

　이러한 무정지책에 대복이는 유구무언, 머리만 긁적긁적합니다. 하기야 대복이도 처음 몇 번은 방송국에서 프로그램을 그렇게 정했으니까, 집에 앉아서야 라디오를 아무리 주물러도 남도소리는 나오지 않는 법이라고 변명을 했더랍니다.

　한다 치면, 윤직원 영감은 더럭……

　"법이라께? 그런 개× 같은 놈의 법이 어딨당가? ……권연시리 시방 명청허다구 그러닝개, 그 말은 그리두 고까워서 남한티다가 둘러씌니라구?…… 글씨 어떤 놈의 소리가 금방 엊저녁까지 들리던 소리가 오널사 말구 시급스럽게 안 들리넝고? 지상(妓生)이랑 재인 광대가 다아 급살 맞어 죽었다덩가?"

　이렇게 반찬 먹은 고양이 잡도리하듯 지청구를 하니, 실로 죽어나는 건 대복입니다. 방송국에서 한동안, 꼭 같은 글씨로, 남도소리를 매일 빼지 말고 방송해 달라는 투서를 수십 장 받은 일이 있습니다.

　그게 뉘 짓인고 하니, 대복이가 윤직원네 영감한테 지청구를 먹고는 홧김에 써보고, 핀잔을 듣고는 폭폭하여 써 보내고 하던, 그야말로 눈물의 투서였던 것입니다.

윤직원 영감의 불평은 그러나 비단 그뿐이 아닙니다. 소리를 기왕 할 테거든 두어 시간이고 서너 시간이고 붙박이로 하지를 않고서, 고까짓 것 삼십 분, 눈 깜짝할 새 감질만 내다가 그만둔다고, 그래서 또 성홥니다.

물론 투정이요, 실상인즉 혼자 속으로는 그놈의 것 돈 십칠 원 들여서 사놓고 한 달에 일 원씩 내면서 그 재미를 다 보니, 미상불 헐키는 헐타고 은근히 좋아하지 않는 것은 아닙니다.

그렇지만 또 막상 청취료 일 원야라를 현금으로 내주는 마당에 당해서는 라디오에 대한 불평 겸 돈 일 원이 못내 아까워서,

"그까짓 놈의 것이 무엇이라구 다달이 돈을 일 원썩이나 또박또박 받어 간다냐?"

"그럴 티거든 새달버텀은 그만두래라!"

이렇게 강짜를 하기를 마지않습니다.

라디오는 그리하여 아무튼 그러하고, 그다음이 명창 대홉니다.

기생이며 광대가 가지각색이요, 그래서 노래도 여러 가지려니와 직접 눈으로 보면서 오래오래 들을 수가 있기 때문에, 감질나는 라디오보다는 그것이 늘 있는 게 아니어서 흠은 흠이지만, 그때그때만은 퍽 생광스럽습니다. 딱히 윤직원 영감의 소원 같어서는, 그런즉슨 명창 대회를 일 년 두고 삼백예순 날 날마다 했으면 좋을 판입니다.

이렇듯 천하에 달가운 명창 대횐지라, 서울 장안에서 언제고 명창 대회를 하게 되면 윤직원 영감은 세상없어도 참례를 합니다. 만일 어느 명창 대회에 윤직원 영감이 참례를 못 한 적이 있다면 그것은 대복이의 태만입니다.

대복이는 멀리 타관에를 심부름 가고 있지 않는 이상 매일같이

골목 밖 이발소에 나가서 라디오의 프로그램과 명창 대회나 조선 음악연구회 주최의 공연이 있는지를 신문에서 찾아내야 합니다.

대복이가 만일 실수를 해서 윤직원 영감한테 그것을 알으켜드리지 못한 결과 혹시 한 번이라도, 그 끔찍한 굿(구경)에 참례를 못하고서 궐을 했다는 사실을 윤직원 영감이 추후라도 알게 되는 날이면, 그때에는 대복이가 집안 가용을 지출하는 데 있어서(가령 두 모만 사야 할 두부를 세 모를 사기 때문에) 돈을 오 전가량 요외로 더 지출했을 때만큼이나 벼락같은 꾸중을 듣게 됩니다.

아무튼 그만큼이나 좋아하는 명창 대회요, 그래 오늘만 하더라도 낮에는 한시부터 시작을 한다는 걸 윤직원 영감이 춘심이를 앞세우고 댁에서 나선 것이 열한시 반이 채 못 되어섭니다.

"글쎄 이렇게 일찍 가서 무얼 해요? 구경터에 일찍 가서 우두커니 앉았는 것두 꼴불견인데……"

앞서 가던 춘심이가 일껏 잘 가다가 말고 히뜩 돌아서더니, 한참 까부느라고 이렇게 쫑알거리던 것입니다.

윤직원 영감은 허연 수염을 한번 쓰다듬으면서 헤벌씸 웃습니다.

"저년이 또 초라니치름 까분다!…… 그러지 말구, 어서 가자, 가아!"

윤직원 영감이 살살 달래니까 춘심이는 다시 돌아서서 아장아장 걸어갑니다.

아이가 얼굴이 남방 태생답잖게 갸로옴한 게, 또 토끼 화상이 아니라도, 두 눈은 또렷, 코는 오뚝, 입술은 오뭇, 다 이렇게 생겨놔서 대단히 야무집니다. 그렇게 야무지게 생긴 제값을 하느라고 아이가 착실히 좀 까불구요.

나이가 아직 열다섯 살이라, 얼굴이 피지는 않았어도 보고 듣는 게 그런 탓으로 몸매하며 제법 계집애 꼴이 박혔습니다.

머리를 늘쩡늘쩡 땋아 내려, 자주 댕기를 들인 머리채가 방둥이에서 유난히 치렁치렁합니다. 그러나 이 머리는 알고 보면 중동을 몽땅 자른 단발머리에다가 다래를 들인 거랍니다. 앞머리는 좀 자르기도 하고 지져서 오그려 붙이기도 하고 군데군데 핀을 꽂았습니다.

빨아서 분홍 물을 들인 흘게 빠진 생수 깨끼적삼에 얼쑹덜쑹한 주릿대 치마를 휘걷어 넥타이로 질끈 동인 게 또한 제격입니다.

살결보다는 버짐이 더 많이 피고, 배내털이 숭얼숭얼해서 분을 발랐다는 게 고루 먹지를 않고, 어루러기가 진 것 같습니다.

이만하면 어디다가 내놓아도 대광교 천변가로 숱해 많이 지나다니는 그런 모습의 동기(童妓)지, 갈데없습니다. (그러나 그렇다고 깔보지는 마십시오. 그래 보여도 그 애가 요새 그 연애를 한답니다.)

춘심이는 윤직원 영감이 달래는 대로 한동안 앞을 서서 찰래찰래 가고 있다가 무슨 생각이 났는지 또 히뜩 돌려다보면서,

"영감님!"

하고 뱅글뱅글 웃습니다. 이 애는 잠시라도 까불지 못하면 정말 좀이 쑤십니다.

"무어라구 또 촐랑거리구 싶어서 그러냐?"

"이렇게 일찍 가는 대신 자동차나 타고 갑시다, 네?"

"자동차?"

"내애."

"그리라, 젠장맞일⋯⋯"

춘심이는 윤직원 영감이 섬뻑 그러라고 하는 게 되레 못 미더워

서 짯짯이 얼굴을 올려다봅니다. 아닌 게 아니라, 히물히물 웃는
게 장히 미심쩍습니다.

"정말 타구 가세요?"

"그리어! 이년아."

"그럼, 전화 빌려서, 자동차 불러예죠?"

"일부러 안 불러도, 죄꼼만 더 가면, 저기 있단다."

"어디가 있어요! 안국동 네거리까지 가야 있는걸."

"게까지 안 가두 있어!"

"없어요!"

"있다!…… 뻔쩍뻔쩍허게 은칠헌 놈, 크다란 자동차……"

"어이구 참! 누가 빠쓰 말인가, 뭐……"

춘심이는 고만 속은 것이 분해서 뾰롱해가지고 쫑알댑니다.

"빠쓸 가지구, 아주 자동차래요!"

"자동차라두 그놈이 여니 자동차보담 더 비싸다, 이년아!"

"오 전씩인데 비싸요!"

"타는 차 값 말이간디? 그놈 사 올 때 값 말이지……"

윤직원 영감은 재동 네거리 버스 정류장에서 춘심이와 같이 버
스를 기다립니다. 때가 아침저녁의 러시아워도 아닌데 웬일인지
만원 된 차가 두 대나 그냥 지나가 버립니다. 그러더니 세 대째 만
에, 그것도 여간 붐비지 않는 걸, 들이 떠밀고 올라타니까 버스 걸
이 마구 울상을 합니다.

윤직원 영감은 자기 혼자서 탔으면 꼬옥 알맞을 버스 한 채를 만
원 이상의 승객과 같이 탔으니 남이야 어찌 되었든 간에 윤직원 영
감 당자도 무척 고생입니다. 그럴 뿐 아니라, 갓을 버스 천장에다
가 치받치지 않으려고 허리를 꾸부정하고 섰자니, 공간을 더 많이

차지해야 됩니다. 그 대신 춘심이는 윤직원 영감의 겨드랑 밑에 가 박혀 있어 만약 두루마기 자락으로 가리기만 하면 찻삯은 안 물어도 될 성싶습니다.

겨우겨우 총독부 앞 종점에 당도하여 다들 내리는 데 섞여 윤직원 영감도 춘심이로 더불어 내리는데, 버스에 탔던 사람들은 기념이라도 하고 싶은 듯이 제가끔 한 번씩 치어다보고 갑니다.

윤직원 영감은 버스에서 내려서 대견하게 숨을 돌린 뒤에, 비로소 염낭끈을 풀어 천천히 돈을 꺼낸다는 것이 십 원짜리 지전입니다.

"그걸 어떡허라구 내놓으세요? 거스를 돈 없어요!"

여차장은 고만 소갈머리가 나서 보풀떨이를 합니다.

"그럼 어떡허넝가? 이것두 돈은 돈인디……"

"누가 돈 아니래요? 잔돈 내세요!"

"잔돈 읎어!"

"지끔 주머니 속에서 잘랑잘랑 소리가 나든데 그리세요? 괜히……"

"으응, 이거?……"

직원 영감은 염낭을 흔들어 그 잘랑잘랑 소리를 들려주면서,

"……이건 못 쓰넌 돈이여, 사전이여…… 정, 그렇다면 못 쓰넌 돈이라두 그냥 받을 티여?"

하고 방금 끈을 풀려고 하는 것을, 여차장은 오만상을 찡그리고는,

"몰라요! 속상해죽겠네…… 어디꺼정 가세요?"

하면서 참으로 구박이 자심합니다.

"정거장."

"그럼, 전차에 가서 바꾸세요!"

"그러까?"

잔돈을 두어두고도 십 원짜리를 낸 것이며, 부청 앞에서 내릴 테면서 정거장까지 간다고 한 것이며가 모두 요량이 있어서 한 짓입니다.

무사히 공차를 탄 윤직원 영감은 총독부 앞에서부터는 춘심이를 앞세우고 부민관까지 천천히 걸어서 갑니다.

"좁은 뽀수 타니라구 고생헌 값을 이렇기 도루 찾는 법이다."

그는 이윽고 공차 타는 기술을 춘심이한테도 깨우쳐주던 것인데, 그런 걸 보면 아마 청기와 장수는 아닌 모양입니다.


## 3. 서양국 명창 대회

중로에서 그렇듯 많이 충그리고 길이 터지고 했어도, 회장에 당도했을 때는 부민관 꼭대기의 큰 시계가 열두시밖에는 더 되지 않았습니다.

입장권을 사기 전에 윤직원 영감과 춘심이 사이에는 또 한바탕 상지(相持)가 생겼습니다.

윤직원 영감은 춘심이더러, 네 형이 출연을 한다면서 무대 뒷문으로 제 형을 찾아 들어가 공짜로 구경을 하라고 시키던 것입니다. 그러나 춘심이는, 암만 그렇더라도 저도 윤직원 영감을 따라왔고, 그래서 버젓한 손님이니까 버젓하게 표를 사가지고 들어가야 말이지, 누가 치사하게 공구경을 하느냐고 우깁니다.

그래 한참이나 서로 고집을 세우고 양보를 않던 끝에, 윤직원 영감은 슬며시 십 전박이 두 푼을 꺼내서 춘심이 손에 쥐여 주면서 살살 달랩니다.

"옜다. 이놈으루 군밤이나 사 먹구, 귀경은 공으루 들여달라구
히여. 응? ……그렇게 허먼 너두 좋구 나두 좋구 허지?"

한여름에도 아이들한테 돈을 주려면 군밤 값이라는 게 윤직원
영감의 보캐블러리입니다.

춘심이는 군밤 값 이십 전에 할 수 없이 매수가 되어 마침내 타
협을 하고, 먼저 무대 뒤로 해서 들어갔습니다.

윤직원 영감은 넌지시 오십 전을 내고 하등 표를 달라고 해서 홍
권(紅券)을 한 장 샀습니다. 그래 가지고는 아래층 맨 앞자리의 맨
앞줄에 가서 처억 앉으니까, 미상불 아무도 아직 들어오지 않았고,
갈데없이 첫쨉니다.

조금 앉았노라니까, 아마 윤직원 영감의 다음은 가게 날샌 사람
이었던지, 한 사십이나 되어 보이는 양복 신사 하나가 비로소 들어
오더니, 역시 맨 앞줄을 골라 앉습니다.

그 양복 신사는 웬일인지 처음 들어오면서부터 윤직원 영감을
연해 흥미 있게 보고 또 보고 해쌓더니, 차차로 호기심이 더하는
모양, 필경은 자리를 옮아 옆으로 바싹 와서 앉습니다. 그러고는
잠시 앉아서 윤직원 영감에게 말 없는 경의를 표한다고 할까, 아무
튼 몹시 이야기를 붙여보고 싶어 하는 눈치더니 마침내,

"이번에 인기가 굉장헌 모양이지요?"

하고 은근 공손히 말을 청합니다. 그러나 윤직원 영감으로 보면 인
기란 말이 무슨 뜻인지도 모르거니와, 또 낯모를 사람과 쓰잘데없
이 이야기를 할 맛도 또한 없는 것이라 그저,

"예에!"

하고 건성으로 대답을 할 뿐입니다.

양복 신사 씨는 좀 싱거웠던지, 잠깐 덤덤하더니 한참 만에 또,

"거 소릴 얼마나 공불 허면 그렇게 명창이 되시나요?"

하고 묻는 것입니다. 윤직원 영감은 별 쑥스런 사람도 다 보겠다고, 귀찮게 여기며 아무렇게나……

"글씨…… 나두 몰루."

"헤헤엣다, 괜히 그리십니다!"

"무얼 귀녀언이 그런다구 그러우?…… 나넌 소리를 좋아넌 히여두 소리를 헐 줄은 모르넌 사램이요!"

"괘애니 그리세요! 명창 이동백(李東伯) 씨가 노래헐 줄 모르신다면 누가 압니까?"

원 이럴 데가 있습니까! 어쩌면 윤직원 영감더러 광대 이동백이라고 하다니요!

윤직원 영감은 단박 분하고 괘씸하고 창피하고 뭐, 도무지 어떻다고 형언할 수가 없습니다. 아무리 예법이 없어진 오늘이라 하더라도, 만일 그 자리가 그 자리가 아니고 계동 자기네 댁만 같았어도, 이놈 당장 잡아 내리라고 호령을 한바탕 했을 겝니다.

그러나 산전수전 다 겪고 칼날 밑에서와 총부리 앞에서 목숨을 내걸어 보기 수없던 윤직원 영감입니다. 또 시속이 어떻다는 것이며, 그래 아무 데서고 함부로 잘못 호령깨나 하는 체하다가는 괜히 되잡혀서 망신을 하는 수가 있다는 것도 잘 알고 있습니다.

윤직원 영감은 속을 폭신 삭여가지고 자기 손에 쥔 표를 내보이면서, 나도 이렇게 구경을 왔노라고 점잖이 깨우쳐주었습니다. 그랬더니 양복 신사 씨는 윤직원 영감이 생각한 바와는 딴판으로 백배사죄도 않고 그저, 아 그러냐고 실례했다고 고개만 한 번 까댁합니다. 윤직원 영감은 그게 다시 괘씸했으나 참은 길이라 그냥 눌러

참았습니다.

그럴 때에 마침 또 다른 양복쟁이가 하나가 나타났습니다. 윤직원 영감한테는 갖추 불길한 날입니다.

그 양복쟁이는 옷깃에다가 가화(假花)를 꽂은 양이, 오늘 여기서 일 서두리를 하는 사람인가 본데, 우연히 지나가다가 윤직원 영감이 홍권을 사가지고 어엿하게 백권석에 앉아 있는 것을 발견했던 것입니다. 그는 그 붉은 입장권을 보지 못했었다면 설마 이 풍신 좋은 양반이 홍권을 가지고 백권석에 들어앉았으랴는 의심이야 내지도 않았겠지요.

"저어, 여긴 백권석입니다. 저 위칭으로 가시지요!"

양복쟁이는 좋은 말로 이렇게 간섭을 합니다. 그러나 윤직원 영감은 백권석이란 신식 문자는 모르되 이층으로 가라는 데는 자못 의외였습니다.

"왜 날더러 그리 가라구 허우?"

"여긴 백권석인데요, 노인은 홍권을 사셨으니깐 저 위칭 홍권석으루 가셔야 합니다."

"아니…… 이건 하등 표요! 나넌 돈 오십 전 주구 하등 표 이놈 샀어! 자, 보시요!"

"그러니깐 말씀입니다. 노인 말씀대루 하면 여긴 상등이거든요. 그런데 노인께선 하등 표 사가지구 이 상등에 앉았으니깐, 저 하등 석으루 올라가시란 말씀입니다."

"예가 상등이라? 그러구 저 높은 디 이칭이 하등이라?"

"네에."

"아니, 여보? 그래, 그런 법이 어디가 있담 말이요? 높은 디가 하등이구 나찬 디가 상등이라니! 나넌 칠십 평생으 그런 말은 츰

26

듣겠소!"

"그래두 그렇잖습니다. 여기선 예가 상등이구, 저 이칭이 하등입니다."

"거참! 그럼, 예는 우리 죄선(朝鮮) 아니구 저어 서양국(西洋國)이요? 그렇길래 이렇기 모다 꺼꾸로 되지?"

"허허허허. 그렇지만 신식은 다아 그렇답니다. 그러니 정녕 이 자리에서 구경을 허시겠거던 돈을 일 원 더 내시구 백권을 사시지요?"

"나넌 그럴 수 없소! 암만 그리두, 나넌 예가 하등이닝개루, 예서 귀경헐라우!"

우람스러운 몸집과 신선 같은 차림을 하고서, 애기처럼 응석을 부리는 데는 서두리꾼도 어리광을 받아주는 양 짐짓 지고 말아, 윤직원 영감은 마침내 홍권으로 백권석에서 구경을 했습니다.

실상 윤직원 영감은 위정 그런 어거지를 쓴 것은 아닙니다. 꼭 극장만 여겨서 아래층이 하등인 줄 알았던 것입니다.

윤직원 영감의 처음 몇 번의 경험에 의하면, 명창 대회는 아래층 (그러니까 하등이지요) 맨 앞자리의 맨 앞줄이 제일 좋은 자리였습니다. 기생과 광대들의 일동일정이 바로 앞에서 잘 보이고, 노래가 가까이 들리고, 그리고 하등이라 값이 헐하고.

이러한 묘리를 터득한 윤직원 영감이라, 오늘도 하등 표를 산다고 사가지고 하등을 간다고 간 것이 삼 곱이나 더하는 백권석이었던 것입니다.

그러나 뱃심이라고 할지 생억지라고 할지, 아무튼 서두리꾼을 이겨내고, 필경은 그대로 백권석에서 구경을 했습니다.

더욱 좋은 것은 여느 극장 같으면 하등인 맨 앞자리는 고놈 깍쟁이 같은 조무래기 패가 옴닥옴닥 들어박혀 윤직원 영감의 육중한 체구가 처억 그 틈에 끼여 있을라치면, 들이 놀림감이 되고, 그래 좀 창피했는데, 오늘은 이 상등스러운 하등이 모두 점잖은 어른들이나 이쁜 기생들뿐이요, 그따위 조무래기 떼가 없어서 실로 금상 첨화라 할 수 있었습니다.

구경을 아주 원만히 마치고 난 윤직원 영감은 춘심이는 제집이 청진동이니까 걸어가라고 보내고, 자기 혼자만 전차 정류장까지 나왔습니다. 그러나 숱해 몰려나온 구경꾼들과 같이서 전차를 탈 일이며, 또 버스를 탈 일이며, 그뿐 아니라 재동서 내려 경사진 계동 길을 걸어 올라가자면 숨이 찰 일이며 모두 생각만 해도 대견했습니다. 십 원짜리를 가지고 하면 또 공차를 탈 수도 있을 테지만, 에라 내가 돈을 아껴서는 무얼 하겠느냐고 실로 하늘이 알까 무서운 변심을 먹고, 마침 지나가는 인력거를 불러 탔던 것이고, 결과는 돈 오 전을 가외에 더 뺏겼고, 해서 정히 역정이 났었고, 그리고 또 대문이 말입니다.

대문은 언제든지 꽉 잠가두거니와, 옆으로 난 쪽문도 안으로 잠겼어야 할 것이거늘 그것이 훤하게 열려 있었던 것입니다.

윤직원 영감은 큰대문을 열어놓고 있노라면, 어쩐지 집안엣것이 형적 없이 자꾸만 대문으로 해서 빠져나가는 것만 같고, 그 대신 상서롭지 못한 것이 자꾸만 술술 들어오는 것만 같고 하여, 간혹 장작바리나 큰 짐이 들어올 때가 아니면 큰대문은 결단코 열어놓는 법이 없습니다. 이것은 아주 이 집의 엄한 가헌(?)입니다.

큰대문은 그래서 항상 봉해두고, 출입은 어른 아이 상전 하인 할 것 없이 한옆으로 뚫어놓은 쪽문으로 드나듭니다. 그거나마 꼭꼭 지쳐두어야지, 만일 오늘처럼 이렇게 열어놓군 하면 거지 등속의 반갑잖은 손님이 들어올 위험이 다분히 있습니다.

물론 아무리 밑질긴 거지가 들어와서 목을 매고 늘어진댔자 동전 한 푼 동냥을 주는 법은 없지만, 그러자니 졸리고 악다구니를 하고 하기가 성가신 노릇이니까요. 그러므로 만일 쪽문을 열어놓는 것이 윤직원 영감의 눈에 뜨이고 보면, 그여코 한바탕 성화가 나고라야 마는데, 대체 식구 중에 누가 갈충머리 없이 이런 해망을 부렸는지 참말 딱한 노릇입니다.

역정이 난 윤직원 영감이, 낙타가 바늘구멍으로 나가는 만큼이나 애를 써서 좁다란 그 쪽문으로 겨우겨우 비비 뚫고 들어서면서 꽝 소리가 나게 문을 닫는데, 마침 상노 아이놈 삼남이가 그제야 뽀르르 달려 나옵니다.

이놈이 썩 묘하게 생겼습니다. 우선 부룩송아지 대가리같이 머리가 곱슬곱슬하고 노랗기까지 한 게 장관이요, 그런 대가리가 어쩌면 그렇게도 큰지 남의 것 같습니다. 눈은 사팔이어서 얼굴을 모로 돌려야 똑바로 보이고, 코는 비가 오면 고개를 숙여야 합니다.

나이는 스무 살인데 그것은 이 애한테만 세월이 특별히 빨리 갔는지, 열 살은 에누리 없이 모자랍니다.

그러나 이 애야말로 윤직원 영감한테는 대단히 보배스러운 도구(道具)입니다. 윤직원 영감은 상노 아이놈을 똑똑한 놈을 두는 법이 없습니다. 똑똑한 놈이면 으레껏 훔치훔치 즉 태을도(太乙道: 도적질)를 한대서 그러는 것입니다.

실상 전에 시골서 살 때는 똑똑한 상노 놈을 더러 두어본 적도 있었으나, 했다가 번번이 그 태을도를 하는 바람에 뜨거운 영금을 보았었습니다.

이 삼남이는 시골 있는 산지기 자식으로 못난 이름이 근동에 널

리 떨친 것을 시험 삼아 데려다가 두고 보았더니 미상불 천하일품
이었습니다.

너무 멍청해서 데리고 부리기가 매우 갑갑한 때도 있기는 하지
만, 그 대신 일 년 삼백예순 날을 가도 동전 한 푼은커녕 성냥 한
개비 몰래 축내는 법이 없습니다. 또 산지기의 자식이니, 시속 아
이놈들처럼 월급이니 무엇이니 하는 그런 아니꼬운 것도 달라고
않습니다. 해서 참말 둘도 구하기 어려운 보물인 것입니다.

그런지라 윤직원 영감은 여느 때 같으면 삼남이가 나와서 그렇
게 허리를 굽신하면 그저 오냐 하고 좋게 대답을 했을 것이지만,
오늘은 그래저래 역정이 난 판이라 누구든지 맨 처음에 눈에 띄는
대로 소리를 우선 버럭 질러주어야 할 판입니다.

"야 이놈아! 어떤 손모가지가 문은 그렇기 휘어언허게 열어누왔
냐? 응?"

"저는 안 그렀어라우! 아마 중마내님이 금방 들오싰넌디, 그렇기
열어누왔넝개비라우?"

중마내님이라는 건 윤직원 영감의 며느리로 지금 이 집의 형식
상 주부(主婦)입니다.

"그렀으리라! 짝 찢을 년!⋯⋯"

윤직원 영감은 며느리더러 이렇게 욕을 하던 것입니다. 그는 며
느리뿐만 아니라 딸이고 손주며느리고, 또 지금은 죽고 없지만 자
기 부인이고, 전에 데리고 살던 첩이고, 누구한테든지 욕을 하려면
우선 그 '짝 찢을 년'이라는 서양 말의 관사(冠詞) 같은 것을 붙입
니다. 남잘 것 같으면 '잡어 뽑을 놈'을 붙이고⋯⋯

"짝 찢을 년⋯⋯ 아, 그년은 글씨 무엇 허러 밤낮 그렇기 싸댕긴
다냐?"

30

"모올라우!"

"옳다. 내가 모르넌디 늬가 알 것이냐!…… 짝 찢을 년! 그년이 서방이 안 돌아부아 주닝개 오두가 나서 그러지, 오두가 나서 그리여!"

"아마 그렁개비라우!"

관중이 없어서 웃어주질 않으니 좀 섭섭한 장면입니다.

윤직원 영감이 그렇게 쌍소리로 며느리며 누구 할 것 없이 아무한테고 욕을 하는 것은, 그의 입이 험한 탓도 있겠지만, 그의 근지(根地)가 인조견이나 도금 비녀처럼 허울뿐이라 그렇다고도 하겠습니다.

윤직원 영감의 근지야 참 보잘 게 별양 없습니다.


## 4. 우리만 빼놓고 어서 망해라

얼굴이 말[馬面]처럼 길대서 말 대가리라는 별명을 듣던 윤직원 영감의 선친 윤용규는 본이 시골 토반(土班)이더냐 하면 그렇지도 못하고, 그렇다고 아전이더냐 하면 실상은 아전질도 제법 해먹지 못했습니다.

아전질을 못 해먹은 것이 시방 와서는 되레 자랑거리가 되었지만, 그때 당년에야 흔한 도서원(都書員)이나마 한자리 얻어 하고 싶은 생각이 꿀안 같았어도, 도시 그만한 밑천이며 문필이며가 없었더랍니다.

말 대가리 윤용규 그는 삼십이 넘도록 탈망 바람으로 삿갓 하나를 의관 삼아 촌 노름방으로 으실으실 돌아다니면서 개평 푼이나 뜯으면 그걸로 되돌아앉아 투전장이나 뽑기, 방퉁이질이나 하기, 또 그도 저도 못하면 가난한 아내가 주린 배를 틀어쥐고서 바느질품을 팔아 어린 자식과(이 어린 자식이라는 게 그러니까 지금의 윤직원 영감입니다) 입에 풀칠을 하는 것을 얻어먹고는, 밤이나 낮이나 질펀히 드러누워, 소대성(蘇大成)이 여대치게 낮잠이나 자기…… 이 지경으로 반생을 살았습니다. 좀 호협한 구석이 있고 담보가 클 뿐 물론 판무식꾼이구요.

그런데, 그런 게 다 운수라고 하는 건지 어느 해 연분인가는 난데없는 돈 이백 냥이 생겼더랍니다. 시골 돈 이백 냥이면 서울 돈으로 이천 냥이요, 그때만 해도 웬만한 새끼 부자 하나가 왔다 갔다 할 큰돈입니다.

노름을 해서 딴 돈이라고 하기도 하고, 혹은 그 아내가 친정의 머언 일갓집 백부한테 분재를 타 온 돈이라고 하기도 하고, 또 누구는 도깨비가 져다 준 돈이라고 하기도 하고 하여 자못 출처가 모호했습니다.

시방이야 가난하던 사람이 불시로 큰돈이 생기면 경찰서 양반들이 우선 그 내력을 밝히려 들지만, 그때만 해도 육십 년 저짝 일이니 누가 지날말로라도 시비 한마딘들 하나요. 그저 그야말로 도깨비가 져다 주었나 보다 하고 한갓 부러워하기나 했지요.

아무튼 그래 말 대가리 윤용규는 그날부터 칼로 벤 듯 노름방 발을 끊고, 그 돈 이백 냥을 들여 논을 산다, 대푼변 돈놀이를 한다, 곱장리를 놓는다 해가면서 일조에 착실한 살림꾼이 되었습니다. 그러노라니까, 정말 인도깨비를 사귄 것처럼 살림이 불 일듯 늘어서, 마침내 그의 당대에 삼천 석을 넘겨받게 되었던 것입니다.

윤직원 영감(그때 당시는 두꺼비같이 생겼대서, 윤 두꺼비로 불리어지던 윤두섭) 그는 어려서부터 취리에 눈이 밝았고, 약관에는 벌써 그의 선친을 도와가며 그 큰살림을 곧잘 휘어나갔습니다. 그리고 1903년 계묘년(癸卯年)부터는 고스란히 물려받은 삼천 석거리를 가지고, 이래 삼십여 년 동안 착실히 가산을 늘려왔습니다.

그래서 지금으로부터 십여 년 전, 가권을 거느리고 서울로 이사를 해 오던 그때의 집계(集計)를 보면, 벼를 실 만석을 받았고, 요즘 와서는 현금이 십만 원 가까이 은행에 예금되어 있었습니다.

이런 걸 미루어 보면, 그는 과시 승어부(勝於父)라 할 것입니다.

하기야 그 양대(兩代)가 그 어둔 시절에 그처럼 치산을 하느라고 (시절이 어두우니까 체계변이며 장리변의 이문이 숫지고, 또 공문서(空文書: 空土地)가 수두룩해서 가산 늘리기가 좋았던 한편으로 말입니다) 욕심 사나운 수령(守令)한테 걸려들어 명색 없이 잡혀 갇혀서는, 형장(刑杖)을 맞아가며 토색질을 당한 것도 한두 번이 아니요, 화적(火賊)의 총부리 앞에 목숨을 내걸고 서서 재물을 약탈당하기도 부지기수요, 그러다가 말 대가리 윤용규는 마침내 한 패의 화적의 손에 비명의 죽음까지 한 것인즉슨, 일변 생각하면 피로 낙관(落款)을 친 치산이지, 녹록한 재물이라고 할 수는 없을 것입니다.

윤직원 영감은 그때 일을 생각하면, 시방도 가슴이 뭉클하고, 그의 선친이 무참히 죽어 넘어진 시체하며, 곡식이 들이쌓인 노적과 곡간이 불에 활활 타던 광경이 눈앞에 선연히 밟히곤 합니다.

잊히지도 않는 계묘년 삼월 보름날입니다. 이 삼월 보름날이 말 대가리 윤용규의 바로 제삿날이니까요.

온종일 체곗돈 받고 내주고 하기야, 춘궁에 모여드는 작인[小作 人]들한테 장릿벼 내주기야, 몸져누운 부친 윤용규의 병시중 들기야 하느라고 큰살림을 맡아 처리하는 사람의 일례로, 두꺼비 윤두섭, 즉 젊은 날의 윤직원 영감은 밤늦게야 혼곤히 들었던 잠이 옆에서 아내의 흔들며 깨우는 촉급한 속삭임 소리에 놀라 후닥닥 몸을 일으켰습니다.

한두 번도 아니요, 화적을 치르기 이미 수십 차라, 그는 잠결에도 정신이 들기 전에 육체가 먼저 위급함을 직각했던 것입니다. 장수가 전장에 나가면, 진중에서는 정신은 잠을 자도 몸은 깨서 있다는 것이나 마찬가지 이치라고 할는지요.

실로 그때 당시 윤씨네 집안은 자나 깨나 전전긍긍 불안과 긴장과 경계 속에서 일시라도 몸과 마음을 늦추지 못하고, 마치 살얼음을 건너가는 것처럼 위태위태 지내던 판입니다.

젊은 윤 두꺼비는 깜깜 어둔 방 안이라도, 바깥의 달빛이 희유끄름한 옆문을 향해 뛰쳐나갈 자세로 고의춤을 걷어잡으면서 몸을 엉거주춤 일으켰습니다. 보이지는 않으나 아내의 황급한 숨길이 바투 들리고, 더듬어 들어오는 손끝이 바르르 떨리면서 팔에 닿습니다.

"어서! 얼른!"

아내의 쥐어짜는 재촉 소리는, 마침 대문을 총개머린지 몽둥인지로 들이 쾅쾅 찧는 소리에 삼켜져 버립니다.

"아버님은!"

윤 두꺼비는 뛰쳐나가려고 꼬느었던 자세와 호흡을 잠깐 멈추고서 아내더러 물어보던 것입니다.

"몰라요…… 그렇지만…… 아이구 어서, 얼른!"

아내가 기색할 듯이 초초한 소리로 팔을 잡아 훑는 힘이 아니라도, 윤 두꺼비는 벌써 몸을 날려 옆문을 박차고 나갑니다.

신발 여부도 없고 버선도 없는 맨발로, 과녁 반 바탕은 될 타작마당을 단숨에 달려 두 길이나 높은 울타리를 문턱 넘듯 뛰어넘어, 길같이 솟은 보리밭 고랑으로 몸을 착 엎드리고 꿩 기듯 기기 시작하는 그동안이, 아내가 흔들어 깨울 때부터 쳐서 겨우 오 분도 못 되는 순간입니다.

이렇게 윤 두꺼비가 울타리를 넘어, 그러느라고 허리띠를 매지 않은 고의를 건사하지 못해서 홀라당 벗어 떨어뜨린 알몸뚱이로 보리밭 고랑에서 엎드려 기기 시작을 하자, 그제서야 방금 저편 모퉁이로부터 두 그림자가 하나는 담총을 하고 하나는 몽둥이를 끌고 마침 돌아 나왔습니다.

뒤 울타리로 해서 도망가는 사람을 잡으려는 파순데, 윤 두꺼비한테는 아슬아슬한 순간의 찰나라 하겠습니다.

그들도 도망가는 윤 두꺼비를 못 보았거니와 윤 두꺼비도 물론 그러한 위경이던 줄은 모르고 기기만 하던 것입니다.

만약 그들의 눈에 띄기만 했더라면 처음에는 쫓아갈 것이고, 그러다가 못 잡으면 대고 불질을 했을 겝니다. 부지깽이 같은 그 화승총을 가지고, 더구나 호미와 쇠스랑을 다루던 솜씨로, 으심치무레한 달밤에 보리밭 사이로 죽자 사자 내빼는 사람을 쏜다고 쏘았댔자 제법 똑바로 가서 맞을 이치도 없기도 하지만.

그래 아무튼, 발가벗은 윤 두꺼비는 무사히 보리밭을 서넛이나 지나, 다시 솔숲을 빠져나와 나직한 비탈에 왜송이 둘러선 산허리에까지 단숨에 달려와서야 비로소 안심과 숨찬 걸 못 견디어 펄썩 주저앉았습니다.

화적이 드는 눈치를 채면, 여느 일 제쳐놓고 집안 돌아볼 것 없이 몸을 빼쳐 피하는 게 제일 상책입니다.

화적이 인가를 쳐들어와서 잡아 족치는 건 그 집 대주(戶主)와 셈든 남자들입니다. 그래서 그들의 손에 붙잡히기만 하고 보면 위선 [이 부분은 약 1행 반 삭제] 반주검은 되게 뭇매를 맞아야 합니다.

그렇게 얻어맞고도, 마침내는 재물은 재물대로 뺏겨야 하고, 그 서슬에 자칫 잘못하면 목숨이 왔다 갔다 합니다. 둘이 잡히면 둘이 다, 셋이 잡히면 셋이 다 그 지경을 당합니다.

그러므로 제각기 먼저 기수를 채는 당장으로, 아비를 염려해서 주춤거리거나 자식을 생각하여 머뭇거리거나 할 것이 없이, 그저 먼저 몸을 피해놓고 보는 게 당연한 일로 되어 있었습니다. 그럴 것이, 가령 자신이 아비의 위태로움을 알고 그냥 버틴다거나 덤벼든다거나 했자, 저편은 수효가 많은 데다가 병장기를 가진, 그리고 사람의 목숨쯤 파리 한 마리만큼도 여기잖는 패들이니까요.

이날 밤 윤 두꺼비도 그리하여 일변 몸져누운 부친이 마음에 걸려, 선뜻 망설이기는 하면서도 사리가 그러했기 때문에, 이내 제 몸을 우선 피해놓고 보던 것입니다.

말 대가리 윤용규는 나이 이미 육십에 또 어제까지 등이며 볼기며에 모진 매를 맞다가 겨우 옥에서 놓여나온 몸이라, 도저히 피할 생각은 내지도 못하고 그 대신 침착하게 일어나 앉아 등잔에 불까지 켰습니다.

기위 당하는 일이라서, 또 있는 담보겠다, 악으로 한바탕 싸워보자는 것입니다.

화적패들은 이윽고 하나가 울타리를 넘어 들어와 빗장을 벗기는 대문으로 우 몰려들었습니다.

"개미 새끼 하나라도 놓치지 말렷다!"

그중 두목이, 대문 지키는 두 자와 옆으로 비어져 가는 파수 둘더러 호령을 하는 것입니다.

"영 놓치겠거던 대구 쏘아라!"

재우쳐 이른 뒤에 두목이 앞장을 서서 사랑채로 가고, 한 패는 안으로 갈려 들어갑니다. 그렇게도 사납고, 짖기를 극성으로 하는 이 집 개들이 처음부터 끽소리도 못 내고 낑낑거리면서 도리어 주인네의 보호를 청하는 걸 보면, 당시 화적들의 기세가 얼마나 기승스러웠음을 족히 알 수가 있는 것입니다.

"기집이나 어린것들은 손대지 말렷다!"

두목이 잠깐 돌아다보면서 신칙을 하는 데 응하여 안으로 들어가던 패가 몇이,

"예이!"

하고 한꺼번에 대답을 합니다.

이것은 참으로 이상스러운 그네들의 엄한 풍도입니다. 이 밤에 이 집을 쳐들어온 이 패들만 보아도 패랭이 쓴 놈, 테머리 한 놈, 머리 땋은 총각, 늙은이 해서 차림새나 생김새가 가지각색이듯이, 모두 무질서하고 무지한 잡색 인물들이기는 하나, 일반으로 그들은 어느 때 어디를 쳐서 갖은 참상을 다 저지르곤 할값에, 좀체로 부녀와 어린아이들한테만은 손을 대는 법이 없습니다.

만일 그걸 범했다가는 그는 당장에 두목 앞에서 목이 달아나고라야 맙니다.

사랑채로 들어간 두목이, 한 수하를 시켜 윗미닫이를 열어젖히고서, 성큼 마루로 올라설 때에, 그는 뜻밖에도 이편을 앙연히 노려보고 있는 말 대가리 윤용규와 눈이 딱 마주쳤습니다.

두목은 주춤하지 않지 못했습니다. 그는 윤용규가 이 위급한 판에 한 발짝이라도 도망질을 치려고 서둘렀지, 이다지도 대담하게, 오

냐 어서 오란 듯이 버티고 있을 줄은 천만 생각 밖이었던 것입니다.

더욱 핏기 없이 수척한 얼굴에 병색을 띠고서도, 일변 악이 잔뜩 올라 이편을 무섭게 노려보는 그 머리 센 늙은이의 살기스런 양자가 희미한 쇠기름 불에 어른거리는 양이라니, 무슨 원귀와도 같았습니다.

두목은 만약 제 등 뒤에 수하들이 겨누고 있는 십여 대의 총부리와, 녹슬었으나마 칼들과 몽둥이들과 도끼들이 없었으면, 그는 가슴이 서늘한 대로 물씬물씬 뒤로 물러섰을는지도 모릅니다.

"으응, 너 잘 기대리구 있다!"

두목은 하마 꺾이려던 기운을 돋우어 한마디 으릅니다. 실상 이 두목(그러니까 오늘 밤의 이 패들)과 말 대가리 윤용규와는 처음 만나는 게 아니고 바로 구면입니다. 달포 전에 쳐들어와서 돈 삼백 냥을 빼앗고, 그 밖에 소 한 바리와 패물과 어음 몇 쪽을 털어 간 그 패들입니다. 그래서 화적패들도 주인을 잘 알려니와 주인 되는 윤용규도 두목의 얼굴만은 익히 알고 있고, 그러고도 또 달리, 뼈에 사무치는 원혐이 한 가지 있는 터라, 윤용규는 무서운 것보다도 (이미 피치 못할 살판인지라) 차차로 옳게 뱃속으로부터 분노와 악이 치받쳐 올랐습니다.

"이놈 윤가야, 네 들어보아라!"

두목은 종시 말이 없이 앙연히 앉아 있는 윤용규를 마주 노려보면서, 그 역시 분이 찬 음성으로 꾸짖는 것입니다.

"……네가 이놈 관가에다가 찔러서 내 수하를 잡히게 했단 말이지?…… 이놈, 그러구두 네가 성할 줄 알았드냐?…… 이놈 네가 분명코 찔렀지?……"

"오냐, 내가 관가에 들어가서 내 입으루 찔렀다. 그래?……"

퀄퀄하게 대답을 하면서, 도사리고 앉은 윤용규의 눈에서는 불이 이는 듯합니다.

"……내가 찔렀으니 어쩔 테란 말이냐?…… 흥! 이놈들, 멀쩡하게 도당 모아각구 댕기면서 양민들 노략질이나 히여먹구, 네가 그러구두 성할 줄 알았더냐? 이놈아!……"

치받치는 악에, 소리를 버럭 높이면서 다시,

"……괴수 놈, 너두 오래 안 가서 잽힐 테니 두구 보아라! 네 모가지에 작두날이 내릴 때가 머잖었느니라, 이노옴!"

하고는 부드득 이를 갈아붙입니다.

목전의 절박한 사실에 대한 일종의 발악임은 틀림이 없을 것입니다. 그러나 그것은 일변 깊이 생각을 하면, 하나의 웅장한 선언일 것입니다.

핍박하는 자에게 대한, 일후의 보복과 승리를 보류하는 자신 있는 선언……

사실로 윤용규는 무식하고 소박하나마 시대가 차차로 금권(金權)이 유세해감을 막연히 인식을 했던 것입니다.

그것은 그러므로, 비단 화적패들에게만 대한 선언인 것이 아니라, 그 야속하고 토색질을 방자히 하는 수령(守令)까지도 넣어, 전 압박자에게 대고 부르짖는 선전의 포고이었을 것입니다. 가령 그 자신이 그것을 의식하고 못하고는 고만두고라도…… 말입니다.

"……이놈들! 밤이 어둡다구, 백 년 가두 날이 안 샐 줄 아느냐? 두구 보자, 이놈들!"

윤용규는 연하여 이렇게 살기등등하니 악을 쓰는 것입니다.

"하, 이놈, 희떠운 소리 헌다! 허!"

두목은 서글퍼서 이렇게 헛웃음을 치는데, 마침 윗목에서 이제

껏 자고 있던 차인꾼이, 그제서야 잠이 깨어 푸시시 일어나다가 한참 두릿거리더니, 겨우 정신이 나는지 별안간 버얼벌 떨면서 방구석으로 꽁무니 걸음을 해 들어갑니다.

그러자 또 안으로 들어갔던 패 중에 하나가 총 끝에 흰 무명 고의 하나를 꿰 들고 두목 앞으로 나옵니다.

"두령, 자식 놈은 풍겼습니다!"

"풍겼다? 그럼, 그건 무어란 말이냐?"

"그놈이 울타리를 뛰어넘어 가다가 벗어버린 껍데기올시다. 자다가 허리띠두 못 매구서 달아나느라구, 울타리 밑에서 홀라당 벗어졌나 봅니다."

발가벗고 도망질을 치는 광경을 연상함인지, 몇이 킥킥 하고 소리를 죽여 웃습니다.

"으젓잖은 놈들! 어쩌다가 놓친단 말이냐!……"

두목은 혀를 차다가, 방 윗목에서 떨고 있는 차인꾼을 턱으로 가리킵니다.

"……아니 그런 게 아니라, 혹시 저놈이 자식 놈이 아니냐?"

윤 두꺼비는 전번에도 잡히지 않았기 때문에 두목은 그의 얼굴을 몰랐던 것입니다.

두목의 말을 받아 수하 하나가 기웃이 들여다보더니……

"아니올시다. 저놈은 차인꾼이올시다."

"쯧! 그렇다면 헐 수 없고…… 잘 지키기나 해라. 그리고, 아직 몽당숟갈 한 매라도 손대지 말렸다!"

"에이…… 그런데 술이 좋은 놈 한 독 있습니다, 두목…… 닭허구 돼지두 마침 먹을 감이구요……"

전전해 신축(辛丑)년의 큰 흉년이 아니라도, 화적 된 자치고 민가를 털 제, 술이며 고기를 눈여겨보지 않는 법은 없는 법입니다.

"이놈 윤가야, 말 들어라…… 오늘 저녁에 우리가 네 집에를 온 것은……"

두목은 다시 윤용규에게로 얼굴을 돌리고 을러댑니다.

"……네놈의 재물보담두, 너를 쓸 디가 있어서 온 것이다…… 허니, 어쩔 테냐? 내 말을 순순히 들을 테냐? 안 들을 테냐?"

윤용규는 두목을 마주 거듭떠보고 있다가, 말이 끝나자 고개를 획 돌려버립니다.

"어쩔 테냐? 말을 못 듣겠단 말이지?"

"불한당 놈의 말 들을 수 없다!…… 내가, 생각허면 네놈들을 갈아 먹구 싶은디, 게다가 청을 들어? 흥!"

윤용규는 그새 여러 해 두고 화적을 치러내던 경험에 비추어 보면, 그들 앞에서 서얼설 기고 네네 살려줍시사고 굽실거리나 마주 대고 네놈 내놈 하면서 악다구니를 하거나, 필경 매를 맞고 재물을 뺏기기는 일반이던 것을 잘 알고 있습니다.

그러니 어차피 당하는 마당에, 그처럼 굽실거릴 생각은 애초부터 없었을 뿐 아니라, 일변 그, 이 패에게 대하여 그야말로 갈아 먹고 싶은 원험입니다.

달포 전인데 이 패에게 노략질을 당하던 날 밤, 그중에 한 놈, 잘 알 수 있는 자가 섞여 있는 것을 윤용규는 보아두었습니다. 그자는 박가라고, 멀지 않은 근동에서 사는 바로 그의 작인[小作人]이 었습니다.

"오! 이놈 네가!"

윤용규는 제 자신, 작인에게 어떠한 원한 받을 짓을 해왔다는 것은 경위에 칠 줄은 모릅니다. 다만 내 땅을 부쳐먹고 사는 놈이, 이

도당에 참예를 하여 내 집을 털러 들어오다니, 눈에서 불이 나고 가슴이 터질 듯 분한 노릇이었습니다.

이튿날 새벽같이 윤용규는 몸소 읍으로 달려 들어가서, 당시 그 고을 원[守令]이요, 수차 토색질을 당한 덕에 안면(!)은 있는 백영규(白永圭)더러, 사분이 이만저만하고 이러저러한데 그중에 박 아무개라는 놈도 섞여 있었다고, 그러니 그놈만 잡아다가 족치거드면 그 일당을 다 잡을 수가 있으리라고 아뢰어 바쳤습니다.

백영규는 그러나 말 대가리 윤용규보다 수가 한 길 윗수였습니다.

그는 자초지종 이야기를 다 듣더니, 아 그러냐고, 그러면 박가라는지 그놈을 잡아 오기는 올 것이로되, 그러나 화적패에 투신한 놈을 그처럼 잘 알진댄, 윤용규 너도 미심쩍어 그러니 같이 문초를 해야 하겠은즉 그리 알라고 우선 윤용규부터 때려 가두었습니다.

약은 수령이 백성의 재물을 먹자고 트집을 잡는 데 무슨 사리와 경우가 있나요? 루이 14센지 하는 서양 임금은 짐이 바로 국가[朕卽國家]라고 호통을 했고, 조선서도 어느 종실 세도(宗室勢道) 한 분은 반대파의 죄수를 국문하는데, 참새가 찍 한다고 해도 죽이고, 쨱 한다고 해도 죽이고, 필경은 찍쨱 합니다 해도 죽였다고 하지 않습니까.

당시 일읍(一邑)의 수령이면 그 고장에서는 왕이요, 그의 덮어놓고 하는 공사는 바로 법과 다를 바 없던 것입니다. 항차 그는 화적을 잡기보다는 부자를 토색하기가 더 긴하고 재미가 있는데야.

말 대가리 윤용규는 혹을 또 한 개 덜렁 붙이고서 옥에 갇히고, 박가도 그날로 잡혀 들어왔습니다.

문초는 그러나 각각 달랐습니다. 박가더러는 그들 일당의 성명과 구혈과 두목을 대라고 족쳤습니다.

　박가는 제가 그 도당에 참예한 것은 불었어도, 그 외 것은 입을 꽉 다물고서 실토를 안 했습니다. 주리를 틀려 앞정강이의 살이 문드러지고 허연 뼈가 비어져도 그는 불지를 않았습니다.

　일변 윤용규더러는, 네가 그 도당과 기맥을 통하고 있고, 그 패들에게 재물과 주식을 대접했다는 걸 자백하라고 문초를 합니다. 박가의 실토를 들으면 과시 네가 적당과 연맥이 있다고 하니, 정 자백을 안 하면 않는 대로 그냥 감영으로 넘겨 목을 베게 하겠다는 것이었습니다.

　이것이 좀 먹자는 트집인 것은 두말할 것도 없는 속이었고, 그래 누가 이래라저래라 시킬 것도 없이 벌써 줄 맞은 병정이 되어서, 젊은 윤 두꺼비는 뒷줄로 뇌물을 쓰느라고 침식을 잊고 분주했습니다.

　오백 냥씩 두 번 해서 천 냥은 수령 백영규가 고스란히 먹고, 또 천 냥은 가지고 이방 이하 호장이야 형방이야 옥사정이야 사령이야 심지어 통인 급창이까지 고루 풀어 먹였습니다.

　이천 냥 돈을 그렇게 들이고서야 어제 아침 달포 만에 말 대가리 윤용규는 장독(杖毒)으로 꼼짝 못하는 몸을 보교에 실려 옥으로부터 집으로 놓여나왔던 것입니다.

　사맥이 이쯤 되었으니, 윤용규로 앉아서 본다면 수령 백영규한테와 화적패에게 원한이 자못 깊습니다. 그러나 아무리 원한이 깊었자, 저편은 감히 건드리지도 못할 수령이라, 그 만만하달까, 화적패에게 잔뜩 보복을 벼르고 있었고, 그런 참인데, 마침 그 도당이 또다시 달려들어서는 이러니저러니 하니 그야말로 갈아 먹고 싶을 것은 인간의 옹색한 속이 아니라도 당연한 근경이라 하겠지요.

일은 그런데 피장파장이어서 화적패도 또한 말 대가리 윤용규에게 원한이 있습니다. 동료 박가를 찔러서 잡히게 했다는 것입니다.

박가가 잡혀가서 그 모진 혹형을 당하면서도 구혈이나 두목이나 도당의 성명을 불지 않는 것은 불행 중 다행입니다. 그러니 그런 만큼 의리가 가슴에 사무치지 않을 수가 없었던 것입니다.

윤용규한테 대한 원한은 우선 접어놓고, 어디 일을 좀 무사히 피게 하도록 해볼까 하는 것이 그들의 첫 꾀였습니다. 만약 그런 꾀가 아니라면야 들어서던 길로 지딱지딱 해버리고 돌아섰을 것이지요.

두목은 윤용규가 전번과는 달라 악이 바싹 올라가지고 처음부터 발딱거리면서 뻣뻣이 말을 못 듣겠노라고 버티는 데는 물큰 화가 치밀어 오르지 않을 수가 없었습니다.

"진정이냐?"

그는 눈을 부라리면서 딱 을러댑니다. 그러나 윤용규는 종시 까딱 않고 대답입니다.

"다시 더 물을 것 읎너니라!"

"너, 그리 고집 세지 말아!……"

두목은 잠깐 식식거리면서 윤용규를 노리고 보다가, 이윽고 음성을 눅여 타이르듯 합니다.

"……그러다가는 네게 이로울 게 없다. 잔말 말구, 네가 뒤로 나서서 삼천 냥만 뇌물을 써라. 너두 뇌물을 쓰구서 뇌어나왔지? 그럴 테면 네가 옭아 넣은 내 수하도 풀어 놓아주어야 옳을 게 아니야?…… 허기야 너를 시키느니 내가 내 손으로 함직한 일이기는 하지만, 나는 당장 삼천 냥이 없고, 그걸 장만하자면 너 같은 놈 열 놈의 집은 더 털어야 하니 시급스럽게 안 될 말이고, 또 내가 나서서 뇌물을 쓰다가는, 됩다 위태할 것이고 허니 불가불 일은 네가 할 수밖에 없다. 허뙤 급히 서둘러야지 며칠 안 있으면 감영으로 넹긴다드구나?"

두목은 끝에 가서는 거진 사정하듯 목마른 소리로 말을 맺고서, 윤용규의 대답을 기다립니다.

윤용규는 그러나 싸늘하게 외면을 하고 앉아서, 두목이 하는 소리는 들리지도 않는 체합니다.

"……어쩔 테냐? 한다든 못 한다든 대답을……"

두목은 맥이 풀리는 대신, 다시 울화가 치받쳐 버럭 소리를 지르다 말고 입술을 부르르 떱니다.

"못한다!……"

윤용규도 지지 않고 소리를 지릅니다.

"……네놈들이 죄다 잽혀가서 목이 쓸리기를 축원허구 있는 내가, 뭣다 한 놈이라두 뇌어나오라구, 내 재물을 들여서 뇌물을 써? 흥! 하늘이 무너져두 못 헌다!"

"진정이냐?"

"오냐!"

윤용규는 아주 각오를 했습니다. 행악은 어차피 당해둔 것, 또 재물도 약간 뺏기는 둔 것, 그렇다고 저희가 내 땅에다가 네 귀퉁이에 말뚝을 박고 전답을 떠 가지는 못 할 것, 그러니 저희의 청을 들어 삼천 냥을 들여서 박가를 빼 놓아주느니보다는 월등 낫겠다고, 이렇게 이해까지 따진 끝의 각오이던 것입니다.

"진정?"

두목은 한 번 더 힘을 주어 다집니다.

"오냐. 날 죽이기밖으 더 헐 테야?"

"저놈 잡아 내랏!"

윤용규의 말이 미처 떨어지기 전에 두목이 뒤를 돌려다보면서 호령을 합니다.

등 뒤에 모여 섰던 수하 중에 서넛이나가 우르르 방으로 몰려 들어가더니, 왁진왁진 윤용규를 잡아끕니다. 그러자 마침 안채로 난 뒷문이 와락 열리더니, 흰 머리채를 풀어 헤뜨린 윤용규의 노처가, 아이구머니, 이 일을 어쩌느냐고 울어 외치면서 달려들어 뒤엎으러져 매달립니다.

화적패들은 윤용규를 앞뒤에서 끌고 떠밀고 하고, 윤용규는 안 나가려고 버둥대면서도 그래도 할 수 없이 문께로 밀려 나옵니다. 그러다가 어찌어찌 부스대는 윤용규의 손에 총대 하나가 잡혔습니다.

총을 훌트려 쥔 그는 장독으로 고롱거리는 육십객답지 않게 불끈 기운을 내어, 총대를 가로, 빗장 대듯 문지방에다가 밀어대면서 발로 문턱을 디디고는 꽉 버팅깁니다. 그러고 나니까는 아무리 상투를 잡아끌고, 몽둥이로 직신거리고 해도 으응 소리만 치지, 꿈쩍 않고 그대로 버팁니다. 수령이 그걸 보다 못해 옆에 섰는 수하의 몽둥이를 채어가지고 윤용규가 총대에다가 버틴 바른편 팔을 겨누어 으끄러지라고 한 번 내려칩니다. 한 것이 상거는 밭고 또 문지방이며 수하의 어깨하며 걸리적거리는 것이 많아 겨냥은 삐뚜로 나가고 말았습니다.

"따악!"

빗나간 겨냥이 옆으로 비껴, 이마를 바스러지게 얻어맞은 윤용규는,

"어이쿠우!"

소리와 한가지로 피를 좌르르 흘리며 털씬 주저앉습니다.

동시에 윤용규의 노처가 고만 눈이 뒤집혀,

"아이구우! 인제는 사람까지 죽이는구나아! 나두 죽여라아! 이놈들아."

하고 외치면서 죽을 둥 살 둥 어느 겨를에 달려들었는지 두목의 팔을 덥씬 물고 늘어집니다. 윤용규는 주저앉은 채 정신이 아찔하다가 번쩍 깨났습니다. 그는 화적패들이 무슨 내평으로 밖으로 끌어내려고 하는지 그건 몰라도, 아무려나 이롭지 못할 것 같아 되나 안 되나 버팅겨보았던 것인데, 한 번 얻어맞고 정신이 오리소리한 판에 마침 그의 아내가 별안간,

"……인제는 사람까지 죽이는구나!"

하고 왜장치는 이 소리에, 정말로 죽음이 박두한 줄로만 알았습니다.

그러면 인제는 옳게 이놈들의 손에 죽는구나, 그렇다면 죽어도 그냥은 안 죽는다. 이렇게 악이 복받치자, 그는 벌떡 일어서면서 눈앞에 보이는 대로 칼 하나를 채어가지고는 마구 대고 휘저었습니다.

더욱이 눈이 뒤집히기는 아무리 화적이라도 결단코 하지 않던 짓인데, 여인을, 하물며 늙은 여인을 치는 걸 본 것입니다. 그는 그의 아내가 두목의 팔을 물고 늘어진 줄은 몰랐고, 다만 두목이 아내의 머리끄덩이를 잡아 동댕이를 쳐서, 물린 팔을 놓치게 하는 그 광경만 보았던 것입니다.

아무리 죽자 사자 악이 받쳐 칼을 휘두른다지만 죽어가는 늙은 인걸, 십여 개나 덤비는 총개머리야 몽둥이야 칼이야 도끼야를 당해 낼 수가 없던 것입니다.

윤용규가 마지막 목덜미에 도끼를 맞고 엎드러지자, 피를 본 두목은 두 눈이 불덩이같이 벌컥 뒤집혀졌습니다. 그는 실상 윤용규

를 죽일 생각은 없었습니다.

그렇다고 윤용규 하나쯤 죽이기를 차마 못해서 그런 것은 아니고, 제 구혈로 잡아가겠던 것입니다. 한때 만주에서 마적들이 하던 그 짓이지요. 볼모로 잡아다 두고서 가족들로 하여금 이편의 요구를 듣게 하겠던 것입니다.

"노적(露積) 허구 곡간에다가 불 질러랏!"

두목은 뒤집힌 눈으로 피투성이가 되어 쓰러진 윤용규를 노려보다가 수하를 사납게 호통하던 것입니다.

이윽고 노적과 곡간에서 하늘을 찌를 듯 불길이 솟아오르고, 동네 사람들이 그제서야 여남은 모여들어 부질없이 물을 끼얹고 하는 판에, 발가벗은 윤 두꺼비가 비로소 돌아왔습니다. 화적은 물론 벌써 물러갔고요.

윤 두꺼비는 피에 물들어 참혹히 죽어 넘어진 부친의 시체를 안고 땅을 치면서,

"이놈의 세상이 어느 날에 망하려느냐!"

고 통곡을 했습니다.

그리고 울음을 진정하고는, 불끈 일어서 이를 부드득 갈면서,

"오냐, 우리만 빼놓고 어서 망해라!"

고 부르짖었습니다. 이 또한 웅장한 절규이었습니다. 아울러 위대한 선언이었고요.


윤직원 영감이 젊은 윤 두꺼비 적에 겪던 격난의 한 토막이 대개 그러했습니다.

그러니, 그러한 고난과 풍파 속에서 모아 마침내는 피까지 적신 재물이니, 그런 일을 생각해서라도 오늘날 윤직원 영감이 단 한 푼

을 쓰재도 벌벌 떠는 것도 일변 무리가 아닐 것입니다.

돈을 모으는데 무얼 어떻게 해서 모았다는 거야 윤직원 영감으로는 상관할 바 아닙니다. 사실 착취라는 문자를 가져다가 붙이려고 하면, 윤직원 영감은 거 웬 소리냐고 훌훌 뛸 겝니다.

다아 참, 내가 부지런하고 또 시운이 뻗쳐서 부자가 되었지, 작인이며 체곗돈 쓴 사람이며, 장릿벼 얻어다 먹은 사람이며가 무슨 관계가 있느냐서 말입니다.

바스티유 함락과는 항렬이 스스로 다르기는 하지만, 아무튼 윤직원 영감은 그처럼 육친의 피로써 물들인 재산 더미 위에 올라앉아 옛날 그다지도 수난 많던 시절과는 딴판이요, 도무지 태평한 이 시절을 생각하면, 안심되고 만족한 웃음이 절로 솟아날 때가 많습니다.

하나, 말을 타면 경마도 잡히고 싶은 게 인정이라고 합니다.

시대가 바뀌면서 소란한 세상이 지나가고 재산과 몸이 안전한 세태를 당하자, 윤 두꺼비는 돈으로는 남부러울 게 없어도, 문벌이 변변찮은 게 섭섭한 걸 비로소 느끼게 되었습니다.

하기야 중년에 또다시 양복 청년, 혹은 권총 청년이라는 것 때문에 가끔 혼띔이 나곤 하지 않은 것은 아니더랍니다.

이런 일이 있었습니다.

기미(己未) 경신(庚申), 바로 경신년 섣달입니다. 논이 마침 욕심나는 게 한 오천 평 수중에 들어오게 되어서, 그 땅값을 치르려고 사천 원을 집에다가 두어두고 땅 팔 사람이 오기를 기다리던 날입니다.

그런데 그게 귀신이 곡을 할 일이라고, 윤 두꺼비는 두고두고 기막혀하였었지마는, 그걸 어떻게 염탐했는지 벌건 대낮에 쑥 빠진 양복쟁이 둘이 들이덤벼 가지고는 그 돈 사천 원을 몽땅 뺏어 가던 것입니다.

머, 꿀꺽 소리 못하고 고스란히 내다가 내바쳤지요. 고 싸늘한 쇠끝에 새까만 구멍이 똑바로 가슴패기를 겨누고서 코앞에다가 들이댄걸, 그러니 염라대왕이 지켜 선 맥이었지요.

옛날 화적들은 밤중에나 들어와서 대문이나 짓부수고 하지요. 그 덕에 잘하면 도망이나 할 수 있지요.

한데 이건, 바로 대낮에 귀한 손님 행차하듯이 어엿이 찾아와서는, 한다는 짓이 그 짓이니 꼼짝인들 할 수가 있었나요.

그래, 사천 원을 도무지 허망하게 내주고, 윤 두꺼비는 망연자실해서 우두커니 한 식경이나 앉았다가, 비로소 방바닥에 떨어진 종잇장으로 눈이 갔습니다. 돈을 받았다는 영수증을 써놓고 갔던 것입니다.

"허! 세상이 개명을 허닝개루, 불한당 놈들두 개명을 히여서, 영수징 써주구 돈 뺏어 간다?"

윤 두꺼비는 빼앗긴 돈 사천 원이 아까워서 꼬박 이틀 동안, 그리고 세상이 또다시 옛날 화적이 횡행하던 그런 시절이나 되고 보면, 그 일을 장차 어찌하나 하는 걱정으로 꼬박 나흘 동안, 도합 엿새를 두고 밥맛과 단잠을 잃었습니다.

그런 뒤로도 다시 두어 번이나 그런 긴찮은 손님네를 치렀습니다. 돈은 그러나 한 푼도 뺏기지 않았습니다. 처음 겪은 일로 미루어 그 뒤로는 단돈 십 원도 집에다가 두어두지를 않았으니까요.

시골서 돈을 많이 가지고 살면, 여러 가지 공과금이야, 기부금이야, 또 가난한 일가 푸네기들한테 뜯기는 것이야, 그런 것 때문에 성가시기도 하고, 또 제일 왈 그 양복 입은 그런 나그네가 종시 마음 놓이지 않기도 하고 해서, 윤 두꺼비는 마침내 가권을 거느리고 서울로 이사를 했던 것입니다.

윤 두꺼비가 이윽고 세상이 평안한 뒤엔, 집안의 문벌 없음을 섭섭히 여겨, 가문을 빛나게 할 필생의 사업으로 네 가지 방책을 추렸습니다.

맨 처음은 족보에다가 도금(鍍金)을 했습니다. 그럼직한 일가들을 추겨가지고 보소(譜所)를 내놓고는, 윤두섭의 제몇대 윤 아무개는 무슨 정승이요, 제몇대 윤 아무개는 무슨 판서요, 제몇대 아무는 효자요, 제몇대 아무 부인은 열녀요, 이렇게 그럴싸하니 족보(族譜)를 새로 꾸몄습니다. 땅 짚고 헤엄치기지요.

그러느라고 한 이천 원 돈이 들었습니다. 그렇지만 일이 수나로운 만큼, 그러한 족보 도금이야 조상치레나 되었지, 그리 신통할 건 없었습니다.

아무 데 내놓아도, 말 대가리 윤용규 자식 윤 두꺼비요, 노름꾼 윤용규의 자식 윤두섭인걸요. 자연, 허천들린 배 속처럼 항상 뒤가 헛헛하던 것입니다.

신씨(申氏) 성 가진 친구를 잔나비라고 육장 놀려주면, 그래 그러던 끝에 그 신 씨가 동물원엘 가서 잔나비를 보면 어찌 생각이 이상하고, 내가 정말 잔나비거니 여겨지는 수가 있답니다.

그 푼수로, 누구 사음이나 한자리 얻어 할 양으로 보비위나 해주려는 사람이, 윤 두꺼비네의 그 신편 족보(新編族譜)를 외어가지고 다니면서, 매일 몇 번씩 윤 정승 아무개 씨의 제몇대손 윤두섭 씨, 윤 판서 아무개 씨의 제몇대손 윤두섭 씨, 이렇게 대고 불러주었으면, 가족보(假族譜)나마 저으기 실감이 나서 듣는 당자도 좋아하고 하겠지만, 어디 그런 영리하고도 실없는 사람이야 있나요. 혹은 작곡(作曲)을 해가지고 그것을 시체 유행 가수를 시켜 소리판에다가 넣어서 육장 틀어놓고 듣는다면 모르지요마는.

족보는 아무튼 그래서 득실이 상반이었고, 그다음은 윤 두꺼비 자신이 처억 벼슬을 한자리 했습니다.

시골은 향교(鄕校)라는 게 있어서, 공자님 맹자님을 비롯하여 옛날 여러 성현을 모시는 공청이 있습니다.

춘추로 소를 잡고 돼지를 잡고 해서 제사를 지내고 하지요. 들이 껴서는 그게 바로 학교더랍니다.

이 향교의 맨 우두머리 가는 어른을 직원(直員)이라고 합니다.

직원을 옛날에는, 그 골에서 학문과 덕망이 높은 선비가 여러 사람의 촉망으로 뽑혀서 지내곤 했는데, 근년 향교의 재정이며 모든 범백을 군청에서 맡아보게 된 뒤로부터는 전과는 기맥이 좀 달라졌는지, 장의(掌議)라고 바로 직원의 아랫길 가는 역원들이 있는데, 그 사람들한테 사음이며 농토 같은 것을 줄 수 있는 다액 납세자(多額納稅者)라면 직원 하나쯤 수월한 모양입니다.

윤 두꺼비로서야 과거를 보아 벼슬을 해서 양반이 되겠습니까? 능참봉을 하겠습니까. 아쉰 대로 향교의 직원이 만만했겠지요.

그래 그는 직원이 되었습니다. 그래서 윤두섭이란 석 자 위에 무어나 직함이 붙기를 자타가 갈망하던 끝이라 윤 두꺼비는 넙죽 뛰어 윤직원 영감이 되었던 것입니다.

그 뒤로 삼 년 동안 윤 두꺼비(가 아니라) 윤직원 영감은 직원으로 지내면서 춘추 두 차례씩 향교에 올라가,

"홍——"

"바이——"

소리에 맞추어, 누가 기운이 더 세었던지 모르는 공자님과 맹자

님을 비롯하여, 여러 성현께 절을 하는 양반이요 선비 노릇을 착실히 했습니다.

공자님과 맹자님이 누가 기운이 더 세었던지 모르겠다는 말은, 윤직원 영감이 창조해 낸 억만고의 수수께끼랍니다.

다른 게 아니라, 어느 해 여름인데 윤직원 영감이 향교엘 처억 올라오더니, 마침 풍월(風月)을 하느라고 흥얼흥얼하고 앉았는 여러 장의와 선비들더러 밑도 끝도 없이,

"대체 거, 공자님허구 맹자님허구 팔씨름을 히였으면 누가 이겼으꼬?"

하고 물었더랍니다.

장의와 선비들은, 웃어야 할지 울어야 할지 분간 못해서 입만 떠억 벌렸고, 아무도 윤직원 영감의 궁금증은 풀어주지는 못했답니다.

삼 년 동안 직원을 지내다가, 서울로 이사를 해 오는 계제에 그 직책을 내놓았습니다. 그러나 직원이라는 영광스런 직함은, 공자님과 맹자님이 팔씨름을 했으면 누가 이겼을까? 하는 수수께끼로 더불어 영원히 쳐졌던 것입니다.

그다음, 윤직원 영감이 집안 문벌을 닦는 데 또 한 가지의 방책은 무어냐 하면, 양반 혼인이라는 좀 더 빛나는 사업이었습니다.

외아들(서자 하나가 있기는 하니까 외아들이랄 수는 없지만 아무튼) 창식은 나이 근 오십 세요, 벌써 옛날에 시골서 아전 집과 혼인을 했던 터이라 치지도외하고, 딸은 서울 어느 양반집으로 시집을 보냈습니다. 오막살이에 가랭이가 찢어지게 가난한 집인데, 그나마 방정맞게시리 혼인한 지 일 년 만에 사위가 전차에 치여 죽고, 딸은 새파란 과부가 되어 지금은 친정살이를 하지만, 아무려나

양반 혼인은 양반 혼인이었습니다.

또 맏손주며느리는 충청도의 박씨네 문중에서 얻어왔습니다. 역시 친정이 가난은 해도 패를 찬 양반의 씹니다.

둘째 손주며느리는 서울 태생인데, 시구문 밖 조씨네 집안이나, 그렇다고 배추 장수네 딸은 아니고, 파계를 따지면 조 대비(趙大妃)와 서른일곱 촌인지 아홉 촌인지 된다고 합니다.

이렇게 해서 버젓하게 양반 사돈을 세 집이나 두게 된 것은 윤직원 영감으로 가히 한바탕 큰기침을 할 만도 합니다.

그다음 마지막 또 한 가지가 무엇이냐 하면, 이게 가장 요긴하고 값나가는 품목(品目)입니다.

집안에서 정말 권세 있고 실속 있는 양반을 내놓자는 것입니다.

군수 하나와 경찰서장 하나······

게다가 마침맞게 손주가 둘이지요.

하기야 군수보다는 도장관(道知事)이 좋겠고, 경찰서장보다는 경찰부장이 좋기는 하겠지만, 그건 너무 첫술에 배불러지라는 욕심이라 해서, 알맞게 우선 군수와 경찰서장을 양성하던 것입니다.


## 5. 마음의 빈민굴

윤직원 영감은 그처럼 부민관의 명창 대회로부터 돌아와서, 대문 안에 들어서던 길로 이 분풀이, 저 화풀이를 한데 얹어 그 알뜰한 삼남이 녀석을 데리고, 며느리 고 씨더러, 짝 찢을 년이니 오두가 나서 그러느니, 한바탕 귀먹은 욕을 걸직하게 해주고 나서야 저으기 직성이 풀려, 마침 또 시장도 한 판이라 의관을 벗고 안방으로 들어갔습니다.

아랫목으로 펴놓은 돗자리 위에 방 안이 온통 그들먹하게시리 발을 개키고 앉아 있는 윤직원 영감 앞에다가, 올망졸망 사기 반상기가 그득 박힌 저녁상을 조심스레 가져다 놓는 게 둘째 손주며느리 조 씹니다. 방금 경찰서장감으로 동경 가서 어느 사립대학의 법과에 다니는 종학(鍾學)의 아낙입니다.

서울 태생이요 조 대비의 서른일곱 촌인지 아홉 촌인지 되는 양반집 규수요, 시구문 밖이 친정이기는 하지만 배추 장수 딸은 아니라도 학교라곤 근처에도 못 가보았고 얼굴은 얇디얇은 납작 바탕에 주근깨가 다다다닥 박혀서, 그닥 출 수는 없는 인물입니다.

그런 중에도 더욱 안된 건 잡아 뽑아놓은 듯이 뚜하니 나온 위아랫입술입니다. 이 쑤욱 나온 입술로, 그 값을 하느라고 그러는지 새수빠진 소리를 그는 픽도 잘합니다. 새서방 종학이한테 눈의 밖에 나서 소박을 맞는 것도 죄의 절반은 그 입술과 새수빠진 소리 잘하는 것일 겝니다.

종학은 동경으로 유학을 가면서부터는 아주 털어 내놓고서 이혼을 해달라고 줄창치듯 편지로 집안 어른들을 졸라대지만, 윤직원 영감으로 앉아서 본다면 천하 불측한 놈의 소리지요.

아무튼 그래서 생과부가 하나……

밥상 뒤를 따라 쟁반에다가 양은 주전자에 술잔을 받쳐 들고 들어서는 게 맏손주며느리 박 씹니다.

이 집안의 업 덩어립니다. 얌전하고 바지런해서, 그 크나큰 안살림을 곧잘 휘어나가고, 게다가 시할아버지의 보비위까지 잘하니 더할 나위 없습니다.

인물도 얼굴이 동그름하고 눈이 시원스럽게 생겨서, 올해 나이 서른이로되 도리어 스물다섯 살 먹은 동서보다도 젊어 보입니다.

다만 한 가지, 맏아들 경손(慶孫)이가 금년 열다섯 살인 걸, 아직도 아우를 못 보는 게 흠이라면 흠이라고 하겠지만, 하기야 손(孫)이 귀한 건 이 집안의 내림이니까요.

한데, 이 여인 역시 신세가 고단한 편입니다. 무슨 소박이니 공방이니 하는 문자까지 가져다 붙일 것은 없어도, 남편이요 이 집안의 장손인 종수(鍾秀)가 시골로 내려가서 첩살림을 하기 때문에, 할 수 없이 생과부 축에 끼지 않을 수가 없던 것입니다.

종수는 윤직원 영감의 가문(家門) 빛내기 위한 네 가지 사업 가운데, 군수와 경찰서장을 만들어내려는 품목 중에 편입된 그 군수 재목입니다. 그래 오륙 년 전부터 고향의 군(郡)에서 군 서기〔郡雇員〕 노릇을 하느라고, 서울서 따 들인 기생첩을 데리고 치가를 하는 참이랍니다.

이래서 생과부가 둘……

맏손주며느리 박 씨가 들고 들어오는 술반을 받아가지고 윗목 화로 옆으로 다가앉아 술을 데우는 게 윤직원 영감의 딸 서울아씨라는 진짜 과붑니다. 양반 혼인을 하느라고, 서울 어느 가랭이가 찢어지게 가난한 집으로 시집을 갔다가, 새서방이 일 년 만에 전차에 치여 죽어서 과부가 된 그 여인입니다.

이마가 좁고 양미간이 넓고 콧잔등은 푹신 가라앉고, 온 얼굴에 검은깨를 끼얹어 놓았고 목이 옴츠러지고, 이런 생김새가 아닌 게 아니라 청승맞게는 생겼습니다.

"네가 소갈머리가 고따우루 생깄으닝개루, 저 나이에 서방을 잡어먹었지!"

윤직원 영감은 딸더러 이렇게 미운 소리를 곧잘 하곤 합니다. 그러나 그런 말을 할 때면, 소갈머리뿐 아니라, 생김새도 그렇게 생겨먹었느니라고 으레껏 생각을 합니다.

젊은 과부다운 오뇌는 없지 않지만, 자라기를 호강으로 자랐고, 또 이내 포태(胞胎)도 해보지 못했기 때문에, 스물여덟이라는 제 나이보다 훨씬 앳되기는 합니다.

이래서, 생과부 통과부 등 합하여 과부가 셋……

그러나 과부가 셋뿐인 건 아닙니다.

시방 건넌방에서 잔뜩 도사리고 앉아, 무어라고 트집거리가 생기기만 하면 시아버지 되는 윤직원 영감과 한바탕 맞다대기를 할 양으로 벼르고 있는 이 집의 맏며느리 고 씨, 이 여인 또한 생과붑니다.

그리고 또 아까 안중문께로 나갔다가 마침 윤직원 영감이 삼남이 녀석을 데리고 서서 며느리 고 씨더러 군욕질을 하는 걸 듣고 들어와서는, 그 말을 댓 발이나 더 잡아 늘여 고 씨한테 일러바친 침모 전주댁, 이 여인이 또 진짜 과붑니다.

이래서 이 집안에 과부가 도합 다섯입니다. 도합이고 무엇이고 명색 여인네치고는 행랑어멈과 시비 사월이만 빼놓고는 죄다 과부니 계산이야 순편합니다.

이렇게 생과부, 통과부, 떼과부로 과부 모를 부어놓았으니 꽃모종이나 같았으면 춘삼월 제철을 기다려 이웃집에 갈라 주기나 하지요. 이건 모는 부어놓고도 모종으로 갈라 줄 수도 없는 인간 모종이니 딱한 노릇입니다.

밥상을 받은 윤직원 영감은 방 안을 한 바퀴 휘휘 둘러보더니,

"태식이는 어디 갔느냐?"

하고 누구한테라 없이, 띄워놓고 묻습니다. 윤직원 영감이 인간 생

긴 것치고 이 세상에서 제일 귀애하는 게 누구냐 하면, 시방 어디 갔느냐고 찾는 태식입니다.

지금 열다섯 살이고, 나이로는 증손자 경손이와 동갑이지만 아들은 아들입니다. 그러나 본실 소생은 아니고, 시골서 술에미[酒女]를 상관한 것이, 그걸 하나 보았던 것입니다.

배야 뉘 배를 빌려 생겨났든 간에 환갑이 가까워서 본 막내둥이니, 아버지로 앉아서야 이뻐할 건 당연한 노릇이겠지요. 하물며 낳은 지 삼칠일 만에 에미한테서 데려다가 유모를 두고 집안의 뭇 눈치 속에서 길러낸 천덕꾸러기니, 여느 자식보다 불쌍히 여겨서라도 한결 귀애할 게 아니겠다구요.

윤직원 영감은 밥을 먹어도 꼭 태식이를 데리고 같이 먹곤 하는데, 오늘 저녁에는 마침 눈에 뜨이지 않으니까 숟갈도 들려고 않고서 그 애를 먼저 찾던 것입니다.

윗목께로 공순히 서서 있던 두 손주며느리는, 이거 또 걱정을 한바탕 단단히 들어두었나 보다고 송구해하는 기색만 얼굴에 드러내고 있고, 그러나 딸 서울아씨는 친정아버지의 성화쯤 그다지 겁나지 않는 터라,

"방금 마당에서 놀았는걸! ……"

하고 심상히 대답을 하면서, 술 주전자를 들고 밥상 옆으로 내려옵니다.

"방금 있었넌디 어디루 갔담 말이냐? 눈에 안 뵈거덜랑 늬가 잘 동촉히여서 찾어보구 좀 그리야지……"

아니나 다를까, 윤직원 영감은 딸더러 하는 소리는 소리지만 온 집안 식구들한테다 대고 나무람을 하던 것입니다.

"동촉이구 무엇이구, 제멋대루 나가 돌아다니는 걸 어떻게 일일

이 참견허라구 그리시우?…… 인전 나이 열다섯 살이나 먹었으니 아버니두 제발 얼뚱애기 거천허드끼 그리시지 좀 마시우!"

"홍! 내가 그렇게라두 안 돌아부아 부아라? ……늬들이 작히 그걸 불쌍히 여겨서 조석이라두 제때 챙겨 멕이구 헐 듯싶으냐?"

"아버니가 너무 역성이나 두시구 떠받아 주시구 그리시니깐, 집안 식구는 다아 믿거라구 모른 체헌다우!"

"말은 잘헌다만, 인제 나 하나 발 뻗어부아라? 그것이 박적(바가지) 들구 고살 담박질헐 티닝개."

"제 몫으루 천 석거리나 전장해 주실 테믄서 그리시우? 천석꾼이가 거지가 되믄 오백 석거리밖엔 못 탄 년은 금시루 기절을 해 죽겠우!"

서자요 병신인 태식이한테는 천 석거리를 몫 지어놓고, 서울아씨 저한테는 오백 석거리밖엔 주지 않았대서, 그걸 물고 뜯는 수작입니다. 서울아씨로는 육장 계제만 있으면 내놓는 불평이지요.

이렇게 부녀가 티격태격하려고 하는 판인데, 방 윗미닫이가 사르르 열리더니, 문제의 장본인 태식이가 가만히 고개를 들이밀고는 방 안을 휘휘 둘러봅니다. 그러다가 윤직원 영감이 눈에 띠니까는 들이 천동한 것처럼 우당퉁탕 뛰어들어 윤직원 영감의 커단 무릎 위에 펄씬 주저앉습니다.

그 서슬에 서울아씨는 손에 들고 있던 술 주전자를 채고서 이맛살을 찌푸리고, 윤직원 영감은 턱을 치받쳤으나 헤벌씸 웃으면서,

"허허어 이 자식아, 원!"

하고 귀엽다고 정수리를 만져줍니다.

아이가 사랑에 있는 상노 아이놈 삼남이와 동기간이랬으면 꼭 맞게 생겼습니다.

열다섯 살이라면서, 몸뚱이는 네댓 살배기만치도 발육이 안 되고, 그렇게 가냘픈 몸 위에 가서 깜짝 놀라게 큰 머리가 올라앉은 게 하릴없이 콩나물 형국입니다.

"이 자식아, 좀 죄용죄용허지 못허구, 그게 무슨 놈의 수선이냐? 응…… 이 코! 이 코 좀 보아라……"

엿가래 같은 누런 콧줄기가 들어가지고는 숨을 쉴 때마다 이건 바로 피스톤처럼 바쁘게 들락날락합니다.

"……코가 나오거덜랑 횅 풀던지, 좀 씻어달라구 허던지 않구서, 이게 무어란 말이냐? 응? 태식아……"

윤직원 영감은 힐끔, 딸과 손주며느리들을 건너다보면서, 손수 두 손가락으로 태식의 콧가래를 잡아 뽑아냅니다. 맏손주며느리가 재치 있게 걸레를 집어 들고 옆으로 대령을 합니다.

"앱배!"

태식은 코를 풀리고 나서, 고개를 되들고 앱배를 부릅니다.

"오냐?"

"나, 된……"

돈이란 말인데, 어리광으로 입을 가래비쌔고 말을 하니까 된이 됩니다.

"돈? 돈은 또 무엇 허게? 아까 즘심때두 주었지? 그놈은 갖다가 무엇 히였간디?"

"아탕 사 먹었저."

"밤낮 그렇게 사탕만 사 먹어?"

"나, 된 주엉!"

"그리라…… 그렇지만 이놈은 잘 두었다가 내일 사 먹어라? 응?"

"응."

윤직원 영감이 염낭에서 십 전박이 한 푼을 꺼내 주니까, 아이는 히히 하고 그의 독특한 기성을 지르면서 무릎으로부터 밥상 앞으로 내려앉습니다.

윤직원 영감은 이렇게 한바탕 막내둥이의 재롱을 보고 나서야, 서울아씨가 부어주는 석 잔 반주를 받아 마십니다. 그동안에 태식은 씨근버근 넘싯거리면서 밥상에 있는 반찬들을 들이 손가락으로 거덤거덤 집어다 먹느라고 정신이 없습니다. 집어다 먹고는 옷에다가 손을 쓱쓱 씻고 집어 오다가 질질 흘리고 해도 서울아씨는 아버지 앞에서라 지청구는 차마 못하고, 혼자 이맛살만 찌푸립니다.

반주 석 잔이 끝난 뒤에 윤직원 영감은 비로소 금으로 봉을 박은 은숟갈을 뽑아 들고 마악 밥을 뜨려다가, 문득 고개를 쳐들더니 심상찮게 두 손주며느리를 건너다봅니다.

"아니, 야덜아……"

내는 말조가 과연 졸연찮습니다.

"……늬들, 왜 내가 시키넌 대루 않냐? 응?"

두 손주며느리는 벌써 거니를 채고서 고개를 떨어뜨립니다.

윤직원 영감은 밥이 새하얀 쌀밥인 걸 보고서, 보리를 두지 않았다고 그걸 탄하던 것입니다.

"……보리, 벌써 다아 먹었냐?"

"안직 있어요!"

맏손주며느리가 겨우 대답을 합니다.

"워너니 아직 있을 티지…… 그런디, 그러면 왜 이렇기 맨 쌀만 히여 먹냐? 응?"

조져도 아무도 대답이 없습니다.

"⋯⋯그래, 내가 허넌 말은 동네 개 짖넌 소리만두 못 예기넝구
나? 어쩌서 보리넌 조깨씩 누아 먹으라닝개 쥑여라구 안 듣구서,
이렇게 허연 쌀만 삶어 먹으러 드냐?⋯⋯"

"그 궁상스런 소리 작작 허시우, 아버니두⋯⋯"

서울아씨가 듣다 못해 아버지를 핀잔을 주는 것입니다.

"쌀밥 좀 먹기루서니 만석꾼이 집안이 당장 망헐까 봐서 그리시
우? 마침 보리쌀을 삶은 게 없어서 그랬대요⋯⋯ 고만두시구, 어
여 진지나 잡수시우!"

"아니, 보리쌀은 삶잖구 그냥 누아두면, 머 제절루 삶어진다더
냐? 삶은 놈이 옲거던 다아 요량을 히여서, 미리미리 조깨씩 삶어
두구 끄니때면 누아 먹어야지! 그게 늬덜이 모다 호강스러서 보리
밥이 멕기 싫으닝개루 핑계 대넌 소리다, 핑계 대넌 소리여. 공동
뫼지를 가부아라? 핑계 옲넌 무덤 하나나 있데야?⋯⋯"

윤직원 영감은 아까운 듯이 밥을 한 술 떠 넣고 씹으면서 씹으면
서 생각하니 더욱 아깝던지 또다시 뇌사립니다. 자기 자신이 부연
쌀밥만 먹기가 아깝거든, 이 아까운 쌀밥을 온 집안 식구와, 심지
어 종년이며 행랑것들까지 다들 먹을 것이고, 솥글겅이와 밥티가
쌀밥인 채로 수챗구멍으로 흘러 나갈 일을 생각하면, 그야 소중하
고 아깝기도 했을 겝니다.

"⋯⋯글씨 야덜아, 그 보리밥이랑 게 사람으 몸에 무척 좋단다.
또오, 먹기루 말허더래두 볼깡볼깡 씹히넝 게 맨쌀밥만 먹기보다
는 훨씬 입맛이 나구⋯⋯ 그런디 늬덜은 왜 그걸 안 먹으러 드
냐?⋯⋯"

태식이가 밥을 먹느라고 쩨금쩨금 시근버근 요란을 떨 뿐이지,
아무도 대답이 없고 두 손주며느리는 그저 지당하신 말씀이십니다

고 순종하겠다는 빛을 얼굴에 드러내기에 애가 쓰입니다.

"……그러나마 늬덜더러 구찬헌 보리방애를 찌여 먹으랬을세 말이지, 아 시골서 작인덜 시키서 대껴서, 그리서 올려 온 것이니, 흔헌 물으다가 북북 씻어서 있는 나무에 푹신 삶어두구 조깨씩 누 아 먹기가 그리 심이 들 게 무어람 말이냐?…… 허어, 참 딱헌 노 릇이다!……"

말을 잠깐 멈추더니, 그다음엔 아주 썩 구수하게 음성도 부드럽 게……

"……야덜아, 그러구 말이다. 거, 보리밥이 그런 성불러두, 그걸 노상 먹느라면 글씨, 애기 못 낳던 여인네가 포태를 헌단다! 포태 를 헌대여! 응?"

과부나 생과부가 남편이 없이 공규는 지켜도 보리밥만 노상 먹 노라면 애기를 밴단 말이겠다요.

그러나, 그 말의 반응은 실로 효과 역력했습니다. 한 것이, 맏손 주며느리는, 그렇다면 내일 아침부터 꼭꼭 보리밥을 먹어야 하겠 다고 좋아했고, 둘째 손주며느리는 아무려나 나두 먹어는 보겠다 고 유념을 했고, 서울아씨는 나두 먹었으면 좋겠는데 하는 생각을 했으니 말입니다.

다만, 이편 건넌방에서 시방 싸움을 잔뜩 벼르고 앉아 있는 며느 리 고 씨만은, 저 영감태기가 또 능청맞게 애들을 속여 먹는다고 안방으로 대고 눈을 흘깁니다.

참말이지, 조금만 무엇했으면, 우르르 쫓아와서 그 허연 수염을 움켜쥐고 쌀쌀 들이잡아 동댕이를 쳐주고 싶게 하는 짓이 일일이 밉광머리스럽습니다.

이 고 씨는, 말하자면 이 세상 며느리의 썩 좋은 견본이라고 하겠습니다.

─암캐 같은 시어머니, 여우나 꽁꽁 물어 가면 안방 차지도 내 차지, 곰방조대도 내 차지.

대체 그 시어머니라는 종족이 며느리라는 종족한테 얼마나 야속스러운 생물이거드면, 이다지 박절할 속담까지 생겼습니다.

열여섯 살에 시집을 온 고 씨는 올해 마흔일곱이니, 작년 정월 시어머니 오 씨가 죽는 날까지 꼬박 삼십일 년 동안 단단히 그 시집살이라는 걸 해왔습니다.

사납대서 살쾡이라는 별명을 듣고, 인색하대서 진지리 꼽재기라는 별명을 듣고, 잔말이 많대서 담배씨라는 별명을 듣고 하던 시어머니 오 씨(그러니까, 바로 윤직원 영감의 부인이지요) 그 손 밑에서 삼십일 년 동안 설운 눈물 많이 흘리고 고 씨는 시집살이를 해오다가, 작년 정월에야 비로소 그 압제 밑에서 해방이 되었습니다. 남의 집 종으로 치면 속량이나 된 셈이지요. 그러나 막상 이 고 씨라는 여인이 하 그리 현부(賢婦)였더냐 하면 그런 것도 아닙니다. 하기야 아무리 흠잡을 데 없이 얌전스럽고 덕이 있고 한 며느리라도, 야속한 시어머니한테 걸리고 보면 반찬 먹은 개요, 고양이 앞에 쥐요 하지 별수가 없는 것이지만, 고 씨로 말하면 사람이 몸집 생김새와 같이 둥실둥실한 게 후덕하기는 하나, 대단히 이통이 세어 한 번 코를 휘어붙이면 지렛대로 떠곤질러도 꿈쩍을 않고, 또 몹시 거만진 성품까지 없지 않습니다. 사상의(四象醫)더러 보라면 태음인(太陰人)이라고 하겠지요.

그래 아무튼 고 씨는, 그 말썽 많은 시집살이 삼십일 년을 유난히 큰 가대를 휘어잡아 가면서 그래도 쫓겨난다는 큰 파탈은 없이 오늘날까지 살아왔습니다. 그러는 동안에 종수와 종학 두 아들을 낳아서 윤직원 영감으로 하여금 군수와 경찰서장을 양성할 동량(棟樑)도 제공했고, 그리고 이제는 나이 마흔일곱에 근 오십이요, 머리가 반백에 손주 경손이가 중학교 이년급을 다니게까지 되었던 것입니다.

그러자 계제에, 작년 정월에는 암캐 같은 시어머니였든지 테리어 같은 시어머니였든지 간에 좌우간, 그 시어머니 오 씨가 여우가 꽁꽁 물어 간 것은 아니나 당뇨병으로 세상을 떠났고, 그러므로 주부(主婦)의 자리가 비었은즉 제일 첫째로 며느리인 고 씨가 곰방조대야 피종을 피우는 터이니 차지를 안 해도 상관없겠지만, 안방 차지는 응당히 했어야 할 게 아니겠다구요?

장모는 사위가 곰보라도 이뻐하고, 시아버지는 며느리가 뻐드렁니에 애꾸눈이라도 이뻐는 하는 법인데, 윤직원 영감은 어떻게 된 셈인지 며느리 고 씨를 미워하기를 그의 부인 오 씨 못잖게 미워했습니다. 노마나님 오 씨의 초종범절을 치르고 나서, 서울아씨가 올케 되는 고 씨한테 안방을 (섭섭하나마) 내줘야 하게 된 차인데 윤직원 영감이 처억 간섭을 한다는 말이……

"야야! 너두 아다시피, 내가 조석을 꼭꼭 안방으 들와서 먹넌디, 아 늬가 안방을 네 방이라구 이름 지어각구 있을 양이면 내가 편찮히여서 어디 쓰겄냐? 그러니 나 죽넌 날까지나 그냥저냥 웃방(건넌방)을 쓰구 지내라."

핑계야 물론 그럴듯합니다. 그래서 안방은 노마나님 오 씨의 시체만 나갔을 뿐이지 전대로 서울아씨가 태식을 데리고 거처를 하고, 고 씨는 건넌방에 눌러 있게 되었던 것입니다.

"흥! 만만한 년은 제 서방 굿도 못 본다더니, 나는 두 다리 뻗는 날까지 접방살이(곁방살이·행랑살이) 못 면헐걸!"

고 씨는 방 때문에 비위가 상할 때면 으레껏 이런 구누름을 잊지 않고 하곤 합니다. 그러나 고 씨의 억울한 건 약간 안방 차지를 못 하는 것 따위만이 아닙니다.

시어머니 오 씨는 마지막 숨이 지는 그 시각까지도 며느리 고 씨를 못 먹어했습니다.

"오냐, 인제넌 지긋지긋허던 내가 급살 맞어 죽으닝개, 시언허구 좋아서 춤출 사람 있을 것이다!"

이건 물론 며느리 고 씨를 물고 뜯는 말이요, 이제 자기가 죽고 나면 며느리 고 씨가 집안의 안어른이 되어가지고, 마음대로 휘둘러가면서 지낼 테라서, 그 일을 생각하면 안타깝고 밉고 하여, 숨이 넘어가는 마당에서까지 그대도록 야속한 소리를 했던 것입니다.

미상불 고 씨는 시어머니의 거상을 입으면서부터 기를 탁 폈습니다. 예를 들자면 드리없지만, 가령 밤늦게까지 건넌방에서 아무리 성냥 긋는 소리가 나도 이튿날 새벽같이,

"밤새두룩 댐배질만 허니라구 성냥 열일곱 번 그신(그은) 년이 어떤 년이냐?"

하고, 야단을 치는 사람이 없어 잠 못 이루는 밤을 담배로 동무 삼아 밝히기도 무척 임의로웠습니다.

또, 나들이를 한 사이에 건넌방 문에다가 못질을 해서 철갑을 하는 꼴을 안 당하게 된 것도 다 좋은 일입니다.

그러나 그렇게 기만 조금 펴고 지내게 되었을 뿐이지, 실상 아무 실속도 없고 말았습니다. 시아버지 윤직원 영감이 처결하기를, 집안의 살림살이 전권(全權)을 마땅히 물려받아야 할 주부 고 씨는 제쳐놓고서, 한 대(一代)를 껑충 건너뛰어 손주 대(孫子代)로 내려가게 했던 것입니다. 고 씨의 며느리 되는 종수의 아낙인 박 씨 즉

66

윤직원 영감의 맏손주며느리가 시할머니의 뒤를 바로 이어서 집안의 안살림을 도맡아 하게 되었던 것입니다.

그러고 보니, 묻지 않아도 내가 주부로 들어앉아 며느리를 거느리고 집안 살림을 해가는 어른이 되겠거니 했던 고 씨는 고만 개밥의 도토리가 되어버리고, 도리어 시어머니 오 씨 대신에 며느리 박 씨한데 또다시 시집살이(?)를 하게쯤 된 셈평이었습니다. 선왕(先王)의 뒤를 이어 즉위는 했으나 권력은 왕자가 쥐게 된 그런 판국과 같다고 할는지요.

그런 데다가 시아버지 윤직원 영감은 죽고 없는 마누라 몫까지 해서, 갈수록 더 못 먹어서 으릉으릉 뜯지요. 시뉘 되는 서울아씨는 내가 주장입네 하는 듯이 안방을 차지하고 누워서 사사이 할퀴려 들지요. 그런데, 또 더 큰 불평과 심횟거리가 있으니……

고 씨는 시방 동경엘 가서 경찰서장감으로 공부를 하고 있는 둘째아들 종학을 낳은 뒤로부터 스물네 해 이짝, 남편 윤 주사 창식과 금실이 뚝 끊겨, 생과부로 좋은 청춘을 늙혀버렸습니다.

윤 주사는 시골서부터 첩장가를 들어 딴살림을 했었고, 서울로 올라올 때도 그 첩을 데리고 와서 지금 동대문 밖에다가 치가를 하고 있습니다.

그리고 요새는, 그새까지는 별로 않던 짓인데, 새 채비로 기생첩 하나를 더 얻어서 관철동에다 살림을 차려놓고는 이 집으로 가서 놀다가 저 집으로 가서 누웠다 하며 지냅니다.

그리고는 본집에는 돈이나 쓸 일이 있든지, 또 부친 윤직원 영감이 두 번 세 번 불러야만 마지못해 오곤 하는데, 오기는 와도 사랑방에서 부친이나 만나보고 그대로 횡허게 돌아가지, 안에는 도무지 발걸음도 않습니다.

이 윤 주사라는 사람은 성미가 그의 부친 윤직원 영감과는 딴판이요, 좀 호협한 푼수로는 그의 조부 말 대가리 윤용규를 닮았다고나 할는지, 그리고 살쾡이요 진지리 꼽재기요 담배씨라던 그의 모친 오 씨와는 더욱 딴 세상 사람입니다.

도무지 철을 안 이후로 나이 마흔여섯이 되는 이날 이때까지 남과 언성을 높여 시비 한 번인들 해본 적이 없습니다.

남이 아무리 낮게 해야, 그저 그런가보다고 모른 체할 따름이지, 마주 대고 궂은소리라도 하는 법이 없습니다. 본시 사람이 이렇게 용하기 때문에 그를 낮아하는 사람도 별반 없지만……

가산이고 살림 같은 것은 전혀 남의 일같이 불고하고, 또 거두잡아서 제법 살림살이를 할 줄도 모릅니다.

부친 윤직원 영감의 말대로 하면, 위인이 농판이요, 오십이 되도록 철이 들지를 않아서 세상일이 죽이 끓는지 밥이 넘는지 통히 모르고 지내는 사람입니다.

미워서 꼬집자면 그렇게 말도 할 수가 없는 건 아니겠지요. 그러나, 또 좋게 보자면 세상 물욕(物慾)을 초탈한 사람이라고도 하겠지요.

누구 어려운 친척이나 친구가 찾아와서 아쉰 소리를 할라치면, 차마 잡아떼지를 못하고서 있는 대로 털어 줍니다.

남이 빚 얻어 쓰는 데 뒷도장 눌러주고는, 그것이 뒤집혀 집행을 맞기가 일쑵니다.

윤직원 영감은 몇 번 그런 억울한 연대채무란 것에 몇만 원 돈 손을 보던 끝에 이래서는 못쓰겠다고 윤 주사를 처억 준금치산 선고를 시켜버렸습니다.

그렇지만, 그랬다고 쓸 돈 못 쓸 리는 없는 것이어서, 윤 주사는 준금치산 선고를 받은 다음부터는 윤두섭이라는 부친의 도장을 새겨서 쓰곤 합니다.

윤두섭의 아들 윤창식이가 찍은 도장이면 그것이 위조 도장인 줄 알고서도 몇천 원 몇만 원의 수형을 받아주는 사람이 수두룩하고, 차용증서도 그 도장으로 통용이 되니까요.

나중에 가서 일이 뒤집혀지면 윤직원 영감은 그래도 자식을 인장 위조죄로 징역은 보낼 수가 없으니까, 그런 걸 울며 겨자 먹기라든지, 할 수 없이 그 수형이면 수형, 차용증서면 차용증서를 물어주곤 합니다.

윤 주사 창식 그는 아무튼 그러한 사람으로서, 밤이고 낮이고 하는 일이라고는 쌍스럽지 않은 친구 사귀어두고 술 먹으러 다니기, 활쏘기, 제철 따라 승지(勝地)로 유람 다니기, 옛 한서(漢書) 모아놓고 뒤지기, 한시(漢詩) 지어서 신문사에 투고하기, 이 첩의 집에서 술 먹다가 심심하면 저 첩의 집으로 가서 마작 하기, 도무지 유유자적한 게 어떻게 보면 신선인 것처럼이나 탈속이 되어 보입니다.

물론 첩질이나 하고, 마작이나 하고, 요정으로 밤을 도와 드나드는 걸 보면 갈데없는 불량자고요.

사람마다 이상한 괴벽은 다 한 가지씩 있게 마련인지, 윤 주사 창식도 야릇한 편성이 하나 있습니다.

그가 마음이 그렇듯 활협하고, 남의 청을 거절 못하는 인정 있는 구석이 있다는 소문을 듣고서, 어느 교육계의 명망 유지 한 사람이 그의 문을 두드린 일이 있었습니다.

소간은 그 명망 유지 씨가 후원을 하고 있는 사학(私學) 하나가 있는데, 근자 재정이 어렵게 되어 계제에 돈을 한 이십만 원 내는 특지가가 있으면, 그 나머지는 달리 수합을 해서 재단의 기초를 완성시키겠다는 것이고, 그러니 윤 주사더러 다 좋은 사업인즉 십만 원이고 이십만 원이고 내는 게 어떠냐고, 참 여러 가지 말과 구변을 다해 일장 설파를 했습니다.

윤 주사는 자초지종 그러냐고, 아 그러다뿐이겠느냐고 연해 맞장구를 쳐주어 가면서 듣고 있다가 급기야 대답할 차례에 가서는 한단 소리가,

"학교가 없어서 공부를 못 하기보다는 돈이 없어서 있는 학교도 못 다니는 사람이 많지 않습니까?"

하고 엉뚱한 반문을 하더라나요. 그래 명망 유지 씨는 신명이 풀려 두어 마디 더 이야기를 하다가 돌아갔습니다.

아닌 게 아니라, 윤 주사는 남의 사정을 쓸쓸히 보아주는 사람이면서도 공공사업이나 자선사업 같은 데는 죽어라고 일전 한 푼 쓰지를 않습니다.

부친 윤직원 영감은 그래도 곧잘 기부는 하는 셈이지요. 시골서 살 때엔 경찰서의 무도장(武道場)을 독담으로 지어놓았고, 소방대에다가 백 원씩 오십 원씩 두어 번이나 기부를 했고, 보통학교 학급 증설 비용으로 이백 원 내논 일이 있었고, 또 연전 경남 수재 때에는 벙어리를 새로 사다가 동전으로 일 원 칠십이 전을 넣어서 태식이를 주어서 신문사로 보내서 사진까지 신문에 난 일이 있는걸요. 그 위대한 사진 말입니다.

그러나 윤 주사 창식은 도무지 그런 법이 없습니다. 영 졸리다 졸리다 못하면, 온 사람을 부친 윤직원 영감한테로 슬그머니 따 보내버릴망정 기부 같은 건 막무가내로 하지를 않습니다.

속담에, 부자라는 건 한정이 있다고 합니다. 가령 천석꾼이 부자면 천 석까지 먹이 찬 뒤엔, 또 만석꾼이 부자면 만석까지 먹이 찬 뒤엔, 그런 뒤에는 항상 그 근처에서 오르고 내리고 하지, 껑충 뛰어넘어서 한정 없이 불어나가지는 못한다는 그 뜻입니다.

미상불 그렇습니다. 가령 윤직원 영감만 놓고 보더라도, 일 년에 벼로다가 꼭 만석을 받은 지가 벌써 십 년이 넘습니다. 그러니 그게 매년 십만 원씩 아닙니까?

또 현금을 가지고 수형 장수[手形割引業]를 해서, 일 년이면 이삼만 원씩 새끼를 칩니다.

그래서 매년 수입이 십수만 원이니 그게 어딥니까? 가령, 세납이야 무엇이야 해서 일반 공과금과 가용을 다 쳐도 그 절반 오륙만 원이 다 못 될 겝니다.

그렇다면 그 나머지 오륙만은 해마다 쳐져서, 십 년 전에 만석을 받은 백만 원짜리 부자랄 것 같으면, 십 년 후 시방은 백오십만 원의 만 오천 석짜리 부자가 되었어야 할 게 아니겠습니까?

그런데 글쎄, 그다지도 가산 늘리기에 이골이 난 윤직원 영감이건만 십 년 전에도 만석 십 년 후 시방도 만석……그렇습니다그려.

그렇다고 윤직원 영감이 무슨 취리에 범연해서 그랬겠습니까? 결국 아들 창식이 그런 낭비를 하고, 또 맏손자 종수가 난봉을 부리고, 군수를 목표한 관등의 승차에 관한 운동비를 쓰고 그러는 통에 재산이 그 만석에서 더 붇지를 못하고 답보로―웃을 한 거랍니다.

윤직원 영감은 가끔 창식의 그런 빚을 물어주느라고 사뭇 날뛰면서, 단박 물고라도 낼 듯이 호령호령, 그를 잡으러 보냅니다. 그러나 창식은 부친이 한 번쯤 불러서는 냉큼 와보는 법이 없고, 세 번 네 번 만에야 겨우 대령을 합니다.

"야, 이 수언 잡어 뽑을 놈아, 이놈아!……"

윤직원 영감은 혼자서 실컷 속을 볶다가, 아들이 처억 들어와서 시침을 뚜욱 따고 앉는 양을 보면, 마구 속이 지레 터질 것 같아 냅다 욕이 먼저 쏟아져 나옵니다.

그럴라치면 창식은 아주 점잖게,

"아버니두 무슨 말씀을 그렇게 허십니까!……"

하고 되레 부친을 나무랍(?)니다.

"……아, 손주 놈들이 다아 장성을 허구, 경손이 놈두 전 같으면 벌써 가숙을 볼 나인데, 그것들이 번연히 듣구 보구 하는 걸, 아버니는 노오 말씀을 그렇게……"

"아니, 무엇이 어찌여?"

윤직원 영감은 고만 더 말을 못합니다. 노상 아들한테 입 더럽게 놀린다고 편잔을 먹은 그것을 부끄러워할 윤직원 영감이 아니건만, 어쩐 일인지 그는 아들 창식이한테만은 기를 펴지를 못합니다.

혼자서야, 이놈이 오거든 인제 어쩌구저쩌구 단단히 닦달을 하려니 하고 굉장히 벼르지요. 그렇지만 딱 마주쳐서는 첫마디에 기가 죽어버리고 되레 꼼짝을 못합니다.

"그놈이 호랭이나 화적보담두 더 무선 놈이라닝개! 천하 무선 놈이여!"

윤직원 영감은 늘 이렇게 아들을 무서운 놈으로 칩니다. 그러니 세상에 겁날 것이 없이 지나는 윤직원 영감을 힘으로도 아니요, 아귀힘도 아니요, 총으로 아니면서 다만 압기(壓氣)로다가, 그러나마 극히 유순한 것인데, 그것 하나로다가 그저 꼼짝 못하게 할 수 있는 창식은 미상불 호랑이나 화적보다 더 무서운 사람일밖에 없는 것입니다.

번번이 그렇게 윤직원 영감은 꼼짝도 못하고서는 할 수 없이, 한 단 소리가……

"돈 내누아라, 이놈아!…… 네 빚 물어준 돈 내누아!"

"제게 분재시켜주실 데서 잡아 까시지요!"

창식은 종시 시치미를 따고 앉아서 이렇게 대답을 합니다.

윤직원 영감은 그제는 아주 기가 탁 막혀서 씨근버근하다가,

"뵈기 싫다, 이 잡어 뽑을 놈아!"

하고 고함을 치고는 돌아앉아 버립니다.

이래서 결국 윤직원 영감이 지고 마는 싸움은 싸움이라도, 한 달에 많으면 두세 번 적어서 한 번쯤은 으레껏 싸움을 해야 합니다.

이런 빚 조건으로 생긴 싸움이, 아들 창식이하고만이 아니라 맏손자 종수하고도 종종 해야 하니, 엔간히 성가실 노릇이긴 합니다.

또 그런 빚을 물어주는 싸움은 아니라도, 윤직원 영감은 가끔 딸서울아씨와도 싸움을 해야 합니다. 작은손주며느리와도 싸움을 해야 하고, 방학에 돌아오는 작은손자 종학과도 싸움을 해야 합니다.

며느리 고 씨하고는 말할 것도 없고, 사랑방에 있는 대복이나 삼남이와도 싸움을 해야 합니다.

맨 웃어른 되는 윤직원 영감이 그렇게 싸움을 줄창치듯 하는가 하면 일변 경손이는 태식이와 싸움을 합니다.

서울아씨는 올케 고 씨와 싸움을 하고, 친정 조카며느리들과 싸움을 하고, 경손이와 싸움을 하고, 태식이와 싸움을 하고, 친정아버지와 싸움을 합니다.

고 씨는 시아버지와 싸움을 하고, 며느리들과 싸움을 하고, 시누이와 싸움을 하고, 다니러 오는 아들과 싸움을 하고, 동대문 밖과 관철동의 시앗 집엘 가끔 쫓아가서는 들부수고 싸움을 합니다.

그래서, 싸움 싸움 싸움, 사뭇 이 집안은 싸움을 근저당(根抵當) 해놓고 씁니다. 그리고 그런 숱한 여러 싸움 가운데 오늘은 시아 버지 윤직원 영감과 며느리 고 씨와의 싸움이 방금 벌어질 켯속입 니다.


## 6. 관전기(觀戰記)

고 씨는 그리하여 그처럼 오랫동안 생수절을 하고 살아오다가 마침내 단산(斷産)할 나이에 이르렀습니다. 여자 아닌 여자로 변 하는 때지요.

이때를 당하면 항용 의좋은 부부 생활을 해오던 여자라도 히스 테리라든지 하는 이상야릇한 병증이 생기는 수가 많답니다. 그런 걸 고 씨로 말하면, 이십오 년 청춘을 호올고 늙히다가, 이제 바야 흐로 여자로서의 인생을 오늘내일이면 작별하게 되었은즉, 가령 히스테리를 제쳐놓고 보더라도 마음이 안존할 리가 없을 건 당연 한 노릇이겠지요. 윤직원 영감의 걸죽한 입잣대로 하면, 오두가 나 는 것도 그러므로 무리가 아닐 겝니다.

그러한 데다가, 자 집안 살림을 맡아서 하니 그 재미를 봅니까. 자식들이래야 다 장성해서 뿔뿔이 흩어져 살고 어미는 생각도 않 지요.

손자 경손이 놈은 귀엽기는커녕 까불고 앙뚱해서 얄밉지요. 남 편이래야 남이 아니면 원수지요. 시아버지라는 영감은 괜히 못 먹 어서 으르렁으르렁하고, 걸핏하면 짝 찢을 년이네, 오두가 나서 그 러네 하고 군욕질이지요.

그러니 고 씨로 앉아서 당하고 보면 심술에다가 악밖에 날 게 더 있겠습니까.

그래도 작년 정월 시어머니 오 씨가 살아 있을 때까지는 삼십 년 눌려서 살아온 타성으로, 고양이 앞에 쥐같이 찍소리도 못하고 마음으로만 앓고 살았지만, 이제는 그 폭군이 하루아침에 없고 보매 기는 탁 펴지는데, 그러나 세상은 여전히 뜻과 같지 않으니, 불평은 할 수 없이 악으로 변해버리게만 되었던 것입니다.

시어머니가 죽고 없은 뒤로는 집안에서 어른이라면 시아버지 윤직원 영감 하나뿐이요, 그 밖에는 죄다 재하자(在下者)들입니다.

한데, 그는 윤직원 영감쯤 망령 난 동네 영감태기 푼수로나 보이지, 결단코 시아버지요, 위하고 어려워할 생각은 털끝만큼도 없습니다.

그러니까 그는 집안의 어른이고 아이고 간에 트집거리만 있으면 상관없이 들이대고 싸웁니다.

시방 오늘 저녁만 하더라도, 아까 쪽대문을 열어놓았다고 윤직원 영감이 군욕질을 했대서 그 원혐으로다가 기어코 한바탕 화용도를 내고라야 말 작정으로 그렇게 벼르고 있는 참입니다.

하기야 쪽대문을 열어놓은 것도 실상 알고 보면, 위정 그런 것이지요. 윤직원 영감이 보고서 속 좀 상하라고. 그리고 그 끝에 무어라고 욕이나 하게 되면 싸움거리나 장만할 양으로…… 용 못 된 이무기 심술만 남더라고, 앉아서 심술이나 부려야 속이나 시원하지요.

어쨌든, 그러니 속이 후련하도록 싸움을 대판거리로 한바탕 해대야만 할 텐데, 이건 암만 도사리고 앉아 들어야 영감태기가 음충맞게시리 어린 손주며느리들더러 보리밥을 먹으면 애기 밴다는 소

리나 하고 있지, 종시 이리로 대고는 무어라고 그 더러운 구습(口
習)을 놀리는 것 같지가 않습니다.

그렇다고 그냥 참고 말잔즉 더 부아가 나기도 할뿐더러, 대체 무
엇이 대끼며 뉘 코 무서운 사람이 있다고, 그 부아를 참거나 조심
을 할 며리도 없는 것이고 해서, 시방 두 볼이 아무튼 상말로 오뉴
월 무엇처럼 추욱 처져가지고는 숨길이 씨근버근, 코가 벌씸벌씸,
입이 삐쭉삐쭉, 깍짓손으로 무르팍을 안았다 놓았다, 담배를 비벼
껐다 도로 붙였다 사뭇 부지를 못합니다. 미상불 사람이란 건 싸우
고 싶은 때 못 싸우면 더 부아가 나는 법이니까요.

집 안은 안방에서 윤직원 영감이 태식을 데리고 앉아서 저녁을
먹으면서, 잔소리를 섭느라고 웅얼거리는 소리, 태식이 딸그락딸
그락 째금째금 하는 소리, 그 외에는 누구 하나 기침 한번 크게 하
는 사람 없고, 모두 조심을 하느라 죽은 듯 조용합니다.

바깥은 황혼이 또한 소리 없이 짙어가고, 으슴푸레하던 방 안에
는 깜박 생각이 난 듯이 전등이 반짝 켜집니다.

마침 이 전등불을 신호 삼듯, 집 안의 조심스런 침정을 깨뜨리
고, 별안간 투덕투덕 구둣발 소리가 안중문께서 요란하더니, 경손
이가 안마당으로 들어섭니다.

교복 정모에 책가방을 걸멘 것이, 학교로부터 지금에야 돌아오
는 길인가 본데, 이 애가 섬뻑 그렇게 들어서다 말고, 대뜰에 저
의 증조부의 신발이 놓인 걸 힐끔 넘겨다보더니, 고개를 움칠 혓바
닥을 날름하면서 발길을 돌려 살금살금 뒤채께로 피해 가고 있습
니다.

눈에 띄었자 상 탈 일 없고, 잘못하면 사날 전에 태식을 골탕 먹
여 울린 죄상으로 욕이나 먹기 십상일 테라, 아예 몸조심을 하던

것입니다.

저는 아무도 안 보거니 했는데, 그러나 조모 고 씨가 빤히 내다보고 있었습니다. 실상 고 씨가 본댔자 영감태기한테야 혓바닥을 내미는 것 말고 그보다 더한 주먹질을 해도 상관할 바 아니지만, 그러니까 그걸 가려 어쩌자는 게 아닙니다. 그 애를 통해 생트집을 잡자는 모양이지요.

"네 이놈, 경손아!"

유리 쪽으로 내다보고 있던 미닫이를 냅다 벼락 치듯 와르르 따악 열어젖히면서, 집 안이 온통 떠나가게 왜장을 칩니다. 온 집안이 모두 놀란 건 물론이지만, 경손은 고만 질겁을 했습니다. 그 애는 증조부 윤직원 영감이 아니고 아무 상관도 없는 조모가 그렇게 내닫는 게 뜻밖이어서 더욱 놀랐습니다.

그러나 놀란 것은 순간이요, 이내 침착하여 천천히 돌아서면서,

"네에?"

하고 의젓이 마주 올려다봅니다.

이편은 살기가 사뭇 뚝뚝 떴는데, 저는 아무렇지도 않은 듯이 시침을 뚜욱 따고 서서 도무지 눈도 한 번 깜짝 않는 양이라니, 앙뚱하기 아닐 말로 까 죽이고 싶게 밉살머리스럽습니다.

고 씨는 영영 시아버지와 싸움거리가 생기지를 않으니까, 아무고 걸리는 대로 붙잡고 큰소리를 내서 시아버지의 비위를 건드려서, 그래서 욕이 나오면 어더고야 트집을 잡아가지고 싸움을 하겠던 것인데, 고놈 경손이 놈이 하는 양이 우선 비위에 거슬리고 본즉, 가뜩이나 부아가 더 치밀고, 그렇지만 이 판에 부아를 돋우어 주는 거리면 차라리 해롭잖을 판속입니다.

이편, 경손더러 그러나 바른대로 말을 하라면, 집안이 제한테는

모두 어른이건만 하나도 사람 같은 건 없고, 그래서 누가 무어라고 하건 죄꼼도 무섭지가 않습니다.

증조부 윤직원 영감이 그렇고, 대고모 서울아씨가 그렇고, 대부 태식이는 문제도 안 되고, 제 부친 종수나 숙모 조 씨가 그렇고, 조부 윤 주사의 첩들이 그렇고, 해서 열이면 아홉은 다 시쁘고 깔보이기만 합니다.

그래 시방도 속으로는,

'흥! 누구 말마따나, 오두가 났나? 왜 저 모양인구?…… 암만 그래 보지? 내가 애먼 화풀이를 받아주나……'

하면서, 제 염량 다 수습하고 있습니다.

고 씨는 당장 무슨 거조를 낼 듯이 연하여 높은 소리로,

"네, 이놈!"

하고, 한 번 더 을러댑니다. 그러나, 이놈 이놈, 두 번이나 고함만 쳤지, 그다음은 무어라고 나무랄 건덕지가 없습니다.

하기야 시아버지가 진짓상을 받고 계신데, 며느리 된 자 어디라고 무엄스럽시리 문소리 목소리를 크게 내서 어른을 불안케 했은 즉, 응당 영감태기로부터, 어허 그 며느리 대단 괘씸쿠나! 하여 필연 응전 포고가 올 것이고, 그 응전 포고만 오고 보면 목적한 바는 올바로 들어맞는 켯속이니 고만일 텁니다. 그러나 지금 당장은 저기 저놈 경손이 놈이 사람 여남은 집어삼킨 능청맞은 얼굴을 얄밉살스럽게시리 되들고 서서, 그래 무엇이 어쨌다고 소리나 꽥꽥 지르고 저 모양인고! 할 말 있거든 해보아요? 내 참 별꼴 다 보겠네!…… 이렇게 속으로 빈정대는 게 아주 번연히, 썩 발칙스럽기도 하려니와 일변 어째 그랬든 한 번 개두를 한 이상 뒷갈무리를 못 해서야 어른의 위신과 체모가 아니던 것입니다.

"이놈, 너넌 어디 가서 무얼 허니라구 인자사 이러구 오냐?"

고 씨는 겨우 꾸짖는다는 게 이겝니다.

거상에 손주 놈이 학교를 잘 다니건 말건 공부를 착실히 하건 말건, 통히 알은체도 안 해오던 터에, 오늘 밤이야 말고서 갑작스레 그런 소리를 하는 게, 다 속 앗일 짓이기는 하지만, 다급한 판이니 옹색한 대로 둘러댈 수밖에 없던 것입니다.

"전람회 준비했어요! 그르느라구 학교서 늦었어요!"

경손은 고 씨의 말이 떨어지기가 무섭게, 다뿍 시뻐하는 소리로 대답을 해줍니다. 그때 마침 그 애의 모친 박 씨가 당황히 안방에서 나오더니 조용조용,

"너는 학교서 파하거던 일찍일찍 오지는 않구서, 무슨 해망을 허느라구 이렇게 저물구…… 할머니 걱정허시게 허구, 그래!"

하고, 며느리답게 시어머니를 대접하느라 아들놈을 나무랍니다.

"어머닌 또 무얼 안다구 그래요?……"

경손은 버럭, 미어다 부듯듯 제 모친을 지천을 하는데, 그야 물론 조모 고 씨더러 배채이란 속이지요.

"……전람회 준비 때문에 학교서 늦었단밖에 어쩌라구 그래요. 왜 속두 몰라가지구들 그래요?"

"아, 저놈이!"

"가만있어요, 어머닐랑…… 대체 집에 들앉은 부인네들이 무얼 안다구 그래요?…… 내가 이 집에선 제일 어리니깐 만만헌 줄 알구, 그저 속상헌 일만 있으면 내게다가 화풀일 허려 들어! 왜 그래요? 왜?…… 괜히 나인 어려두 인제 이 집안에선 매앤 어른 될 사람이라우, 나두…… 왜 걸핏하면 날 잡두리우? 잡두리가…… 어림없이!……"

한마디 거칠 것 없이, 굽힐 것 없이, 퀄퀄히 멋스려댑니다.

"아, 이 녀석이!……"

저의 모친 박 씨가 목소리를 짓눌러가면서 나무라다 못해 때려라도 주려고 달려 내려올 듯이 벼르는 것을, 그러나 경손은 본체만체, 쾅당쾅당 요란스럽게 발을 구르면서 뒤꼍으로 들어갑니다.

"흥! 잘은 되야먹는다, 이놈의 집구석……"

고 씨는 차라리 어처구니가 없다고 혀를 끌끄을 차다가, 미닫이를 도로 타악 닫으면서 구누름이 나오기 시작합니다.

"……잘 되야먹어! 이마빡으 피두 안 마른 것두 으런이 무어라구 나무래면 천 장 만 장 떠받구 나서기버틈 허구!…… 흥! 뉘 놈의 집구석 씨알머리라구, 워너니 사람 같은 종자가 생길라더냐!"

이 쓸어 넣고 들먹거려 하는 욕이 고 씨의 입으로부터 떨어지자마자, 마침내 농성(籠城)코 나지 않던 적(敵)은 드디어 성문을 좌우로 크게 열고(가 아니라) 안방 미닫이를 벼락 치듯 열어젖히고, 일원 대장이 투구 철갑에 장창을 비껴들고(가 아니라) 성이 치달은 윤직원 영감이, 필경 싸움을 걸어 맡고 나서는 것입니다.

실상 윤직원 영감은 저편이 싸움을 돋는 줄을 몰랐던 건 아닙니다. 다 알고서도 어디 얼마나 하나 보자고 넌지시 늦추 잡도리를 하느라, 고 씨가 처음 꽥 소리를 칠 때도 손주며느리와 딸을 건너다보면서,

"저, 쩍 찢을 년은, 왜 또 지랄이 나서 저런다냐!"

하고 입만 삐죽거렸습니다.

서울아씨는 친정아버지를 따라 입을 삐죽거리고, 두 손주며느리는 고개를 숙이고 있다가 박 씨만 조심조심 경손을 나무라느라고 마루로 나오고, 경손이가 온 줄 안 태식은 미닫이의 유리로 밖을

내다보다가 도로 오더니,

"아빠 아빠, 저 경존이 잉? 깍쟁이 자직야, 잉? 아주 옘병헐 자직이야!"

하고 떠듬떠듬 말재주를 부리고 했습니다.

"아서라! 어디서 그런……"

"잉? 아빠. 경존이 깍쟁이 자직야. 도족놈의 자직야, 잉? 아빠, 그치?"

"아서어! 그런 욕 허면 못쓴다!"

윤직원 영감은 이 육중한 막내둥이를 나무란다고 하기보다도, 말재주가 늘어가는 게 신통하대서 빙그레 웃고 있었습니다.

두 번째 건넌방에서 고 씨의 큰소리가 들렸을 때도 윤직원 영감은 딸과 작은손주며느리를 번갈아 건너다보면서 혼잣말을 하듯이, 저년이 또 오두가 나서 저러느니, 서방한테 소박을 맞고 지랄이 나서 저러느니, 원체 쌍놈 아전의 자식이요, 보고 배운 데가 없어 저러느니 하고, 고 씨더러 노상 두고 하는 욕을 강(講)하듯 내씹고 있었습니다.

하다가 필경 전기(戰機)는 익어, 마침내 고 씨의 입으로부터 집안이 어떻다는 둥, 뉘 놈의 씨알머리가 어떻다는 둥, 가로로는 온 집안을, 세로로는 신주 밑구멍까지 들먹거리면서 군욕질이 쏟아져 나왔고, 그리하여 윤직원 영감은 기왕 받아주는 싸움에 이런 고패를 그대로 넘길 며리가 없는 것이라, 드디어 결전을 각오했던 것입니다.

"아니, 야야?……"

미닫이를 타앙 열어젖히고 다가앉는 윤직원 영감은 그러기 전에 벌써 밥 먹던 숟갈은 밥상 귀퉁이에다가 내동댕이를 쳤고요.

"……너, 잘허녕 건 무엇이냐? 너, 잘허녕 건 대체 무엇이여? 어디 입이 꽝지리(꽝우리) 구녁 같거던 말 좀 히여부아라? 말 좀 히여부아?"

집 안이 떠나가게 소리가 큽니다. 몸집이 크니까 소리도 클 거야 당연하지요.

이렇게 되고 보면 고 씨야 기다리고 있던 판이니 어련하겠습니까.

"나넌 아무껏두 잘못헌 것 읎어라우! 파리 족통만치두 잘못헌 것 읎어라우! 팔자가 기구히여서 이런 징글징글헌 집으루 시집온 죄뱊으넌 아무 죄두 읎어라우! 왜, 걸신허먼 날 못 잡어먹어서 응을거리여? 삼십 년 두구 종질하여 준 보갚움으루 그런대여? 머 내가 살이 이렇게 쪘으닝개루, 소찡(素症)이 나서 괴기라두 뜯어 먹을라구? 에이! 지긋지긋히라! 에이 숭악히라."

신사(또는 숙녀)적으로 하는 파인 플레이라 그런지 어쩐지 몰라도, 하나가 말을 하는 동안 하나가 나서서 가로막는 법이 없고, 한바탕 끝이 난 뒤라야 하나가 나서곤 합니다.

"옳다! 참 잘헌다! 참 잘히여. 워너니 그게 명색 며누리 쳇것이 시애비더러 허넌 소리구만? 저두 그래, 메누리자식을 둘썩이나 은어다놓고, 손주자식이 쉬엠이 나게 생겼으면서, 그래 그게 잘허넌 짓이여?"

"그러닝개루 징손주까지 본 이가 그래, 손주까지 본 메누리 넌더러 육장 짝 찢을 년이네, 오두가 나서 싸돌아댕기네 허구, 구십을 놀리너만? 그건 잘허넌 짓이구만? 똥 묻은 개가 저(겨) 묻은 개 나무래지!"

"쌍년이라 헐 수 읎어! 천하 쌍놈, 우리게 판백이 아전 고준평이 딸자식이, 워너니 그렇지 별수 있겠냐!"

"아이구! 그, 드럽구 칙살스런 양반! 그런 알량헌 양반허구넌 안 바꾸어…… 양반, 흥!…… 양반이 어디 가서 모다 급살 맞어 죽구 읎덩갑만…… 대체 은제 적버텀 그렇게 도도헌 양반인고? 읍내 아 전덜한티 잽혀가서 볼기 맞이면서 소인 살려줍시사 허던 건 누군 고? 그게 양반이여? 그 밑구녁 들칠수룩 구린내만 나너만?"

아무리 아귀힘이 세다 해도 본시 남자란 여자의 입심을 못 당하 는 법인데, 가뜩이나 이렇게 맹렬한 육탄(아니 언탄)을 맞고 보니, 윤직원 영감으로는 총퇴각이 아니면, 달리 기습(奇襲)이나 게릴라 전술을 쓸 수밖엔 별도리가 없습니다.

사실 오늘의 이 싸움에 있어선, 자기 딴은 입이 광주리 구멍 같 아도 고 씨가 그쯤들이 폭로를 시키는 데야 꼼짝 못하고 되잡히게 만 경우가 되어먹었습니다.

그러니 가장 좋은 도리는, 전자에 그의 부인 오 씨가 하던 법식 으로 냅다 달려들어 며느리의 머리끄덩이를 잡아 엎지르고, 방치 같은 걸로 능장질을 했으면야 효과가 훌륭하겠지요.

그러나 그 시어머니라는 머 자와 시아버지라는 버 자와 획 하나 덜하고 더하고 한 걸로, 시아버지는 시어머니처럼 며느리를 때려 주지는 못하게 마련이니, 그 법을 그다지 야속스럽게 구별해논 자, 삼대를 빌어먹을지라고, 윤직원 영감으로는 저주하지 않을 수가 없습니다.

"야, 이놈 경손아!"

육집이 큰 보람도 없이 뾰족하니 몰린 윤직원 영감은 마침내 마 루로 쿵 하고 나서면서 뒤채로 대고 소리를 지릅니다.

경손은 제 방에서 감감하게 대답을 하나, 윤직원 영감은 들었는 지 못 들었는지, 연해 소리소리 외칩니다.

한참 만에야 경손이가 양복 고의 바람으로 가만가만 나와서 한 옆으로 비켜섭니다.

"너 이놈, 시방 당장 가서 네 할애비 불러오니라. 당장 불러와!"

"네에."

"요새 시체년 거, 이혼이란 것 잘덜 헌다더라, 이혼…… 이놈, 오널 저녁으루 담박 제 지집을 이혼을 안 히였다부아라! 이놈을 내가……"

과부댁 종놈은 왕방울로 행세한다더니, 윤직원 영감은 며느리 고 씨와 싸우다가 몰리면 이혼하라고 할 테라고, 아들 창식을 불러오라는 게 유세통입니다.

그러나 부르러 간 놈한테 미리 소식 다 듣는 윤 주사는, 따고 안 오기가 일쑤요, 몇 번 만에 한 번 불려와선, 네에 내일 수속하지요 하고 시원히 대답은 해도, 그 자리만 일어서면 죄다 잊어버려 버립니다. 그래도 좋게시리 윤직원 영감은 그 이튿날이고 이혼 수속 재촉을 하는 법이 없으니까요.

"아 이놈, 넹금 가서 불러오던 않구, 무얼 뼈언허구 섰어?"

윤직원 영감은 주춤거리고 섰는 경손이더러 호통을 합니다.

경손은 그제서야 대답을 하고 옷을 입으러 가는 체 뒤꼍으로 들어갑니다. 눈치 보아가면서 밖으로 나갔다가 들어오든지, 무엇하면 그냥 잠자코 있다가 넌지시 입을 씻고 말든지, 없어서 못 데리고 왔다고 하든지 할 요량만 대고 있으니까 별로 힘들잘 것도 없는 노릇입니다.

"두구 보자!……"

윤직원 영감은 마루가 꺼져라고 굴러 디디면서 대뜰로 내려섭니다.

"……두구 부아, 어디……내가 그새까지넌 말루만 그렀지만, 인지 두구 부아라. 저허구 나허구 애비 자식 천륜을 끊던지, 지집을 이혼을 허던지 좌우양단간 오널 저녁 안으루 요정을 내구래야 말티닝개루…… 두구 부아!"

윤직원 영감은 으르면서 구르면서 사랑으로 나가고, 고 씨는 그 뒤꼭지에다 대고 제발 좀 그럽시사고, 이혼을 한다면 누가 무서워서 서얼설 기고, 어엉엉 울 줄 아느냐고 퀼퀼스럽게 받아넘깁니다.

이래서 시초 없는 싸움은 또한 끝도 없이 휴전이 되고, 각기 장수가 진지(陣地)로부터 퇴각을 하자, 집안은 다시 평화가 회복되었습니다.

모두들 태평합니다.

계집종인 삼월이는 부엌에서 행랑어멈과 같이서 얼추 설거지를 하고 있고, 행랑아범은 안팎 아궁이를 찾아다니면서 군불을 조금씩 지피고, 그 나머지 식구들은 고 씨만 빼놓고 다 안방으로 모여 저녁밥을 시작합니다.

서울아씨, 두 동서, 경손이, 태식이, 전주댁 이렇습니다. 그들은 아무도 방금 일어났던 풍파를 심려한다든가 윤직원 영감이 저녁밥을 중판멘 것을 걱정한다든가, 고 씨가 밥상을 도로 쫓은 걸 민망히 여긴다든가 할 사람은 하나도 없고, 따라서 아무도 입맛이 없어 밥 생각이 안 날 사람도 없습니다.

다만, 먼저의 싸움의 입가심같이 그다음엔 조그마한 싸움 하나가 벌어집니다.

태식이가 구경에 세마리가 팔렸다가 싸움이 끝이 나니까 다시 밥 시작을 하는데, 마침 경손이가 툭 튀어 들더니, 윤직원 영감이 앉았던 자리에 털썩 주저앉아서는, 두말 않고 그 숟갈로 그 밥을 퍼먹습니다.

태식은, 이 깍쟁이요 도적놈인 경손이가 아빠의 숟갈로 아빠의 밥을 먹어대는 게 밉기도 하려니와, 또 맛있는 반찬을 뺏길 테니, 그래저래 심술이 나지 않을 수가 없습니다.

"히잉, 우리 아빠 밥야!"

태식은 밥숟갈을 둘러메는 것이나, 경손은 거듭떠보지도 않고서,

"왜 이 모양야! 밥그릇에다가 문패 써 붙였나?"

하고 놀려줍니다.

"히잉, 깍쟁이!"

"무어 어째?…… 잠자꾸 있어, 괜히……"

"히잉, 도족놈!"

"아, 요게! 병신이 지랄해요! 대갈쟁이가……"

"깍쟁이! 도족놈!"

"가만둬 두니깐!…… 저거 봐요! 숟갈을 둘러메믄, 제가 누굴 때릴 텐가? 요것 하나 먹구퍼? 요것……"

"저 애가! …… 경손아! ……"

경손이가 주먹을 쥐어 밥상 너머로 을러대는 걸, 마침 저의 모친 박 씨가 들어서다가 보고 깜짝 놀라던 것입니다.

"병신이 괜히 지랄허니깐, 나두 그리지!…… 내 이름이 깍쟁이구 도독놈이구, 그런가? 머……"

"아따, 그런 소리 좀 들으믄 어떠냐? 잠자꾸 밥이나 먹으려무나."

"이 병신, 다시 그따위 소릴 해봐? 죽여놀 테니깐……"

"저 녀석이 말래두, 아니 듣구서!…… 너 그리다간 큰사랑 할아버지께 또 꾸중 듣는다?"

"피이! 무섭잖아."

"허는 소리마다. 너 그렇게 버릇없이 굴믄 귀양 간다! 귀양……."

"곤충 채집허구, 수영허구, 등산허구 실컨 놀다가 도루 오지, 무슨 걱정이우?"

서울아씨가 손을 씻으면서 방으로 들어오다가 태식이가 여태 밥상을 차고앉아, 그러나마 먹지도 않고 이짐이 나서 엿가래 같은 코를 훌쩍거리고 있는 것을 보고는 상을 잔뜩 찌푸립니다.

"누나!"

"왜 그래?"

역성이나 들어줄 줄 알고 불러본 것이, 대고 쏘아버리니, 이제는 울기라도 해서 아빠를 불러대는 수밖에 없습니다.

과연 태식은 입이 비죽비죽, 얼굴이 움질움질하는 게 방금 아앙하고 울음이 터질 시초를 잡습니다.

만약 태식을 울려놓고 보면 큰일입니다. 약간 아까, 고 씨와 싸우던 그따위 풍파가 아니고, 온통 집이 한 귀퉁이 무너나게시리 벼락이 내릴 판이니까요. 윤직원 영감은 다른 잘못도 잘 용서를 않지만, 그중에도 누구든지 태식을 울린다든가 하는 죄는 단연 용서를 하지 않던 것입니다.

"어서 밥 먹어라. 밥 먹다가 이짐 쓰구 그러면 못써요!"

서울아씨가 할 수 없이 목소리를 눅여 살살 달랩니다. 박 씨도 코를 씻어주면서 경손이더러 눈을 끔적끔적합니다.

"대부 할아버지?……"

경손은 눈치를 채고서, 빈들빈들, 버엉떼엥 엎어삶느라고……

"……어서 진지 잡수! 그리구 대부 덕분에 손주두 이런 존 반찬 좀 얻어먹어예지, 응? 할아버지…… 우리 대부가 참 착해, 그렇지 대부……"

파계를 따지자면, 열다섯 살 먹은 경손은 같은 열다섯 살 먹은 태식의 손주요, 태식은 경손의 할아버지가 갈데없습니다. 일가 망한 건 항렬만 높단 말로 능치고 넘기자니, 차라리 이 조손 관계(祖孫關係)는 비극이라 함이 옳겠습니다.


## 7. 쇠가 쇠를 낳고

사랑방에는 언제 왔는지 올챙이 석 서방이, 과시 올챙이같이 토옹통한 배를 안고 윗목께로 오도카니 앉아 있습니다.

시쳇말로는 브로커요, 윤직원 영감 밑에서 거간을 해먹는 사람입니다.

돈도 잡기 전에 배 먼저 나왔으니, 갈데없이 근천스런 ×배요, 납작한 체격에 형적도 없는 모가지에, 다 올챙이 별명 타자고 나온 배지 별 게 아닐 겝니다.

"진지 잡수셨습니까?"

올챙이는 오꼼 일어서면서 공순히, 그러나 친숙히 인사를 합니다.

윤직원 영감은 속으로야, 이 사람이 저녁에 다시 온 것이 반가울 일이 있어서, 느긋하기는 해도 짐짓,

"안 먹었으면 자네가 설넝탱이라두 한 뚝배기 사줄라간디, 밥 먹었나구 묻넝가?"

하면서 탐탁잖아하는 낯꽃으로 전접스런 소리를 합니다.

"아, 잡수시기만 하신다면야, 사드리다뿐이겠습니까?……"

88

생김새야 아무리 못생겼다 하기로서니, 남의 그런 낯꽃 하나 여새겨 볼 줄 모르며, 그런 보비위 하나 할 줄 모르고서, 몇천 원 더 러는 몇만 원 거간을 서먹노라 할 위인은 아닙니다.

옳지, 방금 큰소리가 들리더니, 정녕 안에서 무슨 일로 역정이 난 끝에 밥도 안 먹고 나오다가, 그 화풀이를 걸리는 대로 나한테하는 속이로구나, 이렇게 단박 눈치를 채고는 선뜻 흠선을 피우면서, 마침 윤직원 영감이 발이나 넘는 장죽에 담배를 재어 무니까, 냉큼 성냥을 그어 댑니다.

"……그렇지만 어디 지가 설마한들 설렁탕이야 사드리겠어요? 참 하다못해 식교자라두 한 상……"

"체에! 시에미가 오래 살면 구정물 통으(개숫물 통에) 빠져 죽넌다더니, 내가 오래 사닝개루 벨일 다아 많얼랑개비네! 인제넌 오래간만으 목구녁의 때 좀 벳기넝개비다!"

윤직원 영감 입에서는 담배 연기가 피어올라 자옥하니 연막을 치고, 올챙이는 팽팽한 양복 가랑이를 펴면서, 도사렸던 다리를 퍼근히 하고 저도 마코를 꺼내서 붙입니다.

"온 영감두!…… 지가 영감 식교자 한 상 채려드리기루서니 그게 그리 대단하다구, 그런 말씀을……"

"글씨 이 사람아, 말만 그렇기, 어따 저어 상말루, 줄 듯 줄 듯 허면서 안 주더라구, 말만 그렇기 허지 말구서 한 상 처억 좀 시기다 주어보소? 늙은이 괄세넌 히여두 아덜 괄세넌 않넌다데마넌, 늙은이 대접두 더러 히여야 젊은 사람이 복을 받구 허넌 벱이네. 그렇잖엉가? 이 사람……"

윤직원 영감은 히죽이 웃기까지 하는 것이, 방금, 그다지 등등하던 기승은 그새 죄다 잊어버린 모양으로 아주 태평입니다. 워너니 그도 그래야 할 것이, 만약 그 숱해 많은 싸움을, 싸움하는 족족 오래 두고 화가 풀리지 않을래서야, 사람이 지레 늙을 노릇이지요.

"아니 머, 빈말씀이 아니라……"

올챙이는, 금세 일어서서 밖으로 나갈 듯이 뒤를 들먹들먹합니다.

"……시방이라두 나가서, 무어 약주 안주나 될 걸루 좀 시켜가지구 오지요. 전화루 시키면 곧 될 테니깐두루…… 정녕 저녁 진질 아니 잡수셨어요? 그러시다면 그 요량을 해서……"

"헤헤엣다! 참, 엎질러 절 받기라더니, 야 이 사람, 그런 허넌 첼랑 구만히여두소. 자네가 암만히여두 딴 요량쨍이 있어각구서 시방 그러넌 속 나두 다아 알구 있네!"

"네? 딴 요량요? 온, 천만에!"

"아까 아참나잘으 와서 이얘기허던 그 조간 때미 그러지? 응?"

"아니올시다, 온!…… 그건 그거구 이건 이거지, 어쩌면 절 그런 놈으루만 치질 하십니까! 허허허."

"그러구저러구 간으, 그건 아침에 말헌 대루 이화리[二割引] 아니구넌 안 되니 그렇게 알소잉?"

윤직원 영감은 정색을 하느라고 담뱃대를 입에서 뽑고, 올챙이도 다가앉을 듯이 앉음매를 도사립니다.

"그리잖어두 허긴 그 사람 강 씰 방금 또 만나구 오는 길인데요…… 그래 그 말씀두 요정을 내구 허기는 해야겠습니다마는……"

"그럼, 이화리 히여서라두 쓴다구 그러덩가?"

"그런데 거, 이번 일은 제 얼굴을 보시구서라두 좀 생각해주셔야 하겠습니다!"

"생각이라께 별것 있넝가? 돈 취하여 주넝 것이지."

"물론 주시긴 주시는데, 일 할(一割)만 해주세요!"

"건, 안 될 말이래두!"

"온, 자꾸만 그리십니다. 칠천 원짜리 삼십 일 수형에 일 할이라두 자아, 보십시요, 선변을 제하시니깐 육천삼백 원 주시구서 한 달 만에 칠백 원을 얹어서 칠천 원으루 받으시니 그만해두 그게 어딥니까?…… 아무리 급한 돈이래두, 쓰는 사람이 생각하면 하늘이 내려볼까 무섭잖겠어요?…… 그런 걸 글쎄, 이 할이나 허자시니!"

"허! 사람두!…… 이 사람아, 돈이 급허면 급헐수록 다아 요긴허구, 그만침 갭이 나갈 게 아닝가? 그러닝개루 변두 더 내구서 써야지?"

"그렇더래두 영감 말씀대루 허자면 칠천 원 액면에 오천육백 원을 쓰구서 한 달 만에 천사백 원 이자를 갚게 되니, 돈 쓰는 사람이 억울하잖겠습니까?"

"억울허거던 안 쓰면 구만이지?…… 머, 내가 쓰시요 쓰시요 허구 쫓아댕김서 억지루 처맽긴다덩가? 그 사람 참!"

윤직원 영감은 이렇게 배부른 홍정으로 비스듬히 드러누우려고는 하지만, 올챙이의 말이 아니라도 육천삼백 원에 한 달 이자 칠백 원이 어디라고, 이 거리를 놓치고 싶지는 않습니다.

에누리를 하는 셈이지요. 해서 이 할을 뗄 수 있으면 더할 나위 없고, 눈치 보아서 일 할 오 부로 해주어도 괜찮고, 또 저엉 무엇하면 일 할이라도 그리 해롭지는 않고…… 그게 그러나마 달리 융통을 시켜야 할 자본일세 말이지, 은행의 예금장에서 녹이 슬고 있는 돈인걸, 두고 놀리느니보다야 이문이 아니냔 말입니다.

"영감이 무가내루 이 할만 떼신다면, 아마 그 사람두 안 쓰기 쉽습니다……"

올챙이는 역시 윤직원 영감의 배짱을 아는 터라, 마침내 이렇게 슬그머니 한번 덜미를 눌러놓습니다. 그러고는 한참 있다가 다시……

　"……그러니 자아 영감, 그러구저러구 하실 것 없이, 일 할 오 부만 하시지요…… 일 할 오 부라두 일 칠은 칠, 오 칠 삼십오허구, 천오십 원입니다!"

　"아니 이 사람, 자네넌 내 밑으서 거간 서구, 내 덕으 사넌 사람이, 육장 그저 내게다가 해만 뵐라구 드넝가?"

　"온 참! 그게 손해 끼쳐디리는 게 아닙니다! 일을 다아 되두룩 마련하자니깐 그리지요. 상말루, 싸움은 말리구 홍정은 붙이라구 않습니까? 그런데 그게 남의 일이라두 모를 텐데 항차 영감의 일인걸……"

　"아따, 시방 허넌 소리가!…… 야 이 사람아, 구문이 안 생겨두 자네가 시방 이러구 댕길 팅가?"

　"허허, 그야…… 허허허허. 그런데 참 구문이라니 말씀이지, 저두 구문만 많이 먹기루 들자면 활이가 많은 게 좋답니다. 그렇지만 세상일을 어디 그렇게 제 욕심대루만 할래서야 됩니까?"

　"이 사람아, 그런 소리 말소. 욕심 읎이 세상 살라다가넌 제 창사구(창자) 뽑아서 남 주어야 허네!"

　"것두 옳은 말씀은 옳은 말씀입니다…… 그런데 자아, 어떡허실렵니까? 제 말씀대루 일 할 오 부만 해서 주시지요? 네?"

　"아이, 모르겄네! 자네 쇠견대로 허소!"

　"허허허허. 진즉 그리실 걸 가지구…… 그럼 내일 당자 강 쓸 데리구 올 텐데, 어느만 때가 좋을는지?…… 내일 은행 시간까진 돈을 써야 할 테니깐요."

"글씨…… 대복이가 와야 헐 턴디. 오늘 저녁으 온댔으닝개 오기넌 올 것이구, 오머넌 내일 아무 때라두 돈이사 주겄지만…… 자리넌 실수 읎을 자리겄다?"

"그야 지가 범연하겄습니까? 아따, 만창상점이라구, 바루 저 철물교 다리 옆입니다. 머 그 사람이 부랑자루 주색잡기하느라구 쓰는 돈이 아니구, 내일 해전으루다가 은행에 입금을 시켜야만 부도가 아니 나게 됐다는군요!…… 글쎄 은행에서들 돈을 딱 가두어놓군, 돌려주질 않기 때문에, 너 나 할 것 없이 모두 죽는 소립니다!…… 그러나저러나 간에 이 사람 강 씬 아무 염려 없구요. 다 조사해보시면 아시겠지만……"

"내가 무얼 알겄넝가마는……"

윤직원 영감은 담뱃대를 놓고 일어서더니, 벽장 속에서 조선 백지로 맨 술 두꺼운 장부(?) 한 권을 찾아냅니다.

이것이 대복이의 주변으로, 종로 일대와 창안 배오개 등지와 그 밖에 서울 장안의 들뭇들뭇한 상고들을 뽑아 신용 정도를 조사해둔 블랙리스트입니다.

신용이라도 우리네가 보통 말하는 신용이 아니라, 가산은 통 얼마나 되는데, 갚을 빚은 얼마나 되느냐는 그 신용입니다.

이걸 만들어놓고, 대복이는 날마다 신문이며 홍신내보(興信內報)며 또는 소식 같은 걸 참고해가면서, 그들의 신용의 변동에 잔주〔註解〕를 달아놓습니다.

그러니까 생기기는 아무렇게나 백지로 맨 한 권의 문서책이지만, 척 한번 떠들어만 보면, 어디서 무슨 장사를 하는 아무개는 암만까지는 돈을 주어도 좋다는 것을 횅하니 알 수가 있는 것입니다.

윤직원 영감은 시골 사람, 그중에도 부랑자가 돈을 쓴다면, 으레껏 매도 계약까지 첨부한 부동산을 저당 잡고라야 돈을 주지만, 시내에서 장사하는 사람들한테는 대개 수형을 받고서 거래를 합니다. 그는 수형의 효험과 위력을 잘 알고 있으니까 안심을 합니다.

세상에 수형처럼 빚 쓴 사람한테는 무섭고, 빚 준 사람한테는 편리한 것이 없답니다. 기한이 지나기만 하면 그저 불문곡직하고 수형 액면에 쓰인 만큼 차압을 해서 집행 딱지를 붙여 놓고는 경매를 한다나요.

가령 그게 사기에 걸린 돈이라고 하더라도, 수형이고 보면 안 갚고는 못 배긴다니, 무섭지 않고 어쩌겠습니까.

윤직원 영감은 이 편리하고도 만능한 수형 장사를 해서 매삭 이삼만 원씩 융통을 시키고, 그 이문이 적어도 삼천 원으로부터 사천 원은 됩니다.

일 할 이상 이 할까지나 새끼를 치는 셈이지요.

송도 말년(松都末年)에는 쇠가 쇠를 먹었다고 합니다. 그러던 게 지금은 다 세태가 바뀌고, 을축갑자(乙丑甲子)로 되는 세상이라서 그런 것도 아니겠지만, 쇠가 쇠를 낳기로 마련이니, 그건 무슨 징조일는지요.

아무튼 그놈 돈이란 물건이 저희끼리 목족(睦族)은 무섭게 잘하는 놈인 모양입니다. 그렇기에 자꾸만 있는 데로만 모이지요?

윤직원 영감은 허리에 찬 풍안집에서 풍안을 꺼내더니, 그걸 코허리에다가 처억 걸치고는, 그 육중한 자가용 홍신록을 뒤적거립니다.

올챙이는 이제 일이 거진 성사가 되었대서, 엔간히 마음이 뇌는지, 담배를 피워 물고 앉아서는 하회를 기다립니다.

윤직원 영감은 만창상회의 강 무엇이를 찾아내어, 대강 입 구구를 따져본 결과, 빚이 더러 있기는 해도, 아직 칠팔천 원은 말고 이삼만 원쯤은 돌려주어도 한 달 기간에 낭패가 생기지는 않을 만큼 정정한 걸 알았습니다.

"거 원, 우선 내가 뵈기는 괜찮얼 상부르네마는……"

윤직원 영감은 이쯤 반승낙을 하고는, 장부를 도로 벽장에다가 건사하고, 풍안을 코끝에서 떼어 내고, 그러고서 담뱃대를 집어 물면서 자리에 앉습니다. 아까 먼젓번에 한 승낙은, 말은 없어도 신용 조사에 낙방이 안 돼야만 돈을 준다는 얼승낙이요, 이번 것이 진짜 승낙한 보람이 날 승낙이던 것입니다.

그러나 이러이러하네마는 하고, 그 마는이 붙었으니 온승낙이 아니고 반승낙인 것입니다. 대복이가 없으니까 그와 다시 한 번 상의를 할 요량이지요. 그래서 혹시 대복이가 불가하다고 한다든지 하면, 말로만 반승낙을 했지 무슨 계약서라도 쓴 게 아니고 한즉, 이편 마음대로 자빠져 버리면 고만일 테니까요.

"그러면……"

올챙이는 윤직원 영감의 그 마는이라는 말끝을 덮어씌우느라고 다시금 다지려 듭니다.

"……내일 은행 시간 안으루는 실수 없겠죠?"

"글씨, 우선은 그러기루 히여두지."

"그래서야 어디 저편이 안심을 하나요? 영감이 주장이시니깐, 영감이 아주 귀정(歸正)을 지어서 말씀을 해주셔야, 저 사람두 맘 놓구 있지요!"

"그렇기두 허지만, 실상 이 사람아, 자네두 늘 두구 보지만, 내가 무얼 아넝가?…… 대복이가 다아 알어서 이러라구 허먼 이러구, 저러라구 허먼 저러구 허지. 괜시리 속두 잘 모르구서 돈 그까짓 것 천오십 원 읃어먹을라다가, 웬걸 천오십 원이나마 나 혼자 죄다 먹간디? 자네 구문 백오 원 주구 나면, 천 원두 채 못 되녕 것, 그것 먹자구, 잘못허다가 내 생돈 육천 원 업어다 난장(亂杖) 맞히게?"

"글쎄 영감! 자리가 부실한 자리면, 지가 애초에 새에 들질 않는답니다. 그새 사오 년지간이나 두구 보시구서두 그리십니까? 언제 머 지가 천거한 자리루 동전 한 푼 허실한 일이 있습니까?"

"아는 질두 물어서 가랬다네. 눈 뜨구서 남의 눈 빼먹넌 세상인 종 자네두 알면서 그러닝가?"

"허허허허. 영감은 참 말년 가두 실수라구는 없으시겠습니다! 다아 그렇게 전후를 꼭꼭 재가면서 일을 하셔야 실수가 없긴 하지요…… 그럼 아무튼지 대복이가 오늘루 오긴 오죠?"

"늦더래두 올 것이네."

"그럼, 대복이만 가한 양으로 말씀하면, 돈은 내일루 실수 없으시죠?"

"그럴 티지."

"그러면 아무려나 내일 오정 때쯤 해서 당자 강 썰 데리구 오지요…… 좌우간 그만해두 한시름 놓았습니다. 허허……"

"자네넌 시언헌가부네마넌, 나넌 돈 천이나 더 먹을 걸 못 먹은 것 같어서 섭섭허네!"

"허허허허. 그럼 이댐에나 들무웃한 걸 한 자리 해 오지요…… 가만히 계십시요. 수두룩합니다. 은행에서 돈을 아니 내주기 때문에 거얼걸들 합니다. 제일 죽어나는 게 은행 돈 빚 얻어다가는 땅 장수니 집 장수니 하던 치들인데, 머 일보 사오십 전이라두 못 써서 쩔맵니다!"

"이 판으 누가 일보 오십 전 받구 빚을 준다덩가? 소불하 일 원은 받어야지…… 주넌 놈이 아순가? 쓰넌 놈이 아수닝개로 그거라두 걷어 쓰지……"

윤직원 영감은 요새 새로 발령된 폭리 취체 속을 도무지 모릅니다. 그러나 안다고 하더라도 이미 십 년 전부터 벌써 법이 금하는 고패를 넘어서 해먹는 돈장사니까, 시방 새삼스럽게 폭리 취체쯤 무서울 것도 없으려니와, 좀 까다롭겠으면 다 달리 이러쿵저러쿵하는 수가 얼마든지 있은즉 만날 떵그렁입니다.

"그러면 그 일은 그렇게 허기루 허구……"

올챙이는 볼일 다 보았으니 선뜻 일어설 것이로되, 그러나 두고두고 뒷일을 좋도록 하자면, 이런 기회에 듬씬 보비위를 해야 하는 것인 줄을 자알 알고 있습니다.

"……그런데, 정녕 저녁 진질 아니 잡수셨습니까?"

"먹다가 말었네! 속상히여서……"

윤직원 영감은 그새 잊었던 화가 그 시장기로 해서 새 채비로 비어지던 것이고, 그래 재떨이에 담배 터는 소리도 절로 모집니다.

"거 온, 그래서 어떡허십니까! 더구나 연만하신 노인이!"

"그러닝개 그게 다아 팔자라네!"

또 역정을 낼 줄 알았더니, 그런 게 아니고 방금 아무 근심기 없던 얼굴이 졸지에 해 질 무렵같이 흐려 들면서 음성은 풀기 없이 가라앉습니다.

"……내가 이 사람아, 나락으루 해마닥 만석을 추수를 받구, 돈으루두 몇만 원씩을 차구앉었넌 사람인디, 아 그런 부자루 앉어서 글씨, 가끔 이렇기 끄니를 굶네그려! 으응?"

과연 일 년 추수하는 쌀만 가지고도 밥을 해 먹자면 백 년 천 년을 배불리 먹고도 남을 테면서, 그러나 이렇게 배고픈 때가 있으니, 곰곰이 생각을 하면 한심하여 팔자 탄식이 나오기도 할 겝니다.

"……여보게 이 사람아!…… 아 자네버텀두 날더러 팔자 좋다구 그러지? 그렇지만 이 사람아, 팔자가 존 게 다아 무엇잉가! 속 모르구서 괜시리 허넌 소리지…… 그저 날 같언 사람은 말이네, 그저 도둑놈이 노적(露積)가리 짊어져 가까버서, 밤새두룩 짖구 댕기는 개, 개 신세여! 허릴없이 개 신세여!……"

윤직원 영감은 잠잠히 말을 그치고, 담배 연기째 후루루 한숨을 내쉬면서, 어디라 없이 한눈을 팝니다.

거상에 짜증 난 얼굴이 아니면, 불콰하니 마음 편안한 얼굴, 호리를 다투는 뜩뜩한 얼굴이 아니면, 남을 꼬집어 뜯는 전접스런 얼굴, 그러한 낯꽃만 하고 지내는 이 영감한테 이렇듯 추럿하니 침통한 기색이 드러날 적이 있다는 것은 자못 심외라 않을 수 없습니다.

돈을 흥정하는 저자에서 오고 가고 하는 속한(俗漢)일 뿐이지, 올챙이로서야 어디 그러한 방면으로 들어서야 제법 깊은 인정의 기미를 통찰할 재목이 되나요. 그저 백만금의 재물을 쌓아놓고 자손 번창하겠다, 수명장수, 아직도 젊은 놈 여대치게 저엉정하겠다, 이런 천하에 드문 호팔자를 누리면서도, 근천이 질질 흐르게시리 밥을 굶네, 속이 상하네, 개 신세네 하고 풀 죽은 기색으로 탄식을 하는 게, 이놈의 영감이 그만큼 살고 쉬이 죽으려고 청승을 떠는가 싶어 얼굴이 다시금 치어다보일 따름이었습니다.

## 8. 상평통보 서 푼과……

올챙이는 윤직원 영감이 자기가 자청해서 자기 입으로 개라고 하니, 차라리 그렇거들랑 어디 컹컹 한바탕 짖어보라고 놀리기나 하고 싶습니다. 그렇지만 그런 버릇없는 농담을 할 법이야 있습니까. 속은 어디로 갔든 좋은 말로다 자손이 번창하고 가운이 융성하게 되면, 집안 어른 된 이로는 그런 근심 저런 걱정, 노상 아니 할 수도 없는 것인즉, 그걸 가지고 과히 상심할 게 없느니라고 위로를 해줍니다.

"아, 여보소?……"

윤직원 영감은 남이 애써 위로해주는 소리는 귀로 듣는지 코로 맡는지, 종시 우두커니 한눈을 팔고 앉았다가, 갑자기 긴한 낯으로 고개를 내밀면서,

"……자네, 사람 죽었을 때 염(殮)허넝 것 더러 부았넝가?"

하고 묻습니다. 자기 딴에는 따로이 속내평이 있어서 하는 소리겠지만, 이건 느닷없이 송장 일곱 매 묶는 이야기가 불쑥 나오는 데는, 등이 서늘하고, 그다지 긴치 않기도 했을 것입니다.

"더러 부았으리…… 그런디 말이네……"

윤직원 영감은 올챙이가 이렇다 저렇다 얼른 대답을 못 하고 우물우물하는 것을 상관 않고 자기가 그 뒤를 잇습니다.

"…… 아, 우리 마니래(마누라)가 작년 정월이 죽잖있넝가?"

"네에! 아 참, 벌써 그게 작년 정월입니다그려! 세월이 빠르긴 허군!……"

"게, 그때, 수험을 헌다구, 날더러두 들오라구 허기에, 시체 방으

를 들어가잖있덩가. 들어가서 가만히 보구 섰으닝개, 수의를 죄다 갈어입히구 나서넌 일곱 매를 묶기 전에, 어따 그놈의 것을 무어라구 허데마는…… 쌀 한 숟가락을 떠서 맹인 입으다가 늫는 체허면서 천 석이요오 허구, 두 숟가락 떠 느면서 이천 석이요오 허구, 세 숟가락 떠 느면서 삼천 석이요오 허구, 아 이런담 말이네!…… 그러구 또, 시방은 쓰지두 않넌 옛날 돈 생평통보(常平通寶) 한 푼을 느주먼서 천 냥이요오, 두 푼 느주먼서 이천 냥이요오, 스 푼 느주먼서 삼천 냥이요오, 이러데그려!"

"그렇지요! 그게 다아……"

올챙이는 비로소 윤직원 영감의 말하고자 하는 속을 알아차렸대서, 고개를 까댁까댁 맞장구를 칩니다.

"……그게 맹인이 저승길 가면서 노수두 쓰구, 또 저승에 가서 두 부자루 잘 지내라구 그리잖습니까?"

"응 그리여. 글씨 그런 줄 나두 알기넌 알어. 또, 우리 어머니 아버지 때두 다아 보구 그리서, 츰으루 보덩 건 아니지. 그러닝개 츰 귀경히였다넝 게 아니라, 내 말은 그런 말이 아니구…… 아니 글씨 여보소, 우리 마니래만 히여두 명색이 만석꾼이 집 예편네가 아닝가? 만석꾼이…… 그런디 필경 두 다리 쭈욱 뺏구 죽으닝개넌 저승으루 갈라면서, 쌀 게우 세 숟가락허구, 돈 엽전 스 푼허구, 게우 고걸 각구 간담 말이네그려. 응? 만석꾼이가 죽어 저승으루 가면서넌 쌀 세 숟가락에, 엽전 스 푼을 달랑 얻어각구 간담 말이여!……"

올챙이는 자못 엄숙해하는 낯으로 고즈넉이 앉아 듣고 있고, 윤직원 영감은 뻐끔뻐끔 한참이나 담배를 빨더니, 후유 한숨을 한 번 내쉬고는 말끝을 다시 잇댑니다.

"게, 그걸 보구서 고옴곰 생각을 허닝개루, 나두 한 번 눈을 감구 죽어지면 벨수 읎이 저렇기 쌀 세 숟가락허구 엽전 스 푼허구, 달랑 고걸 읃어각구 저승으루 가겄거니!…… 그럴 것 아닝가? 머, 나라구 무덤을 죄선만 허게 파구서, 그 속으다가 나락을 수천 석 쟁여주며, 돈을 수만 냥 딜이뜨려 주겄넝가? 또오, 그런대두 아무 소용읎넌 짓이구…… 그렇잖엉가?"

"허허, 다아 그런 게지요!"

"그렇지? 그러니 말이네. 아, 내 손으루 만석을 받구, 수만 원을 주물르던 나두, 죽어만 지면 별수 읎이 쌀 세 숟가락허구, 엽전 달랑 스 푼 얻어각구 저승으루 갈 테면서 말이네…… 글씨 그럴라면서 왜 내가 시방 이 재산을 지키니라구 이대두룩 악을 쓰구, 남안티 실인심허구, 자식 손주 놈덜안티 미움 받구, 나 쓰구 싶은 대루, 나 지내구 싶은 대루 못 지내구 이러넝고! 응? 그 말뜻 알어들어?"

"네네…… 허허, 참 거……"

"그러나마, 그러나마 말이네…… 내가 앞으루 백 년을 더 살 것잉가? 오십 년을 더 살 것잉가? 잘히여야 한 십 년 더 살다가, 두 다리 뻗을 티면서. 그러니, 나 한 번 급살 맞어 죽어삐리면 아무것두 모르구 다아 잊어삐릴 년의 세상…… 그런디 글씨, 어쩌자구 내가 이렇기 아그려쥐구 앉어서, 돈 한 푼에 버얼벌 떨구, 뭇 놈년덜 눈치코치 다아 먹구, 늙발에 호의호식, 편안히 못 지내구…… 그것뿐잉가? 게다가 한 푼이라두 더 못 뫼야서 아등아등허구…… 허니, 원 내가 이게 무슨 놈의 청승이며, 무슨 놈의 지랄 짓잉고오? 이런 생객이 가끔, 그 뒤버틈은 들더람 말이네그려!"

윤직원 영감으로 앉어, 그런 마음을 먹고 이런 소리를 함부로 하다께, 올챙이의 소견이 아니라도, 이건 정말 죽으려고 마음이 변했

나봅니다.

주객이 잠시 말이 없고 잠잠합니다. 올챙이는 무어라고 위로를 해야겠어서 말긋말긋 윤직원 영감의 눈치를 살핍니다.

아무래도 노망이 아니면 환장한 소린 것 같은데, 혹시 그게 정말이어서, 이놈의 영감태기가, 자아 여보소, 나는 인제는 재산이고 무엇이고 죄다 소용없네…… 없으니, 자아 이걸 가지고 자네가 족히 평생을 하소…… 이렇게 선뜻 몇만 원 집어 주지 말랄 법도 노상 없진 않으려니 싶어(싶다기보다도) 그렇게 횡재를 했으면 좋겠다고 다뿍 허욕이 받쳐서, 올챙이는 시방 궁상으로 부른 헛배가 가뜩이나 더 부르려고 하는 판입니다. 눈에 답신 고이도록 보비위를 해줄 필요가 그래서 더욱 간절했던 것입니다.

"영감님?"

"어이?"

부르는 소리도 은근했거니와 대답 소리도 다정합니다.

"지가 꼬옥 영감님께 한 가지 권면해드릴 게 있습니다!"

"권면?"

"네에, 다름이 아니라……"

"아니, 자네가 시방 또, 은제치름 날더러 저 무엇이냐, 핵교 허년디다가 돈 기부허라구, 그런 권면 헐라구 그러잖녕가? 그런 소리 거덜랑, 이 사람아 애여 말두 내지두 말소!"

이렇게 황망히 방색을 하는 것이, 윤직원 영감은 어느덧 꿈이 깨고, 생시의 옳은 정신이 들었던 모양입니다.

미상불 여태까지 그 가라앉은 침통한 목소리나 암담한 안색은 씻은 듯이 어디로 가고 없고, 활기 있는 여느 때의 그의 얼굴을 도로 지니고 앉았습니다.

"아니올시다! 온······"

올챙이는 고만 속으로 떡심이 풀리고 입이 헤먹으나, 그럴수록이 더욱 잘 건사를 물어야 할 판이어서, 흔감스럽게 말을 받아넘깁니다.

"천만에 말씀이지, 그때 한 번 영감이 안 되겠다구 하신 걸, 또 말을 낼 리가 있습니까? 그게 무슨 그대지 유익하신 일이라구······ 실상 그때 그 말씀을 한 것두 달리 그런 게 아니랍니다. 다아 학교라두 하나 만드시면 신문에두 추앙이 자자할 것이구, 또오 동상두 서구 할 테니깐, 영감님 송덕이 후세에 남을 게 아니겠다구요? 그래서 저두 머, 지낼말루다가 한번 말씀을 비쳐본 거지요······ 사실 또 생각하면, 괜히 돈 낭비나 되지, 그게 그리 신통한 소일두 아니구말구요!"

"신통이구 지랄이구 이 사람아, 왜 글씨 제 돈 디려가면서 학교를 설시허네 무얼 허네, 모두 남 존 일을 헌담 말잉가? 천하 시러베 개아덜 놈덜이지······ 인제 보소마넌, 그런 놈덜은 손복을 히여서, 오래잔히여 박적을 차구 빌어먹으러 댕길 티닝개루, 두구 보소!"

과연 윤직원 영감은 환장한 것도 아니요, 노망이 난 것도 아니요, 정신이 초랑초랑합니다. 아마 아까 하던 소리는 잠꼬댈시 분명합니다. 따라서 올챙이에게는 미안하나 어쩔 수 없는 노릇입니다.

올챙이는 윤직원 영감의 비위를 맞추자던 것이 되레 건드려논 셈이 되었고 본즉, 땀이 빠지도록 언변을 부려가면서, 공공사업에 돈을 내는 게 불가한 소치를 한바탕 늘어놓습니다. 그리고 나서 비로소 처음 초를 잡다가 만 이야기를 다시금 꺼내던 것입니다.

"참 지가, 하루 이틀 영감님을 뫼시구 지내는 배가 아니구, 그래

참 저렇게 상심이나 하시구, 그런 끝에 노인이 궐식이나 하시구, 그리시는 걸 뵙기가 여간만 민망스런 게 아니예요. 저두 늙은 부모가 있는 놈인데, 남의 댁 어룬이라구 그런 근경 못 살피겠습니까?…… 그래 제 깐에는 두루 유념을 하구 지내지요. 이건 참 입에 붙은 말씀이 아니올시다!"

"그렁개루 설렁탕 사준다구 허넝가?"

"온! 영감두!…… 이거 보세요, 영감님?"

"왜 그러넝가?"

"지가 꼬옥 맘을 두구서 권면하는 말씀이니, 저어 마나님 한 분 얻으시는 게 어떠세요?"

윤직원 영감은 대답 대신 히물쭉 웃으면서 눈을 흘깁니다. 네 이놈 괘씸은 하다마는 그럴듯하기는 그럴듯하구나…… 이 뜻이지요.

올챙이도 히죽히죽 웃으면서, 없는 모가지를 늘여가지고 조촘한 무릎 다가앉습니다.

"거, 아직 기운두 좋시구 허니, 불편허신 때 조석 마련이며, 몸시중이며, 살뜰히 들어주실 여인네루, 나이나 좀 진득헌 이를 하나 구허셔서, 이 근처 가까운 데다가 치가나 시키시구 허시면, 아 조옴 좋아요? 허기야 따님까지 와서 기시구 허니깐, 머어 범연하겠습니까마는, 그래두 잘하나 못하나 마나님이라구 이름 지어두구 지내시면, 시중드는 것두 훨씬 맘에 드실 것이구, 또오 아직 저엉 정하시겠다 밤저녁으로 적적하시면 내려가서 위로두 더러 받으시구, 헤헤!……"

"네라끼 사람!"

올챙이의 말조가 매우 근경속이 있고, 더욱이 그 끝에 한 대문은 썩 실감적이고 보매 윤직원 영감은 눈을 흘기고 히물쭉 웃는 것만으로는 못 견디겠던지, 담뱃대를 뽑는 입에서 지르르 침이 흘러내립니다.

"헤헤…… 거, 좋잖습니까?…… 그러니 여러 말씀 마시구, 마나님 구허실 도리를 하십시요, 네?"

"허기사 이 사람아!……"

윤직원 영감은 마침내 까놓고 흉중을 설파합니다.

"……자네가 다아 참, 내 근경을 알어채구서, 기왕 말을 냈으니 말이지, 낸들 왜 그 데수기에 서캐 실은 예편네라두 하나 있으면 좋을 생각이 읎겄넝가?…… 아, 그렇지만, 그렇다구 내가 이 나이에 어디 가서 즘잔찮게 예편네 읃어달라구 말을 낼 수야 없잖넝가? 그렇잖엉가?"

"아, 그야 그러시다뿐이겠습니까! 그러신 줄 저두 아니깐……"

"글씨, 그러니 말이네…… 그런 것두 다아 내가 인복이 읎어서 그럴 티지만, 거 창식이허며 또 종수허며 그놈덜이 천하에 불효막심헌 놈덜이니! 마구 잡어 뽑을 놈덜이여. 왜 그렁고 허면, 아 글씨, 즈덜은 네기, 첩년을 모두 둘씩 셋씩 읃어서 데리구 살면서, 나넌 그냥 그저 모르쇠이네그려!…… 아, 그놈덜이 작히나 사람 된 놈덜이머넌 허다못해서 눈 찌그러진 예편네라두…… 흔헌 게 예편네 아닝가? 허니 눈 찌그러지구, 코 삐틀어진 예편네라두 하나 줏어다가 날 주었으면, 자네 말대루 내가 몸시중두 들게 허구, 심심파적두 허구 그럴 게 아닝가? 그런디 그놈덜이, 내가 뫼야 준 돈은 각구서 즈덜만 밤낮 그 지랄을 허지, 나넌 통히 모른 체를 허네그려! 그러니 그놈덜이 잡어 뽑을 놈덜 아니구 무엇이람 말잉가?"

속이 본시 의뭉하고, 또 전접스런 소리를 하느라고 그러지, 실상 알고 보면 혼자 지내는 게 작년 가을 이짝 일 년지간이고, 그전까지야 첩이 끊일 새가 없었더랍니다.

시골서 살 때에 첩을 둘씩 얻어 치가를 시키고, 동네 술에미가 은근하게 있으면 붙박이로 상관을 하고 지내고, 또 촌에서 계집애가 북슬북슬한 놈이 눈에 뜨이면 다리 치인다는 핑계로 데려다가 두고서 재미를 보고, 두루 이러던 것은 고만두고라도, 서울로 올라와서 지난 십 년 동안 첩을 갈아센 것만 해도 무려 십여 명은 될 것입니다.

기생첩이야, 가짜 여학생 첩이야, 명색 숫처녀 첩이야, 가지각색이었지요. 모두 일 년 아니면 두서너 달씩 살다가 갈아세우고 하던 것들입니다.

그래 오던 끝에, 재작년인가는 좀 그럴듯한 과부 하나를 얻어 바로 집 옆집을 사가지고 치가를 시키면서 쏠쏠히 탈 없이 일 년 넘겨 이태 가까이 재미를 본 일이 있었습니다.

나이는 서른댓이나 되었고, 인물도 그리 추물은 아니고, 신식 계집들처럼 되바라지지도 않고, 그리고 근경속 있고 솜씨 얌전하고 해서, 참 마침감이었습니다.

윤직원 영감은 제가 그대로 병통 없이 말치 없이, 자기 종신토록 자알 살아만 주면 마지막 임종에 가서, 그 집하고 또 땅이나 벼 백 석거리하고 떼어 주어, 뒷고생 않게시리 해주려니, 이쯤 속치부를 잘 해두었었습니다.

아 그랬는데 글쎄, 그 여편네만은 결코 그러지 않으려니 했던 게, 웬걸, 제 버릇 개 못 준다더니, 남의 첩데기 짓을 하느라고, 끝내는 요게 샛밥을 날름날름 집어먹다가, 필경은 이웃집에 기식하고 있는 젊은 보험회사 외교원 양반과 찰떡같이 배가 맞아가지고는 어느 날 밤엔가 패물이야 옷 나부랭이를 말끔 쓸어가지고 야간

도주를 해버렸었습니다.

늙은 영감한테 매달려, 얼마 아니 남은 인생을 멋없이 흐지부지 늙혀야 하느냐, 혹은 내일은 삼수갑산을 갈값에 셰퍼드 같은 젊은 놈과 붙어서 지내야 하느냐 하는 그 우열과 이해의 타산은 제각기 제 나름이겠지만, 윤직원 영감은 그걸 보고서, 그년이 제 복을 제가 털어버렸다고, 그년이 인제 논 두덕 죽음 하지야고, 두고두고 욕을 했습니다.

그 예편네의 신세를 가긍히 여겨 그랬다느니보다, 보물은 아니라도 썩 마음에 들던 손그릇이나 하나 잃어버린 것같이 신변이 허전하고, 그래 오기가 나서 욕으로 화풀이를 했던 것이지요.

아무튼 한 번 그렇게, 알뜰한 첩에 맛을 들인 뒤로는 여느 기생 첩이나 가짜 여학생 첩이나 그런 것은 다시 얻을 생각이 없고, 꼭 고런 놈만 마침 골라서 전대로 재미를 보고 싶습니다.

그렇잖았으면야 그게 작년 가을인데 버얼써 그동안 둘은 들고 나고 했지, 그대로 지냈을 리가 있나요.

첩을 얻어 들이는 소임으로, 몇 해 단골 된 곰보딱지 방물장수가, 그 운덤에 허파에서 바람이 날 지경이지요. 일껏 골라다가는 선을 뵐라치면 트집을 잡아가지굴랑 탁탁 퇴짜를 놓고, 그러면서 속히 서둘지 않는다고 성화를 대곤 해서요.

윤직원 영감으로야 일 년짝이나 혼자 지내고 보니, 급한 성미에 중매가 더디다고 야단을 치는 게 무리도 아니요. 그러니 자연 늙은 이다운 농엄이나 심술로다가 첩 아니 얻어주는 맏아들 창식이 윤주사나, 큰손주 종수가 밉고, 미우니까 전접스런 소리며 욕이 나올밖에요.

저희들은 마음대로 골라잡아 마음대로 데리고 살면서, 그러니까

마음만 있게 되면 썩 좋은 놈을 뽑아다가 부친(또는 조부의) 봉친 거리로 바칠 수가 있을 테련만, 잡아 뽑을 놈들이라 범연하여 그래 주지를 않는대서요.

윤직원 영감은 혹시 무슨 다른 일로라도, 아들 윤 주사나 큰손자 종수를 잡아다가 앉혀놓고 욕을 하던 끝이면 으레껏,

"야, 이 수언 불효막심헌 놈덜아! 그래, 느놈덜은 이놈덜, 밤낮 지집 둘셋 읃어놓구…… 그러면서, 이 늙은 나넌 이렇기…… 죽으라구 내삐려 두어야 옳담 말이냐. 이 수언 잡아 뽑을 놈덜아!"

이렇게, 충분히 노골적으로 공박을 하곤 합니다. 그러니까 시방 올챙이를 데리고 앉아서 그쯤 꼬집어 뜯는 것은, 오히려 점잖은 편이라 하겠습니다.

올챙이는 보비위 삼아 생색을 내자던 노릇이라, 구하다 못하면 썩은 나무토막이라도 짊어져다 들이안길 값에, 기왕 낸 말이니 입맛 당기게시리 뒷갈무리를 해두어야만 할 판입니다.

"지가 불일성지루, 썩 그럴듯한 놈 아니 참 저, 마나님 하나를 방구어보지요…… 실상은 말씀이야 오늘 저녁에 첨으루 냈지만, 그새두 늘 그런 유념을 하구설랑, 눈여겨보기두 허구, 그럴 만한 자리에 연통두 해보구 그래 왔더랍니다!"

"뜻이나마 고맙네만, 구만두소, 원……"

말은 그렇게 나왔어도, 실눈으로 갠소름하니 웃는 눈웃음하며, 헤벌어지는 입하며, 다뿍 느긋해하는 게 갈데없습니다. 너 같으면 발이 넓어, 먹는 골도 여러 갈래고, 또 게다가 주변도 있고 하니까, 쉽사리 성사를 하리라, 이렇게 미더운 생각이 들었던 것입니다.

"괜히 그리십니다! 저 하는 대루 가만두고 보십시오, 인제……"

"더군다나 거 지상(기생)이니 여학생이니, 그런 것이나 어디 가

서 줏어 올라구? 돈이나 뜯어낼라구 허구, 검방지기나 허구, 밤낮
샛밥이나 처먹구…… 그것덜은 쓰겠덩가, 어디……"

"못쓰구말구요! 전 그런 것들은 애여 천거두 않습니다. 인제 보
십시요마는, 나이 어쨌든 진드윽허니 한 오십 먹은 과부루다
가……"

"네라끼 사람! 쉰 살 먹은 늙은이를 데리다가 무엇이다 쓴다덩
가!"

"허허허허…… 네네, 그건 지가 영감님 속을 떠보느라구 짐짓
그랬답니다. 허허허허……"

"허! 그 사람 참……"

"허허허허…… 헌데, 그러면 한 서른댓 살이나, 그렇잖으면 사
십이 갓 넘었던지……"

"허기사 너머 젊어두 못쓰겠데마는……"

"네에, 알겠습니다. 다아 제게 맽겨 두구 보십시요. 나이두 듬지
익허구, 생김새두 숫두루움허구, 다아 얌전스럽구 까리적구 살림
잘허구 근경속 있구…… 어쨌든지……"

마침 골목 밖에서 신문 배달부의 요란스런 방울 소리가 울려와
서, 두 사람의 이야기를 막고, 문득 긴장을 시켜놓습니다. 호외가
돌던 것입니다.

사변〔중일전쟁〕은 국지 해결이 와해가 되고 북지사변으로부터
전단이 차차 중남지로 퍼지면서 지나사변에로 확대가 되어가고,
그에 따라 신문의 호외도 잦은 판입니다.

물론 호외 그것의 방울 소리가 아무리 잦더라도, 여느 수재나 그
런 것이라면 흥미가 오히려 무디어지는 수가 있지만, 이건 전쟁이
라는 커다란 사변인지라, 호외가 잦으면 잦을수록 사건의 확대와

진전을 의미하는 게 되어서, 사람의 신경은 더욱더욱 날이 서던 것입니다.

호외 방울 소리에 말은 끊기고 주객은 다 잠잠합니다. 제가끔 사변 현실에 대한 제네의 인식 능력을 토대 삼아, 그 발전을 호외 방울 소리에 의해서 제 마음대로 상상을 하고 있던 것입니다.

"어디 또 한군디 함락시컸녕개비네, 잉?"

이윽고 방울 소리가 멀리 사라지자 윤직원 영감이 비로소 침묵을 깨뜨리던 것입니다.

"글쎄요…… 아마 그랬는 게지요."

"거 머, 청국이 여지없넝개비데? 워너니 즈까짓 놈덜이 어디라구, 세계서두 첫째간다넌 일본허구 쌈을 헐라구 들 것잉가?"

"그렇구말구요!…… 지나 병정이라껀 허잘것없습니다. 앞에서 총소리가 나면 총칼 내던지구서 도망 뺄 궁리버텀 하구요…… 그래서 지나는 병정이 두 가지가 있답니다. 앞에서 전쟁하는 병정이 있구, 또 그놈들이 못 도망가게 하느라구 뒤에서 총을 대구 지키는 병정이 있구…… 도망을 가는 놈이 있으면 그대루 대구 쏘아 죽인다니깐요!"

"원, 저런 놈덜이!…… 아니 그 지랄을 히여가면서 무슨 짓이라구 쌈은 헌다넝가? 응? 들으닝개루, 이번으두 즈가 먼첨 찝적거리서 쌈이 되얏다네그려?"

"그렇죠. 그놈들이 다아 어리석어서 그래요!"

"아니 글씨, 좋게 호떡 장수나 히여먹구, 인죄견 장수나 히여먹을 일이지, 어디라구 글씨 덤비냔 말이여!"

"즈이는 별조 없어두, 따루 믿는 구석이 있어서 그랬다나 봐요?"

"믿다니?"

"아라사를 찜믿구서 그랬다구요!"

"아라사를?"

"네에…… 그것두 달리 그랬으꼬마는, 아라사가 쏘삭쏘삭해서, 지나의 장개석일 충동일 시켰대요. 이 애 너 일본하구 싸움 않니? 아니 해? 이 병신 바보 녀석아, 그래 그렇게 꿈쩍 못해?…… 싸움 해라, 싸움해, 하기만 하면 내가 뒤에서 한몫 거달아줄 테니, 응? 아무 걱정 말구서 덤벼들어라. 덤벼서 싸움만 하란 말이다. 하면 다아 좋은 수가 있으니…… 이렇게 충동일 놀았대요!"

"오옳지, 아라사가 그랬다!…… 그런디 아라사가 왜?…… 저 거시기 그때 일아전쟁(日俄戰爭)에 진 그 원혐으루? 그 분풀이루……"

"아니지요. 그런 게 아니구, 아라사가 지나를 집어삼킬 뱃심으루 그랬지요!"

"청국을 집어먹을 뱃심이라?…… 아니, 그거야 집어먹자구 들라면, 차라리 청국허구 맞붙어서 헌다넝 건 몰라두……"

"그건 모르시는 말씀입니다…… 아라사루 말허면 아따 저 무엇이냐, 사회주의를 하는 종족이거든요!"

"거참 아라사 놈덜은 그렇다데그려…… 그놈의 나라으서넌 부자 사람의 것을 말끔 뺏어다가 멋이냐 농군 놈덜허구 노동꾼 놈덜허구 나눠 주었다지?"

"그렇지요!"

"허! 세상 참……"

"그런데, 아라사는 즈이만 그걸 할 뿐 아니라, 지나두 즈이허구 한판 속을 만들려구 들거든요!"

"청국을?…… 청국두 그놈의 사회주의라냐, 그 부랑당 속을 맨

들어?…… 그게 무어니 무어니 히여두 이 사람아, 알구 보닝개루
바루 부랑당 속이지 별것이 아니데그려?…… 자네는 모르리마넌
옛날 죄선두 활빈당(活貧黨)이라넝 게 있었더니. 그런디 그게 시체
그놈의 것 무엇이냐 사회주의허구 한속이더니……"

"저두 더러 이야긴 들었습니다."

"거 보소. 그런디 활빈당이라께 별것 아니구, 그냥 부랑당이더
니, 부랑당…… 그러닝개루 그놈의 것두 부랑당 속이지 무어여?
그렇잖엉가?"

"그렇죠! 가난헌 놈들이, 있는 사람의 것을 뜯어먹자는 속으루
들어선 일반이니까요!"

"그렇구말구, 그게 모다 환장 속이여. 그런 놈덜이, 즈가 못사닝
게루 환장 속으루 오기가 나서 그러거던…… 그런디 무엇이냐, 그
아라사 놈덜이 청국두 즈치름, 그런 부랑당 속을 꾸미러 들었담 말
이지?"

"그렇죠…… 허기야 지나뿐이 아니라, 온 세계를 그리자구 든다
니까요!"

"뭐이? 그러면, 우리 죄선두?…… 아니, 죄선서야 그놈덜이 사
회주의 허다가 말끔 잽히가서 전중이 살구서, 시방은 다아 너끔허
잖덩가?"

"그렇지만, 만약 지나가 그 속이 되구 보면 재미가 없죠. 머, 죄
선뿐이 아니라 동양 천지가 모두 재미없습니다!"

"참 그렇기두 허겄네! 청국지어 죄선이라, 바루 가까우닝개
루…… 거참 그렇겄네! 그렇다면 못쓰지! 못쓰구말구…… 아, 이
사람아, 다런 사람두 다런 사람이지만, 나버텀두 어떻게 헌담 말잉
가? 큰일 나지, 큰일 나…… 재전에 그놈의 부랑당 패를 디리윓이

치루던 일을 생각허면 시방두 몸서리가 치이구, 머어 치가 떨리구 허넌디, 아니 그 격난을 날더러 또 저끄람 말이여?…… 안 될 말이지! 천하읎어두 안 될 말이지…… 어디를? 이놈덜…… 죽일 놈덜!"

눈앞에, 실지로 원수를 대하는 듯, 윤직원 영감은 마구 흥분하여 냅다 호통을 하던 것입니다.

"아니 그러니깐……"

"아 글씨, 누가 즈더러 부자루 못 살래서 그리여? 누가 즈 것을 뺏었길래 그리여? 어찌서 그놈덜이 그 지랄이여?…… 아, 사람사람이 다아 제가끔 지가 타구난 복대루, 부자루두 살구, 가난허게두 살구, 그러기루 다아 하눌이 마련헌 노릇이구, 타구난 팔잔디…… 그래, 남은 잘살구 즈덜은 못산다구, 생판 남의 것을 뺏어다가 즈덜 창사구(창자)를 채러 들어? 응?…… 그게 될 말이여?…… 그런 놈덜은 말끔 잡어다가 목을 숭덩숭덩 쓸어 죽여야지!…… 아이 사람아, 만약에 세상이 도루 그 지경이 되구 보면 그 노릇을 어쩐담 말잉가? 응?"

"허허, 그런 걱정은 아니 허셔두 좋습니다!"

"안 히여두 좋다?"

"그럼요!"

"그렇다면 다행이네마넌……"

"시방 지나를 치는 것두 다아 그것 때문이랍니다. 장개석이가, 즈이 망할 장본인 줄은 모르구서, 사회주의 하는 아라사의 꼬임수에 넘어가지굴랑…… 꼭 망할 장본이지요…… 영감님 말씀대루 온통 부랑당 속이 될 테니깐두루……"

"그렇지! 망허다뿐잉가?…… 허릴읎이 옛날으 부랑당 패 한참

드세던 죄선 뽄새가 되구 말 티닝개루……"

"그러니깐 말하자면, 시방 지나가 아라사의 꼬임에 빠져서 정신을 못 채리구는 함부루 납뛰는 셈이죠. 그래서 그걸 가만둬 뒀선 청국 즈이두 망하려니와 동양이 통으루 불안하겠으니깐, 이건 이래서 안되겠다구 말씀이지요, 안되겠다구, 일본이 따들구 나서가 지굴랑 지나를 정신을 채리게 하느라구, 이를테면 따구깨나 붙여가면서 훈계를 하는 게 이번 전쟁이랍니다!"

"하하하! 오옳지, 옳여! 인제 보닝개루 사맥이 그렇게 된 사맥이네그려! 거참 그럴듯허구만! 거, 잘허넌 노릇이여! 아무렴 그리야허구말구…… 여부가 있을 것잉가!…… 그렇거들랑 그 녀석들을 며, 약간 뺨사대기(따귀)만 때릴 게 아니라, 반주검을 시켜서, 다실랑 그런 못된 본을 못 보게시리 늑신 두들겨주어야지, 늑신…… 다리빽다구를 하나 부질러주어두 한무내하지, 머…… 어, 거참 장헌 노릇이다…… 그러닝개루 이번 일은 여늬, 치구 뺏구 허넌 그런 전쟁허구두 내평이 달르네그려?"

"그야 다르죠!"

"참 장헌 노릇이여!…… 아 이 사람아 글씨, 시방 세상으 누가 무엇이 그리 답답히여서 그 노릇을 허구 있겄넝가?…… 자아 보소. 관리허며 순사를 우리 죄선으루 많이 내보내서, 그 숭악헌 부랑당 놈들을 말끔 소탕시켜주구, 그리서 양민덜이 그 덕에 편히 살지를 않넝가! 그러구 또, 이번에 그런 전쟁을 히여서 그 못된 놈의 사회주의를 막아내 주니, 원 그렇게 고맙구 그렇게 장헐 디가 어디 있담 말잉가…… 어 참, 끔찍이두 고맙구 장헌 노릇이네!…… 게 여보소, 이번 쌈에 일본은 갈디읎이 이기기넌 이기렷대잉?"

"그야 여부없죠! 일본이 이기구말구요!"

"그럴 것이네. 워너니, 일본이 부국갱병허기루 천하제일이라넌
디…… 어 참, 속이 다 후련허다."

이야기에 세마리가 팔렸던 올챙이가 정신이 들어, 시계를 꺼내
보더니, 볼일이 더디었다고 총총히 물러갔습니다. 그는 물러가면
서, 잘 유념을 하여 쉬이 그 마나님감을 골라다가 현신시키겠다고,
자청 다짐을 두기를 잊지 않았습니다.


## 9. 절약의 도락 정신(道樂精神)

올챙이를 보내고 나서 윤직원 영감은 퇴침을 도두베고, 보료 위
에 가 편안히 드러눕습니다.

침침한 십삼 와트 전등불에 담배 연기만 자욱하니, 텅 빈 삼 칸
장방 아랫목에 가서 허연 영감 하나만 그들먹하게 달랑 드러눈 것
이, 어떻게 보면 징그럽기도 하고, 다시 어떻게 보면 폐허(廢墟)같
이 호젓하기도 합니다.

윤직원 영감은 멀거니 드러누웠자매 심심해서 못 견디겠습니다.
춘심이 년이나 어서 왔으면 하겠는데, 저녁 먹고 곧 오마고 했으니
까, 오기는 올 테지만, 고년이 이내 뽀로로 오는 게 아니라, 까불고
초라니 짓을 하느라고, 이렇게 더디거니 싶어 얄밉습니다.

대복이도 까맣게 기다려집니다. 간 일이 궁금도 하거니와, 여덟
신데 오래잖아 라디오를 들어야 하겠으니, 그 안으로 돌아와야 하
겠습니다.

저녁을 몇 술 뜨다가 말아서 속도 출출합니다. 이런 때에 딸이
고 손주며느리고 누가 하나 밥상이라도 들려 가지고 나와서, 진지

잡수시라고 권을 했으면, 못 이기는 체하고 달게 먹을 텐데, 그런 재치 하나 부릴 줄 모르는 것들이거니 하면 다시금 화가 나기도 합니다.

시장한 깐으로는 삼남이라도 내보내서 우동이라도 한 그릇 불러다가 후루룩 쭉쭉 먹었으면 좋겠지만, 그렇게 생각하니까는 어금니 밑에서 사뭇 신 침이 괴어 나오고 가슴이 쓰리기는 하지만, 집 안 애들이 볼까 보아 체수에 차마 못합니다.

누가 먼저 오나 했더니 대복이가 첫째(?)를 했습니다.

운동화에 국방색 당꾸바지에, 검정 저고리에, 오그라붙은 칼라에, 배애배 꼬인 검정 넥타이에, 사 년 된 맥고자에, 볕에 탄 얼굴에, 툭 불거진 광대뼈에, 근천스럽게 말라붙은 안면 근육에, 깡마른 눈정기에…… 이 행색과 모습은 백만장자의 지배인 겸 서기 겸 비서 겸, 이러한 인물이라기는 매우 섭섭해 보입니다.

차라리 살림살이에 노상 시달리는 촌의 면 서기가, 그날 출장을 나갔다가 다뿍 시장해 가지고 허위단심 집엘 마침 당도한 포즈랬으면 꼬옥 맞겠습니다. 실상 또 면 서기 출신이 아닌 것도 아니구요.

대복이가 방으로 들어만 섰지 미처 무어라고 인사도 하기 전에 윤직원 영감은 벌떡 일어나 앉으면서,

"히였넝가?"

하고 묻습니다. 가차압을 나가는 집달리를 따라갔으니 물어보나 마나 알 일이지마는 성미가 급해 놔서 진득이 저편의 보고를 기다리고 있지를 못합니다.

"애애, 다아 잘……"

대복이는 늘 치어난 훈련으로, 제가 복명을 하기보다 주인이 묻

는 대로 대답을 하기 위하여 넌지시 꿇어앉아 다음을 기다립니다.

"무엇으다가 붙있넝가?"

"마침 광으가 나락이 한 오십 석이나 있어서요……"

"나락? 거참 마침이구만!…… 그리서 그놈으다가 붙있넝가?"

"얘애."

"잘힜네! 인제 경매헐 때 그놈을 우리가 사머넌 거 갠찮얼 것이
네! 나락이닝개루……"

"그렇잔히여두 그럴라구 다아 그렇게 저렇게 마련을……"

워너니 대복이가 누구라고, 그걸 범연히 했을 리가 없던 것입
니다.

꿩 먹고 알 먹고 하는 속인데, 윤직원 영감은 채무자의 재산을
가차압을 해놓고, 기한이 지난 뒤에 경매를 하게 되면, 속살로 그
것을 사가지고, 그것에서 다시 이문을 봅니다. 그 맛이 하도 고소
해서 언제든지 기회만 있으면 놓치지를 않습니다.

"에 거, 일 십상 잘되얐네!…… 그리서, 그분네, 술대접이나 좀
힜넝가?"

"돈 십 원어치나 술을 멕있더니, 아마 그 값이 넉넉 빠질라넝개
비라우!"

"것두 잘힜네! 무엇이구, 멕이면 되는 세상잉개루…… 그럼 어
서 건너가서 저녁 먹소. 시장컸네…… 저 거시기…… 아니 그만두
구, 어서 건너가서 저녁 먹소. 이따가 이얘기허지!……"

윤직원 영감은 아까 올챙이와 말이 얼린 만창상점의 수형 조건
을 상의하려다가, 그거야 이따고 내일이고 천천히 해도 급하지 않
대서, 대복이의 시장하고 피곤할 것을 여겨 그만두던 것입니다.

윤직원 영감으로는 이문 속으로 탈이나 없고 할 경우면, 실상은

탈을 내는 일도 없기는 하지만, 더러 대복이를 위해줄 만도 합니다. 대복이는 참으로 보뱁니다. 차라리 윤직원 영감의 한쪽이라고 하는 게 옳겠지요.

성명은 전대복(全大福)인데, 장차에는 어떻게 될는지 기약하기 어렵다 하더라도, 반평생을 넘겨 산 오늘날까지, 이름대로 복이 온전코 크고 하지는 못했습니다. 오히려 박복했지요.

윤직원 영감과 한고향입니다. 면 서기를 오 년 다녔고 그중 사년이나 회계원으로 있었습니다.

꼼꼼하고 착실하고 고정하고 그러고도 사람이 재치가 있고, 이래서 윤직원 영감의 눈에 들었습니다. 그런 결과 윤직원 영감네가 서울로 이사해 올 때에, 자가용 회계원 겸 서무 서기 겸 심부름꾼 겸 만능잡이로다가 이삿짐과 한가지로 묻혀가지고 왔습니다.

이래 십 년, 대복이는 까딱없이 지내왔습니다. 참말로 윤직원 영감한테는 깎아 맞췄어도 그렇게 손에 맞기는 어려울 만큼 성능(性能)이 두루딱딱이로 만점이었습니다.

약삭빠르고 고정하고 민첩하고, 잇속이라면 휑하니 밝고…… 이러니 무슨 여부가 있을 리가 있나요.

가령 두부를 오늘 저녁에는 세 모만 사들여 보낼 예정이라면, 사는 마당에서는 두 모하고 반만 사고 싶습니다. 그러나 두부 반 모는 서울 장안을 온통 매고 다녀야 파는 데가 없으니까, 더 줄여서 두 모를 삽니다. 결국 이 전 오 리를 아끼려던 것이, 그 갑절 오 전을 득했으니, 치부꾼으로 그런 규모가 어디 있겠습니까. 대복이라는 사람이 돈을 아끼는 그 솜씨가 무릇 이렇다는 일렙니다. 진실로 얼마나 충실한 사람입니까.

그러나 그렇대서 사람이 잘다고만 하면, 그건 무릇 인간성을 몰

118

각한 혐의가 없지 않습니다.

대복이가 가령 주인네 반찬거리로 세 모를 사들여 보낼 두부를 두 모하고 반 모만 사고 싶다가, 반 모는 팔질 아니하니까 두모를 사는 그 조화가 단지 돈 그것을 아끼자는, 즉 순전한 목적의식만으로만 그러던 건 아닙니다.

그는 돈이야 뉘 돈이 되었든, 살림이야 뉘 살림이 되었든, 그 돈을 졸략히 쓰는 방법, 거기에 우선 깊은 취미를 가지는 사람입니다.

그러한 때문에, 두부를 세 모를 살 텐데 두 모 반을 못 사서 두 모만 산 때라든지, 윤직원 영감의 심부름으로 동대문 밖을 나가는데 갈 제는 걸어서 가고 올 제만 타고 와서 전찻삯 오 전을 덜 쓴 때라든지, 이러한 날은 아껴 쓰고 남긴 그 돈 오 전을 연신 들여다보고 들여다보고 하면서 무한히 유쾌해합니다. 그 돈 오 전을 그렇다고 제 낭탁에다가 넌지시 집어넣느냐 하면, 물론 절대로 없습니다.

대복이는 그러므로, 가령 한 사람의 훌륭한 도락가(道樂家)로 천거하더라도 결단코 자격에 손색이 없을 겝니다.

어떤 사람은, 가지각색 고서(古書)를 모으기에 재미를 붙입니다. 별 얄망궂은 책들을 다 모으지요.

어떤 사람은 화분 가꾸기에 재미를 들입니다. 올망졸망 화초들을 분에다가 심어놓고 그것을 가축하느라, 심지어 모필로다가 잎 사귀에 앉은 먼지를 털기까지 합니다.

이러한 도락이 남이 보기에는 곰상스럽기나 했지 아무 소용도 없는 것 같지만, 그걸 하고 있는 당자들은 천하에도 없이 끔찍스레 재미가 있습니다.

마찬가지로, 돈을 쓰는 데 요모조모로 아끼고 졸이고 깎고 해가면서, 군것은 먼지 한 낱도 안 붙게시리 씻고 털고 한 새말간 알맹이 돈을 만들어 쓰곤 하는 대복이의 그 극치에 다다른 규모도, 그러니까 뻐젓한 도락이 아닐 수가 없습니다.

윤직원 영감과 대복이 사이에는 네 것 내 것이 없습니다. 죄다 윤직원 영감의 것이요 대복이 것은 하나도 없어서 말입니다.

하기야 윤직원 영감은 대복이를 탁 믿고 월급이니 그런 것은 작정도 없이, 네 용돈은 네가 알아서 쓰라고 내맡겼은즉, 한 백만 원 집어쓸 수도 있기는 합니다.

그러나 대복이에게 매삭 든다는 것이란 게 극히 적고도 겸하여 일정한 것이어서, 담배 단풍표 서른 곽과(만약 큰달일라치면 삼십일일 날 하루는 모아둔 꽁초를 피웁니다) 박박 깎는 이발삯 이십오 전과, 목간 삯 칠 전과 이런 것이 경상비요, 임시비로는 가장 핫길의 피복대와 십 전 미만의 통신비가 있을 따름입니다.

그는 그러한 중에서도 주인 윤직원 영감의 살림이나 사업에 드는 비용은 물론이거니와, 그대도록 바닥이 맑아, 빠안히 들여다보이는 제 비용도, 가다간 용하게 재주를 부려서 뻐젓하니 절약을 해내곤 합니다.

가령 쉬운 예를 들자면, 이런 것도 있습니다.

대복이는 한 달에 한 번씩 반드시(!) 목간을 하는데, 그 비용은 물론 칠 전입니다. 비누를 쓰지 않으니까 꼭 칠 전 외에는 수건이나 해지면 해졌지, 다른 것은 더 들 게 없습니다.

그런데 언젠가는 그 한 달에 한 번씩 하던 그 목간을 약간 늦추어, 한 달하고 닷새 즉 삼십오 일 만에 한 번씩 해보았습니다. 그렇게 하기를 여섯 번을 한 결과로는 매번 닷새씩 아낀 것으로 해서 일곱 달 동안에 여섯 번의 목간을 했고, 동시에 한 달 목간 삯 칠전을 절약하는 데 성공을 했습니다.

이 성과를 거둔 달의 대복이는 대단히 유쾌했습니다. 진실로 입신(入神)의 묘기(妙技)로 추앙해도 아깝지 않습니다.

고향에서는 그의 과히 늙지는 않은 양친이 윤직원 영감네 땅을 부쳐먹고 지내면서 그다지 고생은 않습니다.

아내가 고향에서 시부모를 섬기고 있었는데, 연전에 죽었고, 그래 대복이는 시방 홀애빕니다.

죽은 아내가 불쌍하고, 시골 살림이 각다분하고, 홀애비 신세가 초라하고 하기는 하지만, 그런 걸 전화위복이라고, 과연 복이 될는지 무엇이 될는지 아직은 몰라도, 복이려니 하는 대망을 아무튼 홀애비가 된 그걸로 해서 품을 수만은 있게 되었던 것입니다.

대복이 그가 임자 없는 사내인 것과 일반으로 안에는 시방 임자 없는 예편네 서울아씨가 있어서, 우선 임자 없는 기집 사내가 주객이 되었다는 것이 가히 원칙적으로는 그 둘은 합쳐 줄 조건이 되던 것입니다.

물론 실제란 놈은 언제고 원칙을 생색내주려 들지 않으니까, 그래서 대복이의 대망도 장차 어떻게 될는지 모르기는 합니다.

첫째, 둘이서(아니 저쪽에서) 뜻이 있어야 하고, 윤직원 영감이 죽어버리거나, 그렇잖으면 묵인을 해주거나 해야 하겠으니, 그것이 모두 미지수가 아니면 억지로다가 뛰어넘을 수는 없는 난관입니다.

가령 윤직원 영감이 막고 못하게 하는 것을 저희 둘이서만 배가 맞아서 살잔즉 서울아씨의 분재받은 오백 석거리가 따라오지 않을 테니, 그건 대복이로 앉아서 보면 목적을 전연 무시한 결과라, 아무 의의도 없을 노릇입니다.

대복이라는 사람이 본시 기집에게 반하고 어쩌고 할 활량도 아니요, 반할 필요도 없기는 하지만, 그러니 더구나 목 움츠리에, 주근깨 바탕에, 납작코에, 그런 빈대 상호의 서울아씨가 계집으로 하그리 탐탁하다고, 욕심이 날 이치는 없습니다.

다만 홀애비라는 밑천이 있으니까, 오백 석거리로 도금(鍍金)한 과부라는 데에 오직 친화성(親和性)이 발견될 따름이고, 그게 대망의 초점이지요.

그러니까 시방 대복이는 제일단의 문제로, 서울아씨가 저에게 뜻이 있으면 하고 바랍니다. 만약 그렇기만 하다면 일이 한 조각은 성공이니까, 매우 기뻐할 현상이겠습니다.

그러나 아무리 그렇더라도, 가령 서울아씨가 쫓아 나와서, 제 허리띠에 목을 매고 늘어지더라도, 제이단의 난관인 윤직원 영감의 묵인이나 승낙이 없고 볼 것 같으면 알짜 오백 석거리의 도금이 벗어져 버린 서울아씨일 터인즉, 그는 단연코 그 정을 물리칠 것입니다.

몽글게 먹고 가늘게 싸더라도, 윤직원 영감이 인제 죽을 때는 단돈 몇천 원이라도 끼쳐줄 눈치요, 그것만은 외수가 없는 구멍인 것을, 잘못하다가 그 구멍마저 놓쳐서는 큰 낭패이겠으니 말입니다.


"전 서방님 오셨넌디 저녁 진짓상 주어기라우⋯⋯"

삼남이가 안방 대뜰로 올라서면서 떼어놓고 하는 소립니다.

"전 서방 오셨니?"

안방에서 경손이와 태식이를 데리고, 무슨 이야긴지 이야기를 하고 있던 서울아씨가, 와락 반가운 소리로 대답을 하면서 마루로 나오더니 이어 부엌으로 내려갑니다.

전 서방이고 반 서방이고 간에, 그의 밥상을 알은체할 며리도 없고, 또 계제가 그렇게 되었더라도 삼월이를 불러대서 시키든지 조카며느리들한테 밀든지 할 것이지, 여느 때는 부엌이라고 들여다보지도 않는 서울아씨로, 느닷없이 이리 서두는 것은 적실코 한 개의 이변이 아닐 수가 없습니다.

경손이가 그 이변을 직각하고서 서울아씨가 나간 뒤에다 대고 고개를 끄덕끄덕, 혓바닥을 날름날름합니다.

서울아씨는 물론 그런 눈치를 보인 줄은 모를 뿐 아니라, 자신의 그러한 행동이 이변스러운 것조차 미처 깨닫지를 못합니다.

하나, 그렇다고 또 서울아씨가 대복이한테 깊수룸한 향의(向意)가 있는 것이냐 하면, 실상인즉 그게 매우 모호해서 섬뻑 이렇다고 장담코 대답하기는 난감합니다.

혓바닥은 짧아도 침은 멀리 뱉는다고 합니다. 서울아씨는, 다 참, 양반의 집 자녀요, 양반의 집 며느리였고, 친정이 만석꾼이요, 내 몫으로 오백 석거리가 돌아올 테고, 이러한 신분을 가져다가 사랑방 서사 대복이와 견줄 생각은 일찍이 해본 적이 없습니다.

그러니까 가령 어떻게어떻게 되어서, 이러쿵저러쿵 말이 얼려가지고 대복이한테로 팔자를 고친다 치더라도, 그거나마 마다고 물리치지는 않을지언정, 대복이라는 인물이 하 그리 솔깃하거나 그래서 그러는 것은 아닐 텝니다. 하고, 오로지 그가 치마를 두른 계집이 아니고 남자라는 것, 단연 그것 하나 때문일 것입니다.

그렇기로 들면, 같은 남자일 바에야 대복이보다는 어느 모로 따지든지 취함직한 남자가 허구많을 텐데 하필 그처럼 눈에도 안 차는 대복이냐고 하겠지요.

그러나 서울아씨는 시집을 갈 수 있는 숫처녀인 것도 아니요, 신풍조를 마신 새로운 여인도 아닙니다.

그는 단지 하나의 낡은 세상의 과부입니다. 이 세상에 사람이 있는 줄은 알아도, 남자가 있는 줄은 의식적으로 모릅니다.

그것은 또, 결단코 절개가 송죽 같아서가 아니라, 눈 가린 마차말〔馬車馬〕이 마차를 메고 달리는 것과 일반으로, 훈련된 본능일 따름입니다.

과부라는 것은 그 이유는 몰라도, 그냥 그저 두 번째 남편을 맞지 않는 것이라고만 알고 있기 때문입니다.

그리하여 서울아씨도 장차 어떠한 고패에 딱 다들려서는, 그 훈련된 본능을 과연 보전할지가 의문이나, 아직까지는 털고 나서서 개가를 하겠다는 의사는 감히 없고, 역시 재혼이라는 것은 못하는 걸로 여기고만 있습니다.

하기야 더러 그 문제를 가지고, 빈약한 소견으로 두루두루 생각을 해보지 않는 것은 아니나, 아무리 둘러대 보아야 그것은 힘에 벅찬 거역이어서, 도저히 가망 수가 없으리라 싶기만 하던 것입니다.

'그러하다면서 대복이한테 그가 심상찮은 마음의 포즈를 보인다고 한 것은 역시 공연한 떼마가 아니냐?'

그러나 그것은 막상 그렇지 않은 소치가 있습니다.

과부라고, 중성(中性)이 아닌 바에야 생리적으로 꼼짝 못할 명령자가 있는 것을, 그러니 이성이 그립지 않을 이치가 없습니다. 서울아씨도 이성이 그립습니다. 지금 스물아홉인데 십이 년 전에 일 년 동안 겨우 남편과 지내고서 이내 홀몸입니다.

삼십이 되어오니 그 이성 그리움이 차차로 더합니다. 그가 성자(聖者)다운 수련을 쌓지 않은 이상, 단지 과부라는 형식만이 있어가지고는 호르몬 분비의 명령인, 한 개의 커다란 필연을 도저히 막아낼 수는 없던 것입니다.

그러므로 그는 극히 자연스러운, 그러나 일종 근육적인 반사작용으로서 이성을 그리워하고, 무의식한 가운데 이성을 반겨하고 하지 않을 수가 없는 여자 서울아씨던 것이요, 그런데 일변 그의 세계란 것은 겨우 백마흔 평이라는 이 집 울안으로 제한이 되어 있고, 그 제한된 세계에는 오직 대복이가 남자로 존재해 있을 따름이던 것입니다.

그러니까 서울아씨는, 대복이라면 그와 같이 의식보다도 제풀 근육이 반사적으로 날뛰어, 몸이 먼저 반가워하고, 그것이 날이 갈수록 남의 눈에 뜨이게 차차로 현저해가던 것입니다.

그렇지만 서울아씨의 근육이 풍겨 내놓은 이변은, 그러나 저 혼자서는 도저히 발전을 할 능력이 없을 뿐 아니라, 아직은 한낱 재료일 따름이요, 겸하여 의사의 판단과 상량을 치르지 않은 것인즉, 미리서 대복이를 위하여 축배를 들 거리는 못 되는 것입니다.

그건 그렇다고 하더라도, 삼남이가 웬만큼 눈치가 있었더라면, 밥상을 들고 나가서 대복이더러 넌지시, 아 서울아씨가 펄쩍 뛰어 나오더니 평생 않던 짓을, 밥상을 차린다 이것저것 반찬을 골라놓는다, 또 숭늉을 데운다 머 야단이더라고, 이쯤 귀띔이라도 해주었을 것입니다.

그랬으면야 대복이도 속이 대단 굴져했을 것이고, 어떻게 적극적으로 무슨 모션을 건네보려고 궁리도 할 것이고 그랬을 텐데, 삼남이란 본시 제 눈치도 모르는 아인걸 남의 눈치를 알아챌 한인(閑人)은 아니었으니까요.

그래, 대복이는 전에 없던 밥상인 것만 이상히 여기고 말았습니다.

그러나 경손이 그 애가 능청맞은 애라, 제 대고모의 그러한 이변을 발견했은즉, 혹시 무슨 장난이라도 할 듯싶고, 그 끝엔 어떤 일이 생길 듯도 하고 하기는 합니다마는 물론 꼭이 그러리라고 단언은 할 수 없는 일이고요.


## 10. 실제록(失題錄)

대복이가 윤직원 영감의 머리맡 연상(硯床)에 놓인 세트의 스위치를 누르는 대로 JODK의 풍류(風流)가 마침 기다렸던 듯 좌악 흘러져 나옵니다.

"따앙 찌―찌―, 즈응 증지 따앙 증응 다앙……"

잔영산입니다.

청승스런 단소의 동근 청과, 의뭉한 거문고의 콧소리가 서로 얽혔다 풀렸다 하는 사이를, 가냘파도 양금이 야물치게 메기고 나갑니다.

"다앙 당 동, 다앙 동 다앙당, 증찌, 다앙 당동당, 다앙 따앙."

이윽고 초장이, 끝을 흥 있이 몰아치는 바람에 담뱃대를 물고 모로 딱 드러누워 듣고 있던 윤직원 영감은,

"좋다아!"

하면서 큼직한 엉덩판을 한 번 칩니다.

무릇 풍류란 건 점잖대서, 잡가나 그런 것과 달라 그 좋다! 를 않는 법이랍니다. 그러나 그까짓 법이 무슨 상관이 있나요. 윤직원

영감은 좋으니까 좋다고 하면 고만입니다.

이렇게 무식은 해도, 그거나마 음악적 취미의 교양이 윤직원 영감한테 지녀져 있다는 것이 일변 거짓말 같기는 하지만, 돌이켜 직원 구실을 지낼 무렵에 선비들과 주축한 그 덕이라 하면, 그리 이상튼 않겠습니다.

라디오를 만져놓고 마악 제 방으로 물러가는 대복이와 엇갈려, 춘심이 년이 배시시 웃으면서 들어섭니다.

"어서 오니라. 이년 왜 이렇게 늦게 오냐?"

윤직원 영감은 반가워하면서 욕을 하고, 춘심이는 욕을 먹어도 타지는 않습니다.

"일찍 올 일은 또 무엇 있나요? 오구 싶으믄 오고, 말구 싶으믄 말구 하지요. 시방 세상은 자유 세상인데!……"

춘심이가 단숨에 이렇게 쌔와리면서, 얼굴 앞에 바투 주저앉는 것을, 윤직원 영감은 멀거니 웃고 바라다봅니다.

"대체, 네년 주둥아리다가넌 도롱태를 달었넝개비다? 어찌 그리 말허넌 주둥이가 때르르허니 방정맞냐?"

"도롱태가 무어예요?"

"떠들지 말구, 이년아…… 나 풍류 소리 들을라닝개 발치루 가서 다리나 좀 쳐라, 응?"

"싫여요! 밤낮 다리만 치라구 허구……"

불평을 댈 만도 하지요. 비록 반푤 값에 영업장을 가졌고, 세납을 물고 하는 기생더러 육장 다리를 치라니요.

춘심이는 금년 봄부터 시작하여 윤직원 영감의 다섯 번이나 내리 실연을 한 여섯 번째의 애인입니다.

작년 가을, 그 살뜰한 첩이 도망을 간 뒤로 윤직원 영감은 객회(?)

가 대단히 심했고, 그뿐 아니라 밤저녁으로 말동무가 없게 되어 여간만 심심치가 않았습니다.

사랑은 쓰고 있되, 놀러 올 영감 친구 하나 없습니다. 저엉 무엇하면 객초(客草) 몇 대씩 허실하면서라도 바둑 친구나 청해 오겠지만, 윤직원 영감은 바둑이니 장기니 그런 것은 자고(自古) 이후로 통히 손을 대본 적이 없습니다. 웬만한 노인들은 대개 만질 줄은 아는 골패도 모르고 이날 이때까지 살아왔습니다. 그런 기국이나 잡기에 손을 대지 않은 것은, 소싯적에 남들이 노름꾼 말 대가리 자식 놈이라고, 뒷손가락질과 귀먹은 욕을 하는 데 절치부심을 한 소치라고 합니다.

말동무 하나 없이 밤이나 낮이나 텅 빈 삼 칸 장방에 담뱃대를 물고 혼자 달랑 누웠다 앉았다 하자니, 어떤 때는 마구 다리가 비비 꼬이게시리 심심해 살 수가 없습니다.

그러자 마침 올 삼월인데, 윤직원 영감이 작년 추석에 성묘 겸 고향을 내려갔을 제 술자리에서 수삼 차 불러 논 기생 하나가 그 뒤 서울로 올라왔다고, 그래 고향 어른을 뵈러 온다고 위정 이 계동 구석까지 찾아온 일이 있었습니다.

그때에 그 기생이 제 동생이라고, 머리 땋은 동기 아이 하나를 데리고 와서 같이 인사를 드렸고, 윤직원 영감은 고놈 동기 아이가 매우 귀여웠습니다.

"너, 가끔 놀러 오니라. 와서 날 이얘기책두 읽어주구, 더러 다리두 쳐주구 허머넌, 내 군밤 사 먹으라구 돈 주지……"

덜머리 진 총각 녀석이 꼬마둥이더러, 엿 사주께시니…… 달라는 법수와 별반 다를 게 없는 행투겠지요. 깊이 캐고 보면 말입니다.

설마 그런 눈치야 몰랐겠지만, 동기 아이는 웃기만 하지 대답을 않는 것을, 형 되는 큰기생이 제 동생더러, 그래라 올라와서 모시고 놀아드려라. 노인은 애들이 동무란다고 타이르던 것입니다. 역시 무슨 딴 의사가 있을 줄은 몰랐을 것이고, 다만 제 생색을 내어 노름발이라도 틀까 하는 요량이던 게지요.

윤직원 영감은 허기야 큰기생이 종종 와주었으면 해롭진 않을 판입니다. 더러 와서는 조용히 시조 장이나 부르고, 콧노래 섞어 잡가 토막도 부르고, 이런 이야기 저런 이야기 이야기나 하고……

물론 그것뿐입니다. 윤직원 영감은 큰기생 그한테 뜻이 있을 필요는 전연 없습니다. 털어놓고 오입을 한다든지 하자면야, 서울 장안의 기생만 하더라도 얼굴이 천하일색이 수두룩하고, 또 가령 얼굴은 안 본다 칠값에 노래가 명창으로 멋이 쿡 든 기생이 또한 허구많은데, 그런 놈 죄다 제쳐놓고 하필 인물도 노래도 다 시원찮은 이 기생을, 같은 돈 들여 가면서 그러잘 며리가 없는 게니까요.

그러나 일변, 기생으로 보면, 새파란 젊은 년이 무슨 그리 살뜰한 정분이며 알뜰한 정성이 있다고, 제 벌이 제 볼일 제쳐놓고서, 육장 이 구석을 찾아와서는 노름채 못 받는 개평 노름을 논다, 아무 멋대가리도 없는 늙은이 시중을 든다 하고 싶을 이치가 없을 게 아니겠습니까.

경위가 이러하고 본즉 윤직원 영감은 단지 눈앞의 화초로만 데리고 놀재도 이편에서 오라고 일러야 할 것이요, 오라고 해서 오고 보면 그게 한두 번일세 말이지 세 번에 한 번쯤은 소불하 십 원 한 장은 집어 주어야 인사가 아니겠다구요.

그러나 돈이 십 원, 파랑 딱지 한 장이면 일 원짜리로 열 장이요, 십 전짜리로 백 닢이요, 일 전짜리로 천 닢이요, 옛날 세상이라면 엽전으로는 오천 닢이요, 오천 닢이면 만석꾼이 부자라도 무려 천 칠백 번이나 저승을 갈 수 있는 노수요, 한 걸 생판 어디라고 윤직원 영감이 그렇게 함부로 쓸 법은 없던 것입니다.

그런데 그게 옹근 기생이 아니요 동기고 볼 양이면, 이런 체면 저런 대접 여부없이 가끔가다가 돈짱이나 집어 주곤 하면 제야 군 밤을 사 먹거나 봉지 쌀을 사 들고 가거나 이편의 아랑곳이 아니요, 내가 할 도리는 넉넉 차리게 될 테니까, 두루 좋습니다.

그런고로 해서, 동기를 데리고 노는 것이 돈 덜 드는 규모 있는 소일일 뿐만 아니라, 또 윤직원 영감은 기왕 소일거리로 데리고 놀 바에야 기집애가 더 귀엽고 재미가 있습니다. 오히려 그 소일거리 이상의 경우를 고려해서, 역시 돈은 적게 들고 비공식이요, 그러고 도 취미는 더 있을 게 기집애입니다.

사람이 나이 늙으면 늙을수록 어린 기집애가 귀여운 법이라구 요. 그거야 귀여워하는 법식 나름이겠지만, 윤직원 영감의 방법은 의미심장합니다.

그리하여, 계제가 마침 좋은지라, 윤직원 영감은 기생 형제가 하 직 인사를 하고 일어설 때에 큰기생더러,

"그럼 자네가 더러 좀 올려 보내소. 내가 거 원, 이렇게 혼자 있 으닝개 제일 말동무가 읎어서 심심히여 못허겠네…… 그러니 부디 가끔가끔……"

하고, 근천스런 부탁을 했습니다.

큰기생은 종시 선선히 응답을 하고 돌아갔고, 그런 지 사흘 만인 가 윤직원 영감이 혼자 누워서 심심하다 못해, 고년이 어쩌면 올 성도 부른데, 이런 때 좀 왔으면 작히나 좋아! 몰라 또, 말은 그렇 게 흔연히 하고 갔어도 보내기는 웬걸 보낼라구? 아니 그래도 혹

시 어쩌면…… 이리 궁금해하면서 기다리노라니까, 아닌 게 아니라, 훨씬 낮이 겨운 뒤에 그 애 동기 아이가 찰래찰래 오지를 않겠습니까.

젊은것들끼리 제 애인을 고대고대하다가 겨우 와주어서 만날 때도 아마 그렇게 반갑겠지요. 윤직원 영감도 대단 반갑고 일변 신통스럽습니다.

윤직원 영감은 그 살뜰한 애기 손님을 옆에 소중히 앉히고는 머리도 쓰다듬어주고, 종알종알 이야기하는 입도 들여다보고, 꼬챙이로 찌르듯 빼악빼악하는 노래도 시켜보고 하면서 끔찍한 재미를 보았습니다.

그럭저럭 날이 저무니까 간다고 일어서는 것을 달래서, 전에 없이 맞상을 내다가 같이 저녁을 먹었고, 저녁을 마친 뒤에는 시급히 『춘향전』을 사들여 그 애더러 읽으라고 하고는 자기는 버얼떡 드러누워서 이야기책 읽는 입을 바라다보고 하느라고 그야말로 천금 같은 봄밤의 한 식경을 또한 즐겁게 보낼 수가 있었습니다.

초저녁부터 몇 번 붙잡아 앉힌 것은 물론이고, 마침내 열시가 되자 할 수 없이 놓아 보내는데 윤직원 영감은 크게 생색을 내어, 인력거를 불러다가 선금을 주어서 태워 보내는 외에, 일 원 한 장을 따로 손에 쥐여 주기까지 했습니다. 대단한 적공이지요.

보내면서, 내일도 오너라 했더니, 과연 이튿날 저녁에, 저녁을 일찌감치 먹곤 올라왔습니다.

윤직원 영감은 어제저녁처럼 옆에다가 앉혀놓고는, 이야기도 시키고 이야기책도 읽히고, 내시가 이 앓는 소리 같은 노래도 듣고, 오늘 저녁 개시로 다리도 치라 하고, 그러면서 삼남이를 시켜 말눈깔사탕 십 전어치도 사다가 먹이고, 머리는 물론 여러 번 쓰다듬어

주었고, 그러구러 밤이 이슥한 뒤에 돌려보냈습니다.

대접상으로는 역시 인력거를 태워 주었어야 할 것이지만, 인제 앞으로 자주 다닐 텐데 그렇게 번번이 탈 수야 있느냐고, 그러니 오늘 저녁부터는 이 애더러 바래다달래라고, 그 알뜰한 삼남이를 안동해 보냈습니다.

인력거를 안 태웠으니 돈이라도 일 원을 다 주기가 아깝거든 오 십 전이나마 주었어야 할 것이지마는 그것 역시 자꾸만 그래쌓다 가는 아주 버릇이 되어서, 오기만 오면 으레껏 돈을 탈 것으로 알게시리 길을 들여서는 안 되겠다 하여, 짐짓 입을 씻어버렸던 것입니다. 그러고서 그저 세 번이나 네 번에 한 번씩 일 원 한 장이고 쥐여 줄 요량을 했습니다.

그 뒤로부터 그 애는 윤직원 영감의 뜻을 곧잘 받아, 이틀에 한 번, 또 어느 때는 매일같이 올라와선 놀곤 했고, 그렇게 하기를 한 이십여 일 해오던 어느 날 밤이었습니다.

밤은 아직 초저녁이었고, 그들먹하게 뻗고 누웠는 다리를 조막 만 한 기집애가 밤만 한 주먹으로 토닥토닥 무심히 치고 있는데, 문득 윤직원 영감이,

"너 몇 살 먹었지?"

하고 새삼스럽게 나이를 묻던 것입니다.

"열늬 살이라우."

동기 아이는 아직도 고향 사투리가 가시지 않았습니다. 하기야 윤직원 영감 같은 사람은 십 년이 되었어도 종시 그러닝개루를 못 놓지만요.

"으응! 열늬 살이여!⋯⋯"

윤직원 영감은 또 한참 있다가,

"다리 구만 치구, 이리 온?"

하면서 턱을 까붑니다.

아이는 발딱 일어서더니 발치께로 돌아, 윤직원 영감의 가슴 앞
에 바투 앉고, 윤직원 영감은 물었던 담뱃대를 비껴 놓고는 아이의
머리를 싸악싹 쓸어줍니다.

"응…… 열늬 살이면 퍽 숙성히여!"

"………"

"야?"

"얘?"

"으음…… 저어 거기서, 저어……"

"………"

"야?"

"얘?"

"저어, 너……"

"얘애."

"너 내 말 들을래?"

"얘?"

아이는 무슨 뜻인지 못 알아듣고는 눈을 깜작깜작합니다. 윤직
원 영감은, 히죽 웃으면서 머리 쓸던 팔로 슬며시 아이의 목을 끌
어안습니다.

"내 말 들어라, 응?"

"아이구머니!"

아이는, 마치 불에 덴 것처럼 화닥닥 놀라면서, 뛰쳐 일어나더
니, 그냥 문을 박차고 그냥 꽁무니가 빠지게 달아나 버립니다.

가뜩이나 덩지 큰 영감이 좀 모양 창피했지요. 그러나 뭘, 아무

도 본 사람은 없었고, 또 보았기로서니, 게, 양반이 파립(破笠) 쓰고 한 번 대변 보기가 예사지, 그걸 그다지 문벌 깎일 망신으로 칠 것은 없습니다.

윤직원 영감은, 에 거 아예 어린 기집애년들 이뻐하고, 데리고 놀고 할 게 아니라고, 얼마 동안을 다시 전대로 소일거리 없이 심심한 밤과 낮을 보냈습니다.

그러나 한번 걸음을 내친 게 불찰이지, 일 당하던 당장에 창피하던 기억은 차차로 잊혀지고, 일변 심심찮이 놀던 일만 아쉬워집니다. 뿐 아니라, 맛을 보려다가 회만 동해논, 그놈 식욕이 아예 가시지를 않습니다.

윤직원 영감의 이 기집애에 대한 흥미는 일찍이 고향에 있을 때부터 촌 기집애들을 주무른 솜씨라, 오늘날에 비로소 시작된 것이 아니라면 아니기도 하겠지만, 그래도 그때의 기집애들은 열칠팔 세가 아니면 기껏 어려야 열육칠 세이었었지, 열네 살배기의 정말 젖비린내 나는 기집애에까지는 이르질 않았습니다.

그러니까 만약 그 식욕을 엄밀히 구별한다면 시골 있을 무렵에 기집애(어리기는 해도 기집으로서의 기능을 갖춘) 그놈을 잡아먹던 식성(食性)과 시방 열네 살 고 또래의 기집 이전인 기집애에게 대해서 우러나는 구미(口味)와는 계통이 다르다 할 것입니다. 더욱이 방물장수 아씨더러, 첩 더디 얻어 들인다고 성화를 대는 그런 순수한 생리와도 파계가 다릅니다.

윤직원 영감의 이 새로운 식욕은 그런데 매우 강렬하기까지 해서 도저히 그대로 참지를 못할 지경이었습니다.

드디어 대복이가 나섰습니다.

경지영지하시니 불일성지라더니, 뉘 일일새 범연했겠습니까. 대복이는 골목 밖 이발소의 긴상한테 청을 지르고, 긴상은 계제 좋게 안국동 저의 이웃에 사는 동기 아이 하나가 있어, 쉽사리 지수를 했습니다. 사실 별반 힘들 게 없는 것이, 그런 조무래기야 장안에 푹 쌨고, 그런데 이편으로 말하면 이러저러한 곳에 사는 재산 있고, 칠십 먹은 점잖은 아무 댁 영감님인바, 노인이 심심소일 삼아 옆에 앉혀놓고서 말동무도 하고 이야기책도 읽히고 노래도 시키고 다리도 치이고, 이렇게 데리고 논다는 조건이고 본즉, 만약에 춘향이가 인도환생을 한 에미애비라 하더라도 감히 거기에 어떠한 위험을 느끼진 않을 게니까요.

하물며 기집애자식을 논다니 판에다 내놓아 목구멍을 도모하자는 에미애비들이어던 딱히 그 흉헌 속내를 알았기로서니, 오히려 반가워할 것이지 조금치나 저어를 할 며리는 없는 것입니다. 이발소 긴상의 서두리로, 사흘 만에 한 놈이 대비가 되었는데, 나이는 이편에서 십오 세 이내로 절대 지정한 소치도 있겠지만 마침 열네 살이요, 생긴 거란 역시 별수 없고 까칠한 게 갓 나는 고양이 새끼 여대치게 어설펐습니다.

그러나 윤직원 영감은 기집애면 만족이니까 별 여부 없었고, 흔연히 맞아들여 노래도 우선 시켜보고, 머리도 쓸어주고, 이야기책도 읽히고, 다리도 치게 하고, 눈깔사탕도 사 먹이고, 이렇게 며칠 두고서 적공을 들였습니다.

그러다가 이윽고 낯을 안 가릴 만하니까 비로소, 너 몇 살이냐?…… 응, 숙성하구나! 너 내 말 들을늬? 하면서 머리 쓸던 팔로 허리를 그러안았습니다.

그랬더니, 이번 아이는 서울 태생이라 그런지 좀 더 영악스럽게,
"이 영감이 왜 이 모양야? 미쳤나!"

하면서 욕을 냅다 갈기고 통통 나가 버렸습니다.

이래서 두 번째의 무렴(無廉)을 보았습니다. 그러나 암만 무렴은 보았어도 윤직원 영감은 본시 얼굴이 붉으니까 새 채비로 홍안은 당하지 않았지만,

"헤에! 그거 참!"

하면서, 헤벌씸 웃지 않진 못했습니다.

윤직원 영감은 그 뒤로도 처음 뜻을 굽히지 않았습니다. 그리하여 세 번 네 번 다섯 번 이렇게 대거리를 구해 들였고, 그러나 그러는 족족 실연의 쓴 술잔이 아니라, 핀잔을 거듭거듭 마셔왔습니다.

대단히 비참한 노릇입니다. 고, 아무렇게나 생긴 동기 기집애년 하나를 뜻대로 다루지 못하고서, 늦은 봄부터 초가을까지 무려 다섯 차례나 낭패를 보다니, 윤직원 영감으로는 일대의 치욕이 아닐 수가 없습니다.

사실이지, 백만의 거부를 누리는 데도 그대로록 힘이 들지는 않았고, 평생을 돌아보아야 한 개의 목적을 놓고 앉아, 내내 다섯 번씩 실패를 해본 적이라고는 찾고 싶어도 일찍이 없었습니다.

하기야 전연 딴 방도가 없던 건 아닙니다. 시골 있는 사음한테로 기별만 할 양이면, 더는 몰라도 조그마한 소녀 유치원 하나는 꾸밈직하게 열서너 살짜리 기집애를 한 떼 쓸어 올 수가 있으니까요.

작인들이야 제네가 싫고 싫지 않고는 문제가 아니요, 어린 딸은 말고서 아닐 말로 늙어 쪼그라진 어미라도 가져다가 바치라는 영이고 보면, 여일히 거행하기는 해야 하게크름 다 되질 않았습니까.

진실로 그네는 큰 기쁨으로든지, 혹은 그 반대로 땅이 꺼지는 한숨을 쉬면서든지 어느 편이 되었든지 간에, 표면은 씨암탉 한 마리쯤 설이나 추석에 선사 삼아 안고 오는 것과 진배없이 간단하게,

136

그네의 어린 딸 혹은 누이를 산〔生〕 제수로 바치지 않질 못합니다.

윤직원 영감은 그러므로, 가령 세 번째의 허탕을 치고 나서부터는 시골 기집애를 잡아 올까 하는 궁리를 해보지 않은 것은 아니었습니다.

과연, 당장 편지를 해서 그 머리 검은 병아리를 구해 보내라고 할 생각을 몇 번이고 했었습니다.

그러나 생각을 그렇게 하기는 했어도, 한편으로는 보는 데가 없지 않아, 아직 주저를 했던 것입니다.

만약 시골서 계집애를 데려오고 보면, 그때는 동기를 불러다가 말동무를 삼는다는 형식이 아니요, 단박 첩을 얻어 들인 게 되겠으니, 원 아무리 뭣한들 칠십 먹은 늙은이가 열세 살이나 네 살배기 첩을 얻다니, 체면도 아닐 뿐 아니라, 또 체면 문제보다는 시골 계집애는 노래를 못하니까 서울 동기보다 쓸모는 적으면서, 오며 가며 찻삯이야 몸 수발이야 뒷갈무리야 해서 돈은 훨씬 더 듭니다.

이러한 불편이 있는 고로 해서, 그래 시골 계집애를 섬뻑 데려오지 못하던 것인데, 그러나 이번 춘심이한테까지 낭패를 보고서도 종시 그런 주저를 하겠느냐 하면, 그건 도저히 보장하기가 어렵습니다. 그러니 일변 생각하면 춘심이의 소임이 매우 중대하고도 미묘한 의의를 가졌다고 할 수 있겠습니다.

이렇듯 조건이 붙었다면 붙었달 수 있는 춘심이요, 한데 다니기 시작한 지도 벌써 보름이 넘었습니다.

이제는 그만하면 낯가림은 안 할 만큼 되었고, 또 공력도 그새 다른 아이들한테보다는 특별히 더 들이느라고 들였습니다.

윤직원 영감은 시방, 그런 것 저런 것 속으로 가늠을 해보면서, 손치에 퍼근히 주저앉아 다리를 안 치겠다고 대가리를 쌀쌀 흔들며 암상떨이를 하는 춘심이를 히죽히죽 올려다보고 누웠습니다.

옆으로 앉아서 고개를 내두르는 대로, 뒤통수의 몽창한 단발이 까불까불합니다. 치렁치렁하던 머리채가 다래를 뽑아버리면 이렇게 여학생이 됩니다. 흰 저고리 통치마에 양말이 모두 여학생 차림입니다. 춘심이는 이런 여학생 차림새를 좋아해서, 권번에 갈 제와 또 권번 사람의 눈에 뜨일 자리 말고는, 대개 긴치마에 긴 머리를 늘이고 가지를 않습니다. 그러니까 윤직원 영감한테 오는 때도 권번에서 바로 가는 길이 아니면 언제고 여학생 차림입니다.

그 주제를 하고 앉아서,

"사안이이로구나 아 헤."

하는 꼴이, 대체 무어라고 빗댔으면 좋을지 모르겠어도, 저는 이상이요, 간혹 윤직원 영감이, 야 이년아! 여학생이 잡가도 한다더냐고 더러 조롱을 하지만, 역시 그만한 입살은 탈 아이가 아닙니다.

마침 라디오는 풍류가 끝나고, 조금 있더니 지랄 같은 깡깽이 소리(洋樂)가 들려 나옵니다. 윤직원 영감은 이맛살을 찌푸리면서 스위치를 젖혀버립니다.

"너 이년, 다리년 안 치기루 했냐?"

"싫여요! 누가 암마야상인가 머!"

"허! 그년 참!…… 그럼 다리 안 치년 대신 노래나 한마디 불러라!"

"노랜 하죠! 풍류 끝엔 텁텁한 걸루다 잡가를 들어야 하신다죠?"

"그런 걸 다아 알구, 제법이다!"

"어이구, 참! 나구는 샌님만 업신여긴다구!…… 자아, 노래하께 영감님 장단 치시요?"

"장단은 이년아, 장구가 있어야 치지?"

"애개개! 장구가 있으믄 영감님이 장단을 칠 줄은 아시구요?"

"헤헤, 그년이. 이년아 늬가 꼭 여수 같다!"

"내애. 난 여우 같구요. 영감님은 하마(河馬) 같구요? 해해해!"

"네리끼년! 허허허허…… 그년이 꼭 어디서 초라니같이 까분당개루?"

"초라니? 초라니가 무어예요?"

"초라니 패라구 있더니라. 홍 동지 박 첨지가 탈바가지 쓴 대가리를 내놓구서, 서루 찧구 까불구, 꼭 너치름 방정맞게 촐랑거리구, 지랄을 허구 그러더니라…… 떼루떼루 박 첨지야, 이런 노래를 불러가면서……"

"해해해해. 어디 그 소리 또 한번 해보세요? 아이 참, 혼자 보기 아깝네! 해해해……"

"허! 그년이!"

이렇게, 그야말로 찧고 까불고 하는 소리를, 누가 속은 모르고 밖에서 듣기만 한다면 꼬옥 손 맞은 애들이 지껄이고 노는 줄 알 겝니다.

방 안을 들여다보면?…… 그런다면 제네들 말마따나, 동물원의 하마와 여우가 한 울안에서 재미있게 노는 양으로 보이겠지요.

"춘심아?"

"네애?"

"너어……"

"네애!"

"저어, 무어냐……"

윤직원 영감은 다리를 비비 꼬면서 말끝을 어름어름합니다.

못 견디겠어서 인제 웬만큼, 너 몇 살이지? 응, 숙성하다. 너 내 말 들을늬…… 이, 이를테면 사랑의 고백을 해야만 하겠는데, 그놈이 목구멍까지 올라왔다가는 도로 넘어가곤 하던 것입니다. 역시 다섯 번이나 창피를 본 나머지라, 어쩔까 싶어 뒤를 내는 것도 그럴듯한 근경입니다.

그게 젊은것들 사이라면, 나는 당신을 사랑합니다! 그 소릴 텐데, 그 소리 한마디 나오기가 어렵기란, 아마도 만고를 두고 노소 없이, 또 사정과 예외를 통틀어 넣고 일반인가 봅니다.

"인제 구만 까불구, 어서 노래나 시작히여라."

윤직원 영감은 드디어 망설이다 못해 기회를 뒤로 미뤘습니다.

"네네. 무얼 하까요? 아까 낮에 명창 대회서 영감님이 연신 조오타! 조오타! 하시던 적벽가 새타령 하까요?"

"하아따! 고년이 섯바닥은 짤뤄두 침은 멀리 비얕넌다더니, 이년아 늬가 적벽가 새타령을 허머넌 나는 하눌서 빌을 따 오겄다!"

"애개개! 아니 내 그럼 내일이라두 권번에 가서 그거 한마디만 배워가지구, 영감님 듣는 데 할 테니깐 정말 하눌 가서 별 따 오실 테야요?"

"누가 인자사 배각구 말이냐? 시방 이 당장으서 말이지……"

"피, 아무렇게 해두 하기만 하면 고만이지, 머……"

"그년이 노래허라닝개루 또 잔사살을 내놓너만!"

"네 네헴…… 자아 합니다. 헴…… 망구강사안 유람헐 제……"

단가로는 맹자 견 양혜왕짜리요, 한데 망구강산의 망구는 오식(誤植)이 아닙니다.

고저가 옳게 맞을 리도 없고, 장단이 제대로 갈 리도 없는 데다가, 소리 선생 앞에서 배울 때에 쓰던 그 목을 그대로, 고래고래 내시처럼 되게 지르고 앉었으니, 윤직원 영감의 취미(臭味) 아니고는 듣기에 장히 고생이 되지 않을 수 없는 음악입니다. 게다가 윤직원 영감의, 역시 장단을 유린하는, 좋다! 소리가 오히려 제격이요, 겨우 노래가 끝나니까는, 에 수고했네! 에, 이르러서는 진실로 근천의 절창이라 하겠습니다.

"너, 배 안 고푸냐?"

윤직원 영감은 쿨럭 갈앉은 큰 배를 슬슬 만집니다. 춘심이는 그 속을 모르니까 뚜렛뚜렛합니다.

"아뇨. 왜요?"

"배고푸다머넌, 우동 한 그릇 사줄라구 그런다."

"아이구머니! 영감 죽구서 무엇 맛보기 첨이라더니!"

"저런 년 주둥아리 좀 부아!"

"아니, 이를테믄 말이에요!…… 사주신다믄야 밴 불러두 달게 먹죠!"

"그리라. 두 그릇만 시키다가 너허구 한 그릇씩 먹자!"

"우동만, 요?"

"그러면?"

"나, 탕수육 하나만……"

"저 배때기루 우동 한 그릇허구, 또 무엇이 더 들어가?"

"들어가구말구요! 없어 못 먹는답니다!"

"허! 그년이 생부랑당이네! 탕수육인지 그건 한 그릇에 을매씩 허냐?"

"아마 이십오 전인가, 그렇죠?"

윤직원 영감의 말이 아니라도 계집애가 여우가 다 되어서, 탕수육 한 접시에 사십 전인 줄 모르고 하는 소리가 아닙니다.

우동 두 그릇 탕수육 한 그릇 얼른 빨리…… 우동 두 그릇 탕수육 한 그릇 얼른 빨리…… 삼남이는 이 소리를 마치 중이 염불하듯 외우면서 나갑니다. 사실 삼남이한테는 그걸 잊어버리지 않는 것이, 하루 세끼 중에 한 끼를 잊어버리지 않음과 일반으로 중요한 일이어서, 그만큼 긴장과 노력이 필요하던 것입니다.

무슨 그림자가 지나간 것처럼, 방 안이 잠깐 교교했습니다. 이 침정의 순간이 윤직원 영감에게 선뜻 좋은 의사를 한 가지 얻어내게 했습니다.

전에 아이들한테 하듯, 단박에 왁진왁진 그러지를 말고서, 가만 가만 제 눈치를 먼저 떠보아 보는 것이 수다…… 이런 말하자면 점진안(漸進案)입니다.

동티가 나지 않게, 또 창피를 안 당하게 가만히 슬쩍 제 속을 뽑아보고, 그래 보아서 싹수가 있는 성부르면 그담에는 바싹 다그쳐보고…… 미상불 그럴 법하거니 싶어 우선 혼자 만족을 해 싱그레 웃습니다.

"춘심아?"

머리를 싸악싹 쓸어주면서 부르는 음성도 은근합니다.

"내애?"

"너, 몇 살이지?"

"그건 새삼스럽게 왜 물으세요?"

"아니, 그저 말이다!"

"열다섯 살이지 머, 그새 먹어서 없어졌을라구요?"

"응 참, 그렇지…… 퍽 숙성히여, 우리 춘심이가……"

"키는 커두 몸은 이렇게 가늘어요! 아이 참, 영감님은 몇 살이세요?"

"나?…… 글씨 원, 하두 많이 먹어서 인제넌 나이 먹은 것두 다아 잊어삐맀넝가 부다!"

"애개개, 암만 나일 많이 잡수셨다구, 잊어버리는 사람이 어디가 있어요?…… 이렇게 머리랑 수염이랑 시었으니깐 나이두 퍽 많으실 거야!"

춘심이는 백마 꼬리같이 탐스런 수염을 쓰다듬습니다. 윤직원 영감은 다른 한 손으로 춘심이의 나머지 한 손을 조물조물 주무릅니다.

"춘심아!"

"내애?"

"너, 내가 나이 많언 게 싫으냐?"

"싫은 건 무엇 있나요?…… 몇 살이세요? 정말……"

"그렇게 알구 싶으냐?"

"몸 달 건 없지만……"

"일러주래?"

"내애."

"예순…… 으응…… 다섯 살이다!"

"아이구머니!"

춘심이는 입이 떡 벌어지고, 윤직원 영감은 윤직원 영감대로 또 속이 있어서, 입이 벌씸 벌어집니다.

윤직원 영감의 나이 꼬박 일흔둘인 줄은 천하가 다 아는 사실입니다. 그런 것을, 글쎄 애인한테라서 그중 일곱 살만 줄이어 예순다섯으로 대다니, 그것을 단작스럽다고 웃어버리기보다 오히려 옷깃을 바로잡고 엄숙히 한번 생각해보아야 할 것입니다. 일흔두 살 먹은 영감이 열다섯 살 먹은 애인 앞에서 나이를 일곱 살을 줄여 예순다섯 살로 대던 것입니다.

기생들이 손님에게다가 나이를 속이는 것은 예삽니다. 또 젊은 기집애들이 제 나이를 리베 씨한테다가 줄여서 대답하는 수도 더러 있습니다. 속을 알고 보면 그야 근경이 그럴듯하기도 하지요.

그러나 여기, 일흔두 살 먹은 허연 영감태기가, 열다섯 살배기 동기 계집애를 아탕발림시키느라고, 나이를 일곱 살을 야바위 쳐서, 예순다섯 살로 속이던 것이랍니다.

그도, 곧이야 듣건 말건, 한 이십 살 꼬아먹고 쉰 살쯤 댔다면 또 몰라요. 고작 일곱 살. 늙은이의 나이 예순다섯에서 일흔두 살까지 거리가 그리 육중스럽게 클까마는, 그래도 열다섯 살배기 애인한테 고거나마 젊게 보이고 싶어, 그 일곱 살을 덜 불렀더랍니다, 예순다섯 살이라고.

그 우람스런 체집에 어디를 눌렀는데, 그런 간드러진 소리가 나왔을까요.

저어 공자님 말씀에

"소인이 한가히 지낼 것 같으면 아름답지 못한 꿍꿍이를 꾸미나니라."

하신 대문이 있겠다요.

그 대문을 윤직원 영감한테 그대로 적용을 말고서 죄꼼 고쳐가지고

"소작인이 바쁘게 지낼 것 같으면 지주 영감은 약시약시(若是若是)하느니라."

이랬으면 어떨까요.

인간이 색의 기능을 타고나는 것은 생물로서 운명적 필연이요, 그러니까 결단코 그걸 나무랄 일은 못 됩니다. 또 누가 나무라고 시비를 한다고 그게 없어지는 것도 아니고요. 해서 비판이나 간섭

의 피안에 있는 것입니다.

하지만 윤직원 영감처럼 나이 칠십여 세에, 연령의 한계를 마구 무시하는 그의 야만스러운 정력은, 부질없이 생물로서의 선천적인 운명이라고만 처분은 안 됩니다.

본시 체질을 좋게 타고났다고 주장을 하겠지요.

그러나 아무리 신돈이 같은 체질을 타고났다고 하더라도, 윤직원 영감이 윤직원 영감다운 팔자를 얼러서 타고나지 못했으면 그 체질은 성명이 없고 말 것입니다.

몇백 명이나 되는 윤직원 영감의 소작인 중엔 윤직원 영감만 한 체질을 타고난 사람이 몇은 없을 리가 있다구요.

그렇건만 그 사람네는 온전히 도조를 해다가 바치기에 정력이 죄다 말라 시들고, 보약 한 첩 구경도 못했기 때문에 자연의 섭리(攝理) 이하로 오히려 떨어지고 만 것이 아니겠습니까.

또 가령 특별한 예외나 기적으로, 윤직원 영감네 소작인 가운데 윤직원 영감처럼 칠십이로되 능히 계집을 다룰 정력을 지탱하고 있는 자 있다 치더라도, 그가 감히 첩질과 계집질을 할 팔자며, 그럴 생심인들 하겠습니까.

그러니 결국 그것은 늙은이한테는 생물적 필연이라는 관용도 안 될 말이요, 타고난 선천이니 체질이니 하는 것도 다 여벌이고, 주장은 한갓 팔자(시쳇말로는 환경) 그놈이 모두 농간을 부리는 놈입니다.

소작인이 바빠 벼가 만석이 그득 쌓이기 때문에, 그의 생리와 건강과 행동과 이 모든 것이 화합되어(혼합이 아니라 화합이 되어) 오늘날의 싱싱한 윤직원 영감을 창조한 것이니라…… 이런 해석도 그러므로 고집은 해볼 만합니다.

춘심이는 윤직원 영감이 예순다섯 살이란 말에, 계집애가 까부느라고 아이구! 예순다섯 살이라니, 퍽도 많이 자시기는 했네! 그러면 가만있자, 나보다 몇 살 더한고? 응, 가만있자, 예순다섯이라, 열다섯을 빼면 응…… 쉬흔, 아이고 어찌나! 쉬흔 살이나 더 잡수셨구료! 이러고 허겁떨이를 해쌉니다.

윤직원 영감은, 제가 하는 대로 빙그레 웃으면서 보고만 있습니다. 춘심이야 아무 생각 없이 그저 제 나이와 빗대 보던 것인데, 윤직원 영감은 그게 무슨 뜻을 두기는 두었던 표적이려니 하고 혼자 느긋해하는 판입니다.

뜻은 있는데, 나이 하도 많으니까 놀라는 것이고, 그러나 뜻이 있었던 것만은 불행 중 다행인즉, 옳지 그렇다면 어디 좀…… 이런 요량장입니다.

연애는 환장이니라(Love is Blind)란다더니 옛말이 미상불 옳아, 이다지도 야속스레 윤직원 영감 같은 노인에게까지 들어맞기를 하는군요. 그나마 골고루 골고루……

"내가 나이 많언개루 싫으냐?"

인제는 제이단으로 들어가서, 나이 많은 게 나쁘지 않다는 변명, 혹은 나이 많아도 많지 않다는 주장을 해야 할 차렙니다.

"싫긴 뭐어가 싫여요? 나이 많은 이가 좋죠. 허물없구……"

"그렇구말구…… 그러구 나넌 예순다섯 살이라두 기운은 무척 시단다…… 든든허지!"

"참, 영감님은 늙었어두 몸집이 이렇게 크니깐, 기운두 무척 셀 거야. 그렇죠?"

"호랭이라두 잡을라면 잡넌다!"

"하하하. 그렇거들랑 인제 동물원에 가서 호랭이허구 씨름을 한

번 해보시죠?…… 아이 참, 하마허구 호랭이허구 씨름을 붙이믄
누가 이기꼬? 하하하, 아하하하……"

"허허, 그년이 또 까불구 있네!"

윤직원 영감은 어느 결에 다시 집어 문 담뱃대 빨부리로 침이 지
르르 흘러내리는 것도 모르고, 흐물흐물 춘심이를 올려다봅니다.
몸이 자꾸만 뒤틀립니다.

"춘심아?"

"내애?"

"너어…… 저어…… 내 말, 들을래?"

"무슨 말을, 요?"

묻기는 물으면서도 생글생글 웃는 게, 벌써 눈치를 챈 모양입니
다. 윤직원 영감은 오냐 인제야 옳게 되었느니라고 일단의 자신이
생겼습니다.

"내 말, 들을 티여?"

"아, 무슨 말이세요?"

윤직원 영감은 히죽 한 번 더 웃고는, 슬며시 팔을 꼬느면서,

"요녀언! 이루 와!"

하고 덥석 허리를 안아 들입니다. 마음 터억 놓고서 그러지요, 시
방……

아, 그랬는데 웬걸, 고년이 별안간,

"아이 망측해라!"

하고 소리를 빽 지르면서, 고만 빠져 달아나질 않는다구요.

여섯 번!

윤직원 영감은 진실로 기가 막힙니다. 여섯 번이라니, 하마 성
미 급한 젊은 놈이었다면 그새 목이라도 몇 번 매고 늘어졌을 것입

니다.

글쎄 요년은, 눈치가 으수하길래 믿은 구석으로 안심을 했던 참인데, 대체 웬일인가 싶어, 무색한 중에도 좀 건너다보려니까, 이게 또 이상합니다.

그동안에 다섯 기집애들은 울기 아니면 욕을 하면서, 영락없이 꽁무니가 빠지게 도망을 했는데, 요년은 보아야 그렇게 소리를 바락 지르고 미꾸리 새끼처럼 빠져나가기는 했어도, 그저 저기만치 물러앉았을 따름이지, 울거나 골딱지를 냈거나 도망을 가거나 하기는새레, 날 잡아보라는 듯이 밴들밴들 웃고 있지를 않겠습니까. 마구 간을 녹입니다.

아무려나, 그렇다면 다시 어떻게 사알살 달래볼 여망이 없지도 않습니다.

"저런 년 부았넝가! 헤헤, 그거 참!…… 이년아, 그러지 말구, 이리 오너라, 이리 와, 응? 춘심아!"

"싫여요!"

"왜?"

"왠 뭘 왜!"

"너, 이년 내 말 안 듣기냐?"

"인제 보니깐 영감님이 퍽 음충맞어!"

"아, 저런 년! 허, 그거 참!…… 너, 그러기냐!"

"어때요, 머!"

"그러지 말구 이만치 오너라. 내, 이얘기허마."

"여기서두 들려요!"

"그리두 이만치, 가까이 와!"

"피…… 또 붙잡을 영으루?……"

"너, 내 말 들으먼, 내가 좋은 것 사주지?"

"존 거, 무엇?"

"참, 좋은 것 사줄 티여!"

"글쎄, 존 게 무어냐니깐?"

용천뱅이가 보리밭에 숨어 앉아서 어린애들이 지나갈라치면, 구슬 줄게 이리 온, 사탕 줄게 이리 온, 한답니다. 그와 근리하다 할는지 어떨는지 모르겠군요.

윤직원 영감은 미처 무얼 사주겠다는 생각도 없이, 당장 아쉰 대로 어르느라고 낸다는 게 섬뻑 그 소리가 나와졌습니다. 그랬기 때문에 자꾸만 물어도 이내 대답을 못하던 것입니다.

"늬가 각구 싶다넌 것 사주마!"

"내가 가지구 싶다는 걸 사주세요?"

"오냐!"

"정말?"

"그리여!"

"가지뿌렁!"

"아니다, 참말이다!"

"그럼, 나 반지 사주믄?"

"반? 지?…… 에라끼년! 누가 그런 비싼 것 말이간디야!"

"피, 그게 무어 비싼가?…… 저기 본정 가믄 칠 원 오십 전이믄 빠알간 루비 박은 거 사는데…… 십팔금으루 가느다랗게 맨든 거……"

"을매? 칠 원 오십 전?"

"내애."

"참말이냐?"

"가보시믄 알걸 뭐!"

"그리라, 그럼 사주마…… 사줄 티닝개루, 인제 이리 오니라!"

"애개개! 먼점 사주어예지, 머."

"먼점 사주구? 그건 나두 싫다!"

"나두 싫다우!"

"고년이 똑 어디서 미꾸람지 새끼 같다! 에엥, 고년이…… 그러지 말구, 이년 춘심아!"

"내애?"

"그러지 말구, 이리 오니라, 응? 그럼 내가 인제 내일이구 모리구, 진고개 데리구 가서 반지 사주께!"

"일없어요!…… 시방 가서 사주시믄?"

"시방이사 밤으 어떻게 갈 수 있냐? 내일 낮에 가서 사주마. 그러지 말구, 이리 오니라!"

"싫여요!"

윤직원 영감은 칠 원 오십 전이면 산다는 그 반지를 사주기는 사줄 요량입니다. 하기야 돈 칠 원 오십 전만 놓고서 생각하면 아깝지 않은 것은 아니나, 그래도 명색이 동기 쳇것인데, 칠 원 오십 전짜리 반지 한 개로 아탕발림을 시키다니, 도리어 헐한 셈입니다. 제 법식대로 머리를 얹히자면 이삼백 원 오륙백 원이 들곤 할 테니까요.

그래, 잘라먹지 않고 내일이고 모레고 사주기는 사줄 텐데, 춘심이 년이 못 미더워서 그러는지 까부느라고 그러는지, 밴돌밴돌 말을 안 듣고는 애를 태워줍니다. 생각하면 밉기도 하고 미운 깐으로는 볼퉁이라도 칵 쥐어질러 주고 싶습니다.

그러나 괜히 함부로 잡도리를 했다가는, 단박 소갈찌가 나서 뽀

150

르르 달아나 버리고는 다시는 안 올 테니, 그렇게 되고 보면 여섯 번만에 겨우 반성공을 한 것이 도로 아미타불이 될 게 아니겠다구요.

에라, 그러면 기왕이니 내일 제 소원대로 반지를 사주고 나서…… 이렇게, 할 수 없이 순연(順延)을 하기로 요량을 했습니다.

"그럼, 내일 진고개 데리구 가서 반지 사주께, 그담버텀은 내 말 잘 들어야 헌다?"

"내애, 듣구말구요!"

아까부터 이내, 죄꼼도 부끄러워하는 내색이라고는 없고 그저 처억척입니다. 사실 맨 처음에 윤직원 영감이 쓸어안으려고 했을 때도 소리나 지르고 빠져나가기나 하고 했지, 귀밑때긴들 붉히질 않았으니까요.

"꼬옥 그러기다?"

"염려 마세요!"

"오널치름 까불고, 말 안 들으면 반지 사준 것 도로 뺏넌다?"

"뺏기 전에 얼른 뽑아서 바치죠!"

"어디 두구 보자. 그럼 내일 즘심 먹구서 올라오너라. 같이 가서 사주께."

"더 일찍 와두 좋습니다!"

드디어 흥정은 다 되었습니다. 마침맞게 마당에서 청요리 궤짝이 딸그락거리더니, 삼남이가 처억,

"우동 두 그릇 탕수육 한 그릇, 어서 빨리 시켜 왔어라우."

하고 복명을 합니다.

춘심이는 대그르르 웃고, 윤직원 영감은 끙! 저 잡것 좀 부아! 하면서 혀를 찹니다.

연애를 하면 밥이 쉬 삭는다구요. 윤직원 영감은 그런데, 저녁밥

을 설치기까지 한 판이라 속이 다뿍 허출해서 우동 한 그릇을 탕수육으로 반찬 삼아 걸게 먹었습니다.

이렇게 성사가 되고 마음이 느긋할 줄을 알았더면, 기왕이니 따끈하게 배갈을 한 병, 데워 오라고 할 것을…… 하는 후회도 없지 않았습니다.

춘심이는 또 춘심이대로 반지를 끼고 권번이며 제 동무들한테며 자랑을 할 일이 좋아서, 연신 쎄왈대왈, 우동이야 탕수육이야 볼이 미어지게 쓸어 넣었습니다.

"너, 그렇지만 춘심아?……"

윤직원 영감은 우동 한 그릇을 물린 뒤에, 트림을 끄르르, 새끼손 손톱으로 잇살을 우벼서 밀창문에다가 토옥, 담뱃대를 땅따앙 치면서 하는 소립니다.

"…… 늬 집에 가서 이런 이얘기 허머넌 못쓴다! 응?"

"무슨 얘기요?"

"내가 반지 사주구서 말이다, 저어 거시기, 응? 그 말 말이여?"

"내애 내…… 않습니다!"

"허머넌 못써!"

"글쎄 않는대두 그리세요!"

"나, 욕 읃어먹지. 너, 매 읃어맞지. 그리서사 쓰겄냐?…… 그러닝개루 암 말두 허지 말어, 응?"

"염려 마세요, 글쎄…… 저렇게 커다란 영감님이 겁은 무척 내시네!"

"늬가 이년아, 주둥이가 하두 방정맞이닝개루 맴이 안 뇐다!"

윤직원 영감은 슬며시 뒤가 나던 것입니다. 호사에 마가 붙기 쉬운 법인걸, 만약 제 부모가 알고 보면 약간 칠 원 오십 전짜리 반지

한 개 사준 걸로는 셈도 안 닿고, 그것들이 마구 언덕이야 비비려 덤빌 테니, 그 성화가 어디며, 필경 돈 백 원이라도 부서지고 말 테니까요.

춘심이는 그런데, 우선 반지 한 개 얻어 가질 일이 좋아, 온갖 정신이 거기만 쏠려서, 제 부모한테 발설을 하지 말라는 신칙도 그저 건성으로 대답을 하다가, 윤직원 영감이 뒤를 내는 눈치니까는, 되레 제가 지천을 해준 것이고, 그런 것을 윤직원 영감은 지천이 되었건 코 묻은 밥이 되었건, 그런 체모는 잃은 지 오래고, 애인의 맹세를 믿고서 저으기 안심을 했습니다. 자고로 노소 없이 사랑하는 이의 말은 무엇이고 곧이가 들린다구요.


## 11. 인간 체화(人間滯貨)와 동시에 품부족 문제(品不足問題), 기타

시방 사랑방에서는 일흔두 살 먹은(가칭 예순다섯 살 먹은) 증조할아버지가, 열다섯 살 먹은 애인과 더불어 그처럼 구수우하니 연애 흥정이 얼려가고 있겠다요. 그리고 안에서는……

경손이는 아까 안방에서 열다섯 살 동갑짜리 대부 태식이와 같이 싸우며 놀리며 저녁을 먹고 나서는 아랫목에 가 버얼떡 드러누워 뒹굴고 있었습니다.

다른 식구는 죄다 물러가고, 야속히 배짱 안 맞는 대고모 서울아씨와 지지리 보기 싫은 대부 태식이와, 그 둘이만 본전꾼으로 달랑 남아 있는 안방에, 가뜩이나 서울아씨는 『추월색』으로 아닌 이를 앓고, 태식은 『조선어독본』 권지일로 귀신이 씻나락을 까먹고, 이런 부동조(不同調)의 소음 속에서 그 애 경손이가 고 소갈찌에 천연스레 섭슬려 있다니 매우 희귀한 현상입니다. 고양이와 개가 원숭이와가, 싸우지 않고 같은 울안에서 노는 격이랄까요.

경손이는 실상 어떤 궁리에 골몰해서 깜빡 잊어버리고 그대로 처져 있는 것입니다.

골몰한 궁리란 건 다른 게 아닙니다. 「모로코」의 재상연이 있고, 또 중일전쟁의 뉴스 영화가 좋은 게 오고 해서 꼭 구경은 가야만 하겠는데, 정작 군자금이 한 푼도 없어, 일왈 누구를, 이왈 어떻게 엎어삶았으면 돈을 좀 발라낼 수가 있을꼬, 이 궁리를 하던 것입니다.

뚱뚱보 영감님?…… 안 돼!

건넌방 겡까도리?…… 안 돼!

제 조모 고 씨가 집안사람 아무하고나 싸움을 하자고 대든대서 진 별명입니다.

서울아씨?…… 안 돼!

숙모?…… 안 돼!

대복이?…… 글쎄? 에이, 고 재리 깍쟁이! 제가 왜 제 돈도 아니면서 그렇게 치를 떨꼬!

어머니?…… 글쎄……

하니 그중에 가능성이 있자면 아무래도 대복이와 제 모친입니다. 대복이는 대장대신이요, 제 모친은 모친이니까요.

종차 삼십 년이나 사십 년 후에 가서야 백만 원을 상속받을 장손 일값에 시방은 단돈 이십 전이나 삼십 전이 없어, 이다지 머리를, 그 연한 머리를 썩힙니다그려.

경손이는 두루 두통을 앓는데, 서울아씨는 이를 생으로 앓느라,

퇴침을 도두베고 청을 높여,

"각설이라 이때에……"

하고 양금채 같은 목에다가 멋이 시큰둥하게,

"……하징 아니혀야……"

하면서, 콧소리를 양념 쳐 흥을 냅니다.

그건 바로 음악입니다. 얼마큼이나 음악적이냐 하는 것은 보장키 어려워도, 음악은 분명 음악입니다.

인간은 번뇌가 있으면 노래를 하고 싶어진다고요. 번뇌까지 안가고라도 마음이 심숭삼숭하거드면 콧노래가 절로 나옵니다.

물론 슬퍼도 노래를 부르고 기뻐도 노래를 부르고, 또 춤을 추기도 하고 하기는 하지만, 그중의 한 가지 마음 심숭거릴 때에 부르는 노래는 새짐승이 자웅을 찾느라고 묘한 소리로 우는 것과 가장 공통된, 동물의 한 본능이라고 합니다.

그런데, 그러나 인간은 그 동물적인 본능을 보다 맹목적(盲目的)으로 이용을 하는 제이의 본능이 있답니다.

철들어 가기 시작한 총각이 봄날 산 나무를 하러 가면서 지게목발을 장단 삼아,

"저 건너 갈미봉에 비가 묻어 들어를 온다……"

하고 멋들그러지게 넘깁니다.

또 궂은비 축축이 내리는 가을날, 노랫장이나 부를 줄 아는 기생이, 제 방 아랫목에 오도카니 꼬부리고 누워 손가락 장단을 토옥톡,

"약사 몽혼으로 향유적이면……"

하면서, 다뿍 시름겨워 콧노래를 홍얼홍얼 홍얼거립니다.

무릇 그 총각이면 총각, 기생이면 기생이 깊숙한 산중이나 또는

아무도 없는 제집의 제 방구석에서, 대체 누구더러 들으라고 노래를 부르겠습니까.

그게 가로되, 흥이라구요. 새짐승이 자웅을 후리려고 우는 것과 마찬가지로, 총각은 거기 어디 촌 처녀 색시더러 들으란 노래고, 기생은 또 저대로 제 정랑(情郎)더러 들으란 노래고.

이렇듯 본능에서 우러나서 노래를 부르기는 짐승이나 인간이나 매일반이지만, 그다음이 다르답니다.

인간은 제가 부르는 제 노래에, 남은 상관 않고 우선 제가 먼저 좋아하기 때문입니다.

어느 촌 기집애가 들어를 주는지 않는지, 어느 놈팽이가 들어를 주는지 않는지, 그런 것은 생각도 않는답니다.

그런 타산은 도시에 의식 가운데 떠오르지도 않고, 괜히 그저 마음이 심숭삼숭하기에 아무렇게나 아무거나 괜히 그저 불러지는 대로 한마디 부르고 보니까는, 어떻게 속이 더 이상해지는 것 같기도 하고, 기뻐지는 것 같기도 하고 후련해지는 것 같기도 해서, 일언이폐지하면 소위 흥이라는 게 나는 거랍니다.

그와 마찬가지로, 시방 서울아씨와 이야기책 『추월색』도 꼬옥 그렇습니다.

공자님은 가죽 책가위가 세 번이나 해지도록 책 한 권을 가지고 오래 읽었다더니만, 서울아씨는 『추월색』 한 권을 무려 천독(千讀)은 했습니다. 그러고서도 아직도 놓지를 않는 터이니까 앞으로 만독을 할 작정인지 십만독 백만독을 할 작정인지 아마도 무작정이기 쉽습니다.

그뿐만 아니라, 서울아씨는 책 없이, 눈 따악 감고 누워서도 『추월색』 한 권을 처음부터 끝까지 따르르 내리외울 수가 있습니다.

그러니 그게 천하 명작의 시집(詩集)도 아니요, 성경 책이나 논
어 맹자나 육법전서도 아닌 걸, 글쎄 어쩌자고 그리 야속스럽게 파
고들고, 잡고 늘고 할까마는, 실상인즉 서울아씨는 『추월색』이라
는 이야기책 그것 한 권을 죄다 외우는 만큼, 술술 읽기가 수나롭
다는 것 이외에는 달리 취하는 점이 없습니다.

그는 무시로 마음이 심숭삼숭할라치면 얼른 『추월색』을 들고 눕
습니다. 누워서는 처억 청을 높여 읽는데,

"각설이라 이때에……"

하고 양금채 같은 목으로 휘청휘청 멋들어지게 고저와 장단을 맞
춰가면서(다리와 몸을 틀기도 하면서) 가끔 시큰둥한,

"……하징 아니혜야……"

조의 콧소리로 양념까지 치곤 합니다. 이렇게 멋지게 청을 돋워 읽
고 있노라면, 심숭거리던 속이 어떻게 더 이상해지는 것 같기도 하
고, 기뻐지는 것 같기도 하고, 후련해지는 것 같기도 해서, 일
언이폐지하면 그 소위 흥이라는 게 나던 것입니다.

따라서 그건 촌 나무꾼 총각이 육자배기를 부른다든가, 또는 기
생이 궂은비 오는 날 제 방 아랫목에 누워 콧노래로 수심가를 흥얼
거린다든가 하는 근경과 조금도 다를 것이 없지 않다구요.

그러므로 노래가 아무것이라도 제게 익은 것이면 익을수록 좋듯
이, 서울아씨의 『추월색』도 휑하니 외우게시리 눈과 입에 익어, 서
슴지 않고 내려 읽을 수가 있으니까, 그래 좋다는 것입니다. 결단코
『추월색』이라는 이야기책의 이야기 내용에 탐탁하는 게 아닙니다.

그럴 바이면 차라리 책을 걷어치우고 맨으로 누워서 외우는 게
좋지 않느냐고 하겠지만, 그건 또 재미가 없는 것이, 인력거꾼이
인력거를 안 끌고는 뛰기가 싱겁고, 광대가 동지섣달이라도 부채

를 들지 않고는 노래가 헤먹고 하듯이, 서울아씨도 다 외우기야 할 망정 그래도 그 손때 묻고 낯익은, 『추월색』을 펴 들어야만 제대로 옳게 노래하는 흥이 납니다.

진실로 곡절이 그러하고, 그렇기 때문에 남이야 이를 앓는다고 흥을 보거나 말거나? 또 오뉴월에도 이야기책을 차고 누웠다고 비웃음을 하거나 말거나 아무것도 상관할 바 없고 사시장철 밤낮없이 손에서 『추월색』을 놓지 않는 서울아씨요. 그래 오늘 저녁에도 일찌감치 시작을 했던 것입니다.


"……그리헤야 드디여 돌아오징 아니……"

이렇듯 서울아씨의 추월색 오페라가 저으기 가경에 들어가고 있는데, 이짝 한편으로부터서는 도무지 발성학상 계통을 알 수 없는 바스 음악 하나가 대단히 왁살스럽게 진행이 되고 있습니다.

"비―, 비―가, 오―오…… 모―, 모―가, 모―가, 모―가……"

태식이가 방 한가운데 배를 깔고 엎디어, 『조선어독본』 권지일, 비가 오오, 모가 자라오를 읽던 것입니다.

좀 민망한 비유겠지만 발음이 분명치 못한 것까지도 흡사 왕머구리(큰 개구리) 우는 소리 같습니다.

그러나 열심은 무서운 열심입니다. 재작년 봄에 산 『조선어독본』 권지일 그것을 오로지 이 년하고도 반년 동안 배워온 것이 이 대문인데, 물론 그전엣치는 다 잊어버렸습니다. 한편으로 잊어버려 가면서도 끄은히 읽기는 읽으니까 그게 열심이었던 것입니다.

"비―, 비―가, 오― 오. 비―가 오―오. 모―, 모―가, 모―가…… 이잉, 잊어버렸저!…… 경손아."

"왜 그래?"

"잊어버렸저!"

"잊어버렸으니 어쩌란 말야?"

".........."

"고만둬요! 제—발…… 그거 한 권 가지구 도통할 텐가? 대학
까지 졸업할 작정인가! ……"

"누—나?"

".........."

"누—나?"

".........."

"누— 나—?"

"왜 그래?"

"잊어버렸저!"

"비가오오모가자라오."

"잉?"

"참 너두 딱하다! …… 비가 오오—, 모가 자라오—, 그래두 몰
라?"

"히히…… 비— 가 오— 오, 모— 가 자— 자— 라 자— 라
오, 히히…… 비— 가 오— 오, 모— 가 자— 라 자— 라오."

"에이 귀 따가워!"

경손이는 비로소 제가 어디 와서 있던 줄을 깨닫고는 벌떡 일어
나더니, 마루의 뒷문에 연한 툇마루를 타고, 뒤채의 큰방인 제 모
친의 방으로 들어갑니다.

그 방에는 경손의 숙모 조 씨까지 건너와서 동서가 바느질을 하
고 앉아 소곤소곤 무슨 이야기를 하다가, 경손이가 달려드는 설레

에 뚝 그칩니다.

"넌 네 방에서 공부나 하던 않구, 무엇 하느라구 앞뒤루 드나들구 이래?"

경손의 모친 박 씨가 지날말로 나무람 겸 하는 소립니다.

"놀구 싶을 땐 책 덮어놓구서 맘대루 유쾌하게 놀아야 합니다요!"

경손이는 떠벌거리면서 바느질 판 한가운데로 펄씬 주저앉습니다. 바느질감이 모두 날리고 밀리고 야단이 납니다.

"아, 이 애가 웬 수선을 이리 피워…… 공분 밤낮 꼴찌만 하는 녀석이, 놀 속은 남보담 더 바치구……"

"어머니두!…… 내가 공부 못한다구 우리 집 재산이 딴 데루 갈까?…… 태식이 천치는, 비가 오오 모가 자라오 그거 두 줄 가지구 한 달을 배워두 천석꾼인데…… 아 그런데 이 경손 씨가 만석 상속을 못 받어요?"

"넌 어디서 주둥이만 생겼나보더라!…… 쓸데없는 소리 말구, 공부 잘해!"

"낙제만 않구 올라가믄 돼요…… 학교 성적 좋은 녀석 죄다 바보야…… 아 참, 우리 작은아버진 말구서…… 그렇죠? 아즈머니……"

무슨 일인지, 경손이는 이 집안의 그 많은 인간 가운데 유독 그의 숙부 종학 하나만은 존경을 합니다.

"말두 말아!……"

조 씨가 그러잖아도 뚜 나온 입술을, 좀 더 내밀고 쭝긋거리면서 경손의 말을 탓을 하던 것입니다.

"……세상, 그런 못난 사람두 있다더냐?"

"우리 작은아버지가 못나요? 난 보니깐, 우리 집에선 제일 잘나구 똑똑합디다. 단, 경손이 대감만 빼놓구서, 하하하…… 나두 우리 작은아버지 닮아서 이렇게 똑똑해!…… 그렇죠 어머니? 내가 똑똑하죠?"

"옜다, 이 녀석! 까불기만 하는 녀석이, 어디서……"

"하하하하……"

"사내가 오즉 못나믄 첩 하날 못 얻어 살구서……"

조 씨는 혼자 말하듯 구누름을 내다가, 바늘귀를 꿰느라고 고개를 쳐듭니다. 새초옴한 게 벌써 새서방 종학이한테 귀먹은 푸넘깨나 쏟아져 나올 상입니다.

"첩 얻으믄 못써요! 태식이 같은 오징어〔軟體動物〕 생겨나요, 시들부들…… 그렇죠? 아즈머니!"

"말두 말래두!…… 첩을 백은 못 얻어서, 새장가 든다구 조강지처 이혼하려 들어? 그게 못난 사내 아니구 무어라더냐?…… 그리구서두 머? 경찰서장?…… 흥 경찰서장 똥이나 빨아 먹지!"

"흥! 작은아버지가 경찰서장 할 사람인 줄 아시우? 참 어림없우!"

"그래두 그럴 영으루 법률 공부 배운다믄서?"

"말두 마시우. 큰사랑 뚱뚱 할아버지, 헷다방이지!…… 아주, 작은손자가 경찰서장 될라치믄 영감님이 척 뽐낼 영으루! 흥!"

"너 이 녀석, 어디 가서 그런 소리 지망지망해라?"

경손의 모친은 경계하는 소립니다. 그 소리가 시할아버지 귀에라도 들어가고 보면 생벼락이 내릴 테요, 따라서 말을 낸 경손이도 한바탕 무슨 거조든지 당할 터이니까 말입니다.

그러나 조 씨는 연방 더 전접스럽게……

"워너니 재갸가 진작 맘 돌리기 잘했지야…… 주제에 무슨 경찰서장은……"

"아즈머니두!…… 아즈머니두 경찰서장 등대구 있었우? 그랬거덜랑 얼른 이혼하시우. 경찰서장 오백 리 갔우!"

"아, 저놈이 못할 소리가 없어!"

경손의 모친이 눈을 흘기면서 나무랍니다.

"어머니두! 이혼하는 게 왜 나뿐가? 내가 여자라믄 백 번만 결혼하구 백 번만 이혼해보겠던걸…… 헤헤…… 그런데 참, 어머니!"

"듣기 싫여!"

"아냐, 저 거시키…… 서울아씨 시집 안 보내우!……"

"매친 녀석!"

"뭘 그래! 시집보내예지. 난 꼴 보기 싫여!……"

"이 녀석이 시방 맞구 싶어서……"

"내버려 두시요! 그 애야 다아 옳은 말만 하는걸…… 난 그리잖어두 맘 없는 집살이에, 덮친 디 엎친다구, 시고모 등쌀에 생병이 나겠습디다…… 난 그 아씨 꼴 아니 봤으면 살이 담박 지겠어!……"

"오라잇! 우리 아즈머니 브라보!…… 아 그렇구말구요. 서울아씬 시집보내구, 아즈머니두 이혼하구서 새루 결혼허구, 응? 아즈머니!……"

"네 요놈, 경손아!"

"네에?"

"너, 정녕 그렇게 까불구 그럴 테냐?"

"하하하…… 그럼 다신 안 그리께요…… 그 대신 오십 전만……"

"망할 녀석?"

경손의 모친은 일껏 정색을 했던 것이, 경손이가 더펄대는 바람에 그만 실소를 해버립니다.

"응? 어머니…… 오십 전만……"

"돈은 무엇에 쓸 영으루 그래?"

"하, 사내대장부가 돈 쓸 데 없어요? 당당한 백만장자 윤직원 윤두섭 씨의 맏증손자 윤경손 씨가!"

"난 돈 없으니, 그렇거들랑 큰사랑 할아버지께 가서 타 쓰려무나?"

"피, 무척 내가 이뻐서 돈 주겠우…… 어머니 히잉, 오십 전마아안……"

"없어!"

"이 애야 그럴라 말구……"

조 씨가 옆에서 꼬드기는 소립니다.

"……서울아씨더러 좀 달래려무나?…… 넌 그 아씨 시집보내 줄 걱정까지 해주는데, 그까짓 돈 오십 전 아니 주겠니? 오십 전은 말구 오 원, 오십 원두 주겠다!"

물론 서울아씨가 미워라고 시방 그 쑥 나온 입술로 비꼬는 숨씨지요. 그런데 경손이는 거기 귀가 반짝하는지 눈을 깜작깜작 고개를 깨웃깨웃,

"서울아씰?…… 시집보내 준다구?…… 하하 오옳지 옳아!"

하면서 무릎을 탁 치고 일어서더니,

"……됐어, 됐어!…… 왜 아까 그때 바루 그 생각을 못 했을까?…… 어쩐 말이냐!"

하고 거드럭거리고 나갑니다.

박 씨는 아들놈 등 뒤를 걱정스럽게 바라다보면서 무슨 말을 할

듯 말 듯 하다가 그만둡니다.

분배를 놓던 경손이가 나가고 방 안이 갑자기 조용하자, 두 동서는 제각기 제 생각에 잠겨, 한동안 바느질손만 바쁩니다.

"때그르르."

마침 박 씨가 굴리는 실패 소리에 정신이 들어, 조 씨는 자지러지듯 한숨을 내쉽니다.

"형님은 그래도 좋시겠우……"

"………"

"아주바님이 따루 계시긴 하세두, 다아 마음은 아니 변허시구…… 다아 저렇게 똑똑한 아들두 두시구…… 난 전생에 무슨 업원이 그대지두 중했는지, 팔자가 이 지경이니!…… 차라리 죽은 목숨만두 못한 인생!…… 그래두 우리 어머니 아버진, 날 이 집으루 시집보내믄서, 만석꾼이 집 지차 손주며느리래서, 호강에 팔자에, 모두 늘어질 줄 알았을 테지!……"

"그런 소리 하지 말소!……"

박 씨가 위로의 말대답을 합니다. 그러나 박 씨는 이 동서를 위로해줄 말이 딱합니다.

번번이 마주 앉으면 노래 부르듯 육장 두고서 하는 꼭 같은 푸념이요, 팔자 탄식인걸. 그러니 인제는 듣기도 헤먹거니와 이편의 위로의 말도 밤낮 되풀이하던 그 소리라, 말하는 나부터가 헤먹습니다.

"……난들 무슨 팔자가 그리 우나게 좋다던가?…… 남편이 저럭허구 다닐 테믄 맘 변하나 안 변하나 매일반이지…… 자식은 하나 두었다는 게 벌써 에미 품 안에서 빠져나간걸…… 그러니 동세나 내나 고단하긴 매양 같지 별수 있는가?…… 다 같이 부잣집 이

164

름 좋은 종이요 하인이지…… 대체 이 집은……"

안존하던 박 씨의 음성은 더럭 보풀스러지면서, 아직 고운 때가
안 가신 눈이 샐룩 까라집니다.

"……무얼루, 무엇이 만석꾼이 부잔고?…… 이 옷 주제허며 손
이 이게 만석꾼이 집 며느리들이람?…… 끌끌……"

미상불 동서가 다 영양이 좋지 못한 얼굴입니다. 손은 작년 겨울
에 터진 자국이 여름내 원상회복이 못 된 채 북두갈고리 같습니다.

박 씨는 여태도 인조 항라 고의를 입고 있고, 조 씨는 역시 배 사
먹으러 가게 설렁한 검정 목 보이루 치마를 휘감고 있습니다.

박 씨는 제네들의 주제를 들여다보다가, 고개를 돌려 방 안 짐을
둘러봅니다.

화류 의걸이에 이불장에 삼층장에 머릿장에 배갯장에 양복장에,
이 칸 장방이 그득, 모두 으리으리합니다.

"……저런 게 다아 무슨 소용인구!…… 넣어두구 입을 옷이 있
어야 저런 것두 생색이 나지…… 저런 걸 백 개 들여놓니, 얼명주
단속곳 한 벌만 한가! 아무짝에두 쓸디없는 치레뿐…… 난 여름부
터 고기가 좀 먹구 싶은 걸 못 얻어먹었더니……"

동서의 위로가 아니고 어쩌다가 제 자신의 구누름이 쏟아져 나
와서, 마악 거기까지 말이 갔는데, 헴 하는 연한 밭은기침 소리에
연달아 미닫이가 사르르 열립니다.

옥화가 왔던 것입니다. 창식이 윤 주사가 올봄에 새로 얻은 기생
첩, 그 옥화랍니다.

기생으론 그다지 세월도 없었으나 어느 여학교를 이 년인가 다
녔고, 그런데 어디서 배웠는지 묵화를 좀 칠 줄 아는 것으로, 그 소
위 아담한 교양이 윤 주사의 눈에 들었던 것입니다.

하나 생김새는 도저히 아담함과는 간격이 뜹니다.

도람직한 얼굴이면서 어딘지 새침한 바람이 돌고, 그런가 하고 보면 생긋 웃는데 눈초리가 먼저 웃습니다.

이 새침새가 남의 조강지처로는 아무래도 팔자가 세겠는데, 마침 고놈 눈웃음이 화류계 계집으로 꼭 맞았습니다. 다시 그의 흐뭇하니 육감적으로 두터운 입술은 그 이상의 것을 암시하구요.

옥화는 이 큰댁엘 자주 드나들어, 시아버지 윤직원 영감의 귀염을 일쑤 받고, 외동서 고 씨의 성미를 맞추기에 노력을 하고, 서울 아씨나 이 두(남편의) 며느리와도 사이가 좋습니다. 능한 외교 수완을 지니고 있는 게 분명한데, 그러고서도 기생으로 세월이 없었다니 좀 이상은 합니다마는, 실상인즉 그러니까 윤 주사 같은 봉을 잡았지요.

옥화는 언제고 여학생 차림을 합니다. 기생의 여학생 차림이란 어딘지 좀 빤지르르한 게 암만해도 프로 취〔職業臭〕가 흐르기는 하는 것이지만, 당자들은 그걸 교정할 용기가 없어, 옥화도 그 본에 그 본입니다. 그래도 옥화 저더러 말하라면 기생은 일시 액운이었었고, 인제 다시 예대로 여학생 저를 찾은 것이랍니다.


"두 동세 분이 바누질을 하시는군?……"

옥화는 영락없이 눈으로 웃으면서, 깍듯이 며느리들더러 허우를 하여, 어서 오시라고 일어서는 인사를 맞대답합니다.

"……그새 다아 안녕허시구?"

옥화는 손에 사 들고 온 과자 꾸러미를 내놓으면서 주객 셋이 둘러앉습니다.

"무얼 오실 때마다 늘 이렇게…… 허긴 잘 먹습니다마는!……"

박 씨가 치하를 합니다. 미상불 옥화는 언제고 빈손으로 오는 법은 없습니다.

"잘 자시니 좋잖우? 호호…… 그런데 저어, 새서방 소식이나 들었우?"

이건 조 씨더러 가엾어하는 기색으로 묻는 말!……

"내가 그이 소식을 알다간 서쪽에서 해가 뜨라구요?"

"원 저를 어째!…… 부부간에 의초가 그렇게 아니 좋아서 어떡허우!"

"어떡허긴 무얼 어떡해요!…… 날, 잡아먹기밖에 더허까!……"

"아이, 숭헌 소릴……"

옥화는 박 씨가 풀어놓는 비스킷을 저도 하나 집어넣으면서……

"……그 얌전한 서방님이, 어째 색신 마댄담?…… 그 아우 형제가 둘이 다아 얌전하기야 조옴 얌전한가!…… 아이 참, 어디 나갔우?"

"누가요?"

박 씨는 무슨 소린지 몰라 뚜렛뚜렛합니다.

"누구라니 새서방…… 경손 아버지 말이지……"

"그이가 오기나 했나요?"

"오기나 하다께?…… 아, 온 줄 몰루?"

"내애."

"어쩌나!"

"왔어요?"

"오기만!…… 아까 저어, 아따 우미관 앞에서 만난걸…… 그리구 언제 왔느냐니깐 아침 차루 왔다구, 그 말꺼정 했는데!……"

"그래두 집엔 아니 왔어요!"

"어쩌나!…… 저거 야단났군! 호호."

"야단날 일이나 있나요!…… 아마 볼일이 바빠서 미처 집엔 들를 틈이 아니 난 게죠."

속은 어떠했던지 박 씨는 그래도 이만큼 사람이 둥글고 덕이 있습니다.

세 여자는 잠깐 말이 없이 잠잠합니다. 시방 박 씨는 남편 종수가 분명 어디 가서 난봉을 피우고 있으려니, 그래도 올라는 왔으니까 얼굴이라도 뵈기는 하겠지. 이런 생각을 혼자 하고 있고, 옥화는 옥화대로 긴한 사무가 있어, 인제는 이만해도 마을 나온 증거는 만들어놓았으니까, 조금만 더 있다가 정작 가볼 데를 가보아야 하겠다는 생각을 하고 있고.

그리고 조 씨는, 옥화의 백금 반지야 금반지야 다이아 반지가 요란한, 고운 손길이며 진짜 비단으로 휘감은 옷이며를 골고루 여새겨보면서, 논다니요 첩데기란 아무래도 이렇게 제 티를 내는 법이니라고, 에에 더럽다고 속으로 비웃고 있습니다.

그러나 진실로 그 속의 속을 캐고 볼 양이면 조 씨는, 옥화가 그렇듯 좋은 패물이며 값진 옷을 입고 이쁘게 단장을 하고서 한가로이 마음 편히 놀러 다니는 팔자가 부러워 못 견딥니다.

부러웠고, 부러우니까는 오기가 나고, 그래 앙앙한 오기가 바싹 마른 교만을 부리던 것입니다.

이편, 경손이는 다뿍 불평스런 얼굴을 위정 만들어가지고 안방으로 들어옵니다.

서울아씨와 태식이의 두 가수(歌手)는 여전히,

"……헤야, 하징 아니하고오!……"

의 『추월색』 오페라와,

"비—, 비—가 오—오. 모—모—가 모—가 자— 자—라
자— 라오."

의 맹꽁이 음악을 끈기 있게 쌍주하고 있습니다.

경손이는 심상찮이 불평스런 얼굴은 얼굴이라도, 일변 매우 조
심성 있게 서울아씨가 누웠는 옆에가 앉습니다.

"그게 무슨 책이죠?"

"『추월색』이란다."

서울아씨는 긴치 않다고 이맛살을 약간 찌푸립니다.

그러나 경손이는 더욱 은근합니다.

"퍽 재밌죠?"

"그렇단다!"

"그럼 나두 한번 봐예지!……"

경손이는 혼자 중얼거리고는 한참 있다가 또!……

"……전 서방, 저녁 다아 먹었나?…… 대고모가 아까 차려 내보
낸 게 전 서방 밥상이죠?"

서울아씨는 속이 뜨끔했으나, 겉만은 아무렇지도 않게 경손을
바라봅니다.

"그렇단다…… 왜 그러니?"

"아뇨. 밥 다 먹었으믄 나가서 돈 좀 달라구 하게요."

"………"

서울아씨는 아까 대복이의 저녁밥 상을 차리러 나서느라고 저도
모르게 일으킨 이변을 비로소 깨달았으나, 그래서 속이 뜨끔했던
것이나, 경손이가 막상 눈치를 채지는 못한 것 같아서, 저으기 마
음이 놓였습니다.

그러나 아직 완전히 안심은 할 수가 없어, 좀 더 속을 떠보아야

하겠어서, 슬며시 오페라를 중지하고, 짐짓 제 말 나오는 거동을 살피려 드는데, 경손이는 연해 혼잣말로 두런두런……

"에이! 고 재리, 깍쟁이!"

"………"

"고거, 죽어버렸으믄 좋겠어!"

"………"

"그중에 그따위가 병신이 지랄하더라구, 내 참!"

"………"

"아 글쎄 대고모!"

"왜?"

"아, 대복이 녀석이, 말이우……"

"그래서?"

"내 참!…… 내 인제, 마구 죽여놀 테야!……"

"아니, 왜 그래? 무어라구 욕을 하든?"

"욕은 아니라두, 욕보다 더한 소리지 머!……"

"무어랬길래 그래?"

"아, 고 병신이, 밤낮 절더러, 대고모 말을 하겠지! 망할 자식 같으니라고!"

서울아씨는 얼굴이 화끈 단 것을 어찌하지 못했습니다.

"무어라구 내 말을 한단 말이냐?"

"머, 별소리가 많아요? 느이 대고모님은 참 얌전한 부인네라구, 그런 소리두 하구…… 또오……"

"또오?"

"퍽 불쌍하다구…… 소생이 무언지, 소생이라두 하나 있었더라믄 그래두 맘이나 고난치 않았을걸, 어쩌구 그런 소리두 하구······."

"주제넘은 사람두 다아 보겠다! 제가 무엇이 대껴서 날 가지구 그러네저러네 해?"

말의 뜻에 비해서는 악센트가 그다지 강경하진 않습니다. 대복이를 꾸짖자기보다, 경손이한테 발명이기가 쉽지요.

"그리게 말이에요······ 내 인제 다시 그따위 소릴 하거던 마구 그냥 죽여놀 테예요!"

"·········."

"큰사랑 할아버지께 고해서, 아주 밥통을 떼어놓던지······ 망할 자식! 상놈의 자식이!"

"경손아?"

서울아씨는 긴장한 태를 아니 보이느라고 내려놓았던 『추월색』을 도로 집어 들면서 경손이를 부르는 음성도 대고모답게 상냥하고도 위의(威儀)가 있습니다.

경손이의 대답 소리도 거기 알맞게 대단히 삼가롭습니다.

"너, 애여 남허구 시비할세라?"

"내애."

"대복이가 했단 소리가, 다아 주저넘구 하긴 하지만, 넌 아직 어린애니깐 남하구 시빌 하구 그래선 못써요!······ 좀 귀에 거실리는 소릴 하더래두 거저 들은 숭 만 숭하는 것이지, 응?"

"내애."

"그리구, 그런 되잖은 소리 들었다구, 이 사람 저 사람한테 옮기지두 말구······ 그따위 소린 한 귀루 듣구 한 귀루 흘려버릴 소리 아냐?"

"내애, 아무더러두 얘기 아니 허께요!"

경손이는 푸시시 일어서고, 서울아씨는 도로 오페라를 계속하려고 합니다.

"밥이나 다아 먹었나? 작자가!……"

경손이는 혼자 중얼거리면서 미닫이를 열다가 짐짓 머뭇머뭇하는 체하더니,

"대고모?"

하고 어렵사리 부릅니다.

"왜?"

"저어, 저녁이라 말하기가 안돼서 그리는데요!……"

"그래?"

"내일 대복이한테 타서 도루 가져다드리께, 저어, 돈 이 원만!……"

"돈은 이 원씩이나 무엇에 쓰니?"

"좀 살 게 있어서 그래요!"

서울아씨는 더 묻지도 않고 일어서더니, 의걸이를 열쇠로 열고는, 속 서랍에서 일 원짜리 두 장을 꺼내다가 줍니다.

대체 서울아씨가 다른 사람도 아니요, 경손이한테 돈을 이 원씩이나 주다니 그것 또한 이변이 아닐 수 없습니다. 오늘 저녁처럼 경손이가 서울아씨를 존경(?)하고 서울아씨는 경손이한테 상냥하게 굴고 한 적도 물론 전고에 없는 일이고요.

"내일 대복이한테 타서 드리께요?"

경손이는 두 손 받쳐 돈을 받고, 서울아씨는 그 소리를 도리어 나무람 하되!……

"내가 네게다가 돈 취해 줄 사람이더냐?…… 그런 소리 말구, 가지구 가서 써요!"

다 이렇습니다.

가령 받고 싶더라도 아니 받을 생각을 해야지요. 살쾡이가 닭 물어다 먹고서 갚는 법 있나요.

경손이는, 네에 그러겠습니다고 더욱 공손히 대고모 안녕히 주무세요란 인사까지 한 후에 마루로 나오더니, 안방에다 대고 혓바닥을 날름, 코를 실룩, 눈을 깨끗, 오만 양냥이 짓을 다 합니다.

구두를 신노라니까 등 뒤에서 마루의 괘종이 아홉시를 칩니다.

아홉시면 지금 가더라도 「모로코」밖에 못 볼 텐데 어쩔꼬 싶어 작정을 못한 대로 나가기는 나갑니다. 아무튼 나가보아서 영화를 보든지, 영화는 내일 밤으로 미루고 동무를 불러내어 그 돈 이 원을 유흥을 하든지 하자는 것입니다.

안대문은 잠겼고, 그래 사랑 중문으로 가는데 큰사랑에 춘심이가 와서 있는 것이 미닫이의 유리 쪽으로 얼핏 들여다보였습니다.

경손이는 잠깐 서서 무엇을 생각하다가 잠자코 대문 밖으로 나가더니, 조금 만에 되짚어 들어오면서,

"삼남아?"

하고 커다랗게 부릅니다. 삼남이는 벌써 십오 분 전에 잠이 들었으니까 대답이 없고, 대복이가 건넌방 앞문을 열고 내다봅니다.

"여기 춘심이라구 왔우? 어떤 여편네가 대문 밖에서 좀 불러달래우!"

경손이는 대단히 성가신 심부름을 하는 듯이 볼멘소리로 투덜거려 놓고는, 이내 돌아서서 씽씽 나가 버립니다.

대복이가 전갈을 하기 전에 춘심이는 제 귀로 알아듣고 뛰어나와서, 납작 구두를 신는 둥 마는 둥 대문 밖으로 달려 나옵니다.

대복이나 윤직원 영감은, 경손이가 하던 소리를 곧이를 들은 건

물론이요, 춘심이도 깜빡 속아 제집에서 누가 부르러 온 줄만 알았습니다.

춘심이는 대문 밖으로 나가서 문등이 환히 비치는 골목을 둘레둘레, 왔으면 어머니가 왔을 텐데, 어디로 갔는고 하고 밟아 나옵니다.

마침 옆으로 빠진 실골목 앞까지 오느라니까, 경손이가 그 안에서 기침을 합니다.

춘심이는 비로소 경손한테 속은 줄을 알고는, 골딱지가 나려다가 생각하니 반가워, 해뜩해뜩 웃으면서 쫓아갑니다. 경손이도 말없이 웃고 섰습니다.

"울 어머니 어딨어?"

"느이 집에 있지, 어딨어?"

"난 몰라!…… 들어가서 영감님더러 일를걸?"

"머야?…… 흥! 연앨 톡톡히 하시는 모양이군?…… 오래잖아 우리 큰사랑 할머니 한 분 생길 모양이지?"

"몰라이! 깍쟁이……"

춘심이는 마구 보풀을 내뗍니다. 속이 저린 탓으로, 경손이가 혹시 아까 윤직원 영감과 반지 조건을 가지고 연애 계약을 하던 경과를 죄다 듣고서 저러는 게 아닌가 싶어 젖내야 날값에, 그래도 계집애라고 그런 연극을 할 줄 알던 것입니다. 게나 가재는, 나면서부터 꼬집을 줄 알 듯이요.

"……머, 내가 누구 때문에 밤낮 여길 오는데 그래…… 늙어빠지구 귀인성 없는 영감님이 그리 좋아서?…… 남 괜히 속두 몰라주구, 머……"

춘심이는 제가 지금 푸념을 해대는 말대로, 늙어빠지고 귀인성 없는 윤직원 영감이 결단코 좋아서 오는 게 아니라, 윤직원 영감한 테 오는 체하고서 실상은 경손이를 만나러 온다는 게, 그게 정말인 지 아닌지는 춘심이 저도 모르는 소립니다. 아마 보나 안 보나 윤 직원 영감과 경손이를 다 같이 만나러 오는 것이기 십상일 테지요.

그러나 시방 이 경우 이 자리에서는 단연코 경손이 때문에 온다 는 것으로, 팔팔 뛰지 않지 못할 만큼, 춘심이도 본시, 그리고 벌써 계집이던 것입니다. 천하의 계집치고서, 멍텅구리 외에는 남자를 속이지 않는 계집은 아마 없나보지요?

춘심이는 윤직원 영감한테 다니기 시작한 지 세 번째 만에 경손 이를 알았습니다.

석양쯤 해선데, 춘심이가 윤직원 영감이 있으려니만 여겨 무심 코 방으로 쑥 들어서니까, 커다란 윤직원 영감은 간데없고, 웬 까 까중이의 죄꼬만 도련님이 연상 앞에서 라디오를 만지고 있었습 니다.

좀 무색했으나, 고 도련님 이쁘게도 생겼다고, 함께 동무해서 놀 았으면 좋겠다고 생각했습니다.

경손이는 뚱뚱보 영감한테 들켰나 해서 깜짝 놀랐으나, 이어 아 닌 걸 알고, 한데 요건 또 웬 계집앤고 싶어, 춘심이를 마주 짯짯이 치어다보았습니다.

전에 이 큰사랑에 오던 계집애는 이 계집애가 아닌데…… 그것 들은 모두 빌어먹게 보기 싫었는데…… 요건 어디서 깜찍하니 고 거 이쁘게는 생겼다…… 동무해서 놀았으면 좋겠다…… 경손이 역시 이렇게 생각했습니다.

연애에는 소위 퍼스트 임프레션이라는 게 제일이라구요. 과연 둘이 다 같이 첫인상이 만점이었습니다.

그래, 하나는 문지방을 잡고 서서, 하나는 라디오의 스위치를 잡고 앉은 채 한참이나 서로 치어다보았습니다. 그러다가 경손이가 먼저,

　"너, 누구냐?"

하면서 눈에 나타난 호의와는 다르게 텃세하듯 따지고 일어섭니다.

　"넌, 누구냐?"

　춘심이 역시 말소리는 강경합니다. 적어도 이 댁에서 제일 어른이요 제일 크고 뚱뚱한 영감님 그 어른한테 다니는 낸데, 제까짓 것 까까중이 도련님이면 소용 있느냐 속이겠지요.

　경손이는 장히 시쁘다고, 바짝 다가와 춘심이를 들여다봅니다.

　"그래, 난 이 댁 되련님이다!⋯⋯"

　"피이⋯⋯ 되련님이 아니구 영감님이믄 사람 하나 궂힐 뻔했네!"

　"요 계집애 검방지다!"

　"아니믄?⋯⋯ 병아리 새끼처럼 텃셀 해요!"

　"요것 보게⋯⋯ 너 요것, 주먹 하나 먹구퍼?"

　"때리믄 제법이게?"

　"정말?"

　"그래!"

　"요걸!"

　경손이가 번쩍 들이대는 주먹이 코끝으로 육박을 해도 춘심이는 꼼짝 않고 서서 웃습니다. 웃음도 나름이지만, 이건 호의가 가득한 웃음입니다.

　"하하, 고거 야!⋯⋯"

　경손이는 주먹을 도로 내리면서 좋게 웃습니다. 역시 춘심이처

럼 호의가 가득한 웃음입니다.

"왜 안 때려?"

"울리믄 쓰나!"

"내가 울어?"

"네 이름이 무어지?"

"알면서 물어요!"

"내가, 알아?"

"그럼!"

"내가?"

"너— 너— 하는 건 무언데?"

"오옳지! 너라구 했다구! 하하하…… 그럼, 아가씨 존함이 누구시요?"

"누가 아가씨랬나? 해해해……"

"하하하…… 무어야? 이름이……"

"춘, 심……"

"응, 춘심이…… 그리구, 나인?"

"열다섯 살……"

"하! 나허구 동갑이다!"

"정말?"

"응!"

"이름은?"

"경손 씨."

"경손 씨!…… 활동사진 배우 이름매니야……"

"안 됏! 되련님 이름을 그런 데다가 빗대다니……"

"피이!"

"그래두!"

"어쩔 테야?"

"한 대 먹구 싶어?"

경손이는 또 주먹을 들이댑니다. 그러나 그게 아까 먼저보다는 도리어 무름하건만, 무름할뿐더러 정말 때릴 의사가 아닌 줄을 빤안히 알면서도, 춘심이는 허겁스럽게 엄살 엄살, 다시 안 그런다고 항복을 합니다.

"다신 안 그러기다?"

"응!"

"응…… 그리구……"

"무어?"

"아니…… 참, 너두 기생이냐?"

"응!"

"요릿집이두 댕기구? 응, 인력거 타구?"

"응!"

"그리구서?……"

"무얼?"

"인력거 타구, 요릿집이 가서?……"

"손님 앞에서 소리두 하구, 술두 치구……"

"그리구?"

"다 놀믄 인력거 타구 집으로 오구……"

"그거뿐?"

"뿐!……"

"돈은? 아니 받구?"

"왜 안 받아!"

"얼마?"

"한 시간에 일 원 오십 전······"

"꽤다!····· 몇 시간이나?"

"대중없어······"

"갈 땐 이렇게 입구 가니?"

"야단나게?····· 쪽 찌구 긴치마에 보선 신구 그리구······"

"하하하."

"해해해."

이때 마침 대문간에서 윤직원 영감의 기침 소리가 들려, 이 장면은 그대로 컷이 됩니다. 그러나 경손이는 총총히,

"저기, 뒤채 내 방으루 놀러 오너라, 응? 꼭······"

하고, 부탁하기를 잊지 않았습니다.

그 뒤로부터 두 아이의 연애는 급속도로 발전을 해갔습니다. 무대는 이 집의 뒤채 경손이의 방과, 영화 상설관과 안국동에 묘한 뒷문이 있는 청요릿집과 등이구요.

그사이에 경손이는 춘심이한테 코티의 콤팩트와 향수 같은 것을 선사했고, 춘심이는 하부다이 손수건에다가 그다지 출 수는 없으나 제 솜씨로 경손이와 제 이름을 수놓아서 선사했습니다. 두 아이의 대강 이야기가 그러했습니다. 그리고 다시, 오늘 밤으로 돌아와서 실골목의 장면인데······

경손이는 춘심이가 너무 억울해하니까, 그를 믿고(믿고 안 믿고가 아니라 도시에 의심을 했던 게 아니었으니까요) 아무려나 농담이 과했음을 속으로 뉘우쳤습니다.

아마 인간이라고 생긴 것이면, 사내치고서 계집한테 속지 않는 녀석은 없나보지요.

"극장 가자……"

경손이는 이내 잠자코 섰다가 불쑥 하는 소립니다.

이 기교 없는 기교에, 정말 아닌 노염이 났던 춘심이는 단박 해해합니다. 가령 정말로 성이 났었더라도 그러했겠지마는요.

"늦었는데?"

"괜찮아."

"영감님?"

"그걸 핑곌 못해?"

춘심이는 좋아라고 연신 생글뱅글, 사랑으로 들어가더니, 대뜰에 올라서서,

"영감님? 나, 집이 가봐야겠어요!"

합니다.

"오냐!……"

윤직원 영감의 허연 수염이 미닫이의 유리 쪽을 방 안에 가리며 내다봅니다.

"……누가 불르러 왔더냐?"

"내…… 우리 아버지가 아푸다구, 어머니가 왔어요!"

"그렇거들랑 어서 가보아라…… 거, 무슨 병이 났단 말이냐?"

"모르겠어요. 갑자기, 그냥……"

"그럼 무엇 먹은 게 체히어서 곽란이 났넝가 부구나?"

"글쎄, 잘 모르겠어요!"

"어서 가부아라…… 그러구, 곽란이거던 와서 약 가져가거라…… 사향소합환 주게."

"내."

"어서 가부아라…… 그러구 내일 낮에 올라냐? 반지 사러 가

게……"

"내."

"꼭 올 티여?"

"내, 꼭 와요!"

"지대리마?…… 반지 꼭 사주마?"

"내…… 안녕히 주무세요?"

"오냐…… 너 혼자 가겠냐?"

"아이! 괜찮아요!"

"무섭거던 삼남이 데리구 가구!"

"무섭긴 무엇이 무서요!"

"그럼 어서 가보구, 내일 오정 때쯤 히여서 꼭 오니랭? 반지 사러 진고개 가게, 응?"

"내."

"잘 가거라, 응!"

"내, 안녕히 주무세요!"

"오냐, 어서 가거라…… 그러구, 내일 반지 사러 가자?"

반지 소리가 들이 수없이 나오나 봅니다.

걱정도 되겠지요. 제 아범이 병이 났다니, 그게 중해서 내일 혹시 오기가 어렵게 되면 또다시 연애를 연기해야 할 테니까요.

그 육중스런 임시 첩장인을 위해, 중값 나가는 사향소합환을 주마는 것도 과연 근경속이 그럴듯하기는 합니다.

아무려나 이래서 조손간에 계집애 하나를 가지고 동락을 하니 노소동락(老少同樂)일시 분명하고, 겸하여 규모 집안다운 계집 소비 절약이랄 수도 있겠습니다.

그렇지만, 소비 절약은 좋을지 어떨지 몰라도, 안에서는 여자의 인구가 남아돌아 가고(그래 한숨과 불평인데) 밖에서는 계집이 모자라서 소비 절약을 하고(그래 칠십 노옹이 예순다섯 살로 나이를 야바위도 치고, 열다섯 살 먹은 애가 강짜도 하려고 하고) 아무래도 시체의 용어를 빌어오면, 통제가 서지를 않아 물자 배급(物資配給)에 체화(滯貨)와 품부족(品不足)이라는 슬픈 정상을 나타낸 게 아니랄 수 없겠습니다.


## 12. 세계사업 반절기(半折記)

역시 같은 날 밤이요, 아홉시가 한 오 분가량 지나섭니다. 그러니까 방금 창식이 윤 주사의 둘째 첩 옥화가 계동 큰댁에를 들렀다가 며느리뻘 되는 뒤채의 두 새댁들과 말말 끝에, 집에는 얼굴도 들여놓지 않은 종수를, 아까 낮에 우미관 앞에서 만났다는 그 이야기를 하고 있는 그 시각과 거진 같은 시각입니다.

과연, 그리고 공골시, 그 시각에 종수는 그의 병정인 키다리 병호의 인도로 동관 어떤 뚜쟁이 집을 찾아왔습니다.

종수는 새삼스럽게 소개할 것도 없이, 만석꾼 윤직원 영감의 맏손자요, 창식이 윤 주사의 맏아들이요, 경손이의 아범이요, 윤씨네 가문(家門) 빛내는 큰 사업의 제일선 용사 중 한 사람으로서 군수 운동을 하느라고 고향에 내려가 군 고원을 다니는 사람이요, 그리고 장차 경찰서장이 될 동경 어느 대학 법학과 학생 종학의 형이요, 이러한 그 종숩니다. 주욱 꿰어놓고 보니 기구가 대단하군요. 뭐, 옛날 지나 땅의 주공(周公)이라던지 하는 사람은, 문왕의 아들〔文王之子〕이요, 무왕의 동생〔武王之弟〕이요, 시방 임금의 삼촌〔今

王之叔父)이요, 이렇대서 근본 좋고 팔자 좋고 권세 좋고 하기로 세상 우두머리를 쳤다지만, 종수의 기구도 그 양반 주공을 능멸하기에 족할지언정 못하지는 않겠습니다. 이렇듯 몸 지중한 종수가 어디를 가서 오입을 하면 못해 하필, 구접지레한 동관의 뚜쟁이 집을 찾아왔을까마는 거기에는 사소한 내력과 곡절이 있던 것입니다.

종수는 시방 나이 스물아홉, 생김생김은 이 집안의 혈통인 만큼 헤멀끔하니, 어디 한군데 야무지게 맺힌 데가 없고, 좋게 보아야 포류의 질(蒲柳之質)입니다. 혹시 눈먼 관상쟁이한테나 보인다면, 널찍한 그의 얼굴과 훤하니 트인 이마에 만석이 들었다고 할는지 모르지요. 하기야 또 시체는 상학(相學)도 노망이 나서, 꼭 빌어먹게 생긴 얼굴만 돈이 붙곤 하니까 종작할 수가 없지마는요.

열일곱에 서울로 공부를 올라와서, 입학시험을 친다는 것이 단박 낙제를 했습니다. 그대로 주저앉아 강습소 나부랭이를 다니면서 준비를 하는 체하다가 이듬해 다시 시험을 치렀으나 또 낙제……

열아홉 살에 세 번째 낙제, 그리고 다시 그 이듬해 스무 살에는 스무 살이나 먹어가지고 열서너 살짜리 조무래기들과 섭슬려 입학시험을 칠 비위도 없거니와 치자고 해도 지원부터 받아주질 않았습니다.

그해 그러니까 기사년(己巳年)에 종수의 아우 종학이 삼 년 동안 줄곧 낙제를 한 형의 분풀이나 하는 듯이 우등 성적이요 겸하여 첫째로 ××고보에 입학이 되었습니다.

이때는 벌써 온 집안이 서울로 반이를 해 왔고, 한데 종수는 일이 그 지경이고 보니, 어디로 얼굴을 두르나 부끄러운 것뿐 일변 또 공부 따위는 애초에 하기가 싫던 것이라 아주 작파를 해버렸습니다.

명색이나마 공부를 작파하고 나서는 돈냥이나 있는 집 자식이겠다, 할 노릇이란 빠안한 것, 그동안 조금씩 익혀온 술 먹기와 계집질에 아주 털어놓고 투신을 했습니다.

윤직원 영감은 어린 손주자식이, 그야말로 이마빡에 피도 안 마른 것이 주색에 빠졌으니, 사람 버릴 것이 걱정도 걱정이려니와, 그보다는 소중한 돈을 물 쓰듯 해서 더욱 심화요, 그런데 그보다도 또 속이 상한 건, 크게 바라던 군수가 장마의 개울물에 맹꽁이 떠내려가듯 동동 떠내려가는 것이었습니다.

그러나 윤직원 영감은 한 번 실패로 큰 목적을 단념할 사람이 아니었습니다. 그는 두루두루 남의 의견도 듣고 궁리도 해보고 한 끝에, 공부를 잘 시켜 고등관으로 군수가 되는 길은 글렀은즉, 이번에는 군 고원으로부터 시작하여 본관을 거쳐 서무 주임으로 서무 주임에서 군수로, 이렇게 밟아 올라가는 길을 취하기로 했습니다.

고향의 군수와는 매우 임의로운 사이요, 또 도지사와도 자별히 가깝고 하니까, 종수를 군 고원으로 우선 앉혀놓고서, 운동만 뒷줄로 잘하게 되면, 자아 본관이요, 네에 서무 주임이요, 옜소 군수요, 이렇게 수울술 올라가진다는 것입니다.

과연 고향의 군수는 윤직원 영감의 청대로 선뜻 고원 자리 하나를 종수에게 제공했을 뿐 아니라, 뒷일도 보장을 했습니다.

종수는 제가 군수가 되고 싶다기보다도, 일일이 감독이 엄한 조부 윤직원 영감 밑에서 조심스럽게 노느니, 고향으로 내려가서 마음 탁 놓고 지낼 것이 좋아, 매삭 이백 원씩 가용을 타 쓰기로 하고, 월급 이십육 원짜리 군 고원이 되었던 것입니다. 그것이 꼬박 삼 년

전……

　그 삼 년 동안 윤직원 영감이 자기 손으로 쓴 운동비가 꽁꽁 일만 원하고 삼천 원입니다. 그리고 종수가 운동비라는 명목으로 가져간 것이 이만 원 돈이 가깝습니다. 해서 도합 삼만 원이 넘습니다. 하기야 종수가 가져간 이만 원 돈은 그것이 옳게 제 구멍으로 들어갔는지 딴 구멍으로 샜는지, 알 사람이 드물지요마는……

　그러나 실상은 돈이 삼만여 원만 든 건 아닙니다.

　종수가 가용으로 매삭 이백 원씩 가져갔으니 그것이 삼 년 동안 칠천여 원.

　종수가 윤직원 영감의 도장을 새겨가지고 토지를 잡혀 쓴 것이 두 번에 이만여 원이요, 그것을 윤직원 영감이 일보(日步) 팔 전씩 쳐서 도로 찾느라고 이만 오천여 원.

　윤직원 영감의 명의로(도장은 물론 가짜지요) 수형 뒷보증(우라가키)을 해 쓴 것을 여섯 번에 사만 원을 물어주고.

　이 두 가지만 해도 칠만 원 돈인데, 그 칠만 원 가운데 종수가 제 손에 넣고 쓴 것은 다 쳐야 단돈 만 원도 못 됩니다. 윤직원 영감으로 보면 결국 손주 종수에게 사기를 당한 셈인데, 그러므로 물어주지 않고 버틸 수도 없는 것은 아닙니다.

　그러나 버티고 볼 양이면 종수가 징역을 가야 하니, 이면상 차마 못할 노릇일 뿐만 아니라, 더욱이 바라고 바라던 군수가 영영 떠내려가겠은즉, 목마른 놈이 우물 파더라고, 짜나따나 그 뒤치다꺼리를 다 하곤 했던 것입니다.

　그래, 이것저것을 모두 합치면 돈이 십만 원하고도 훨씬 넘습니다.

　윤직원 영감은 하도 화가 나고 기가 막혀서, 이 잡아 뽑을 놈아

이놈아, 돈은 무엇에다가 그렇게 물 쓰듯 하느냐고, 번번이 불러올려다가는 도둑놈 닦달하듯 조져댑니다.

그럴라치면 종수는 군수 운동비와 교제비로 쓴다고 합니다.

그렇거들랑 왜 나더러 달래다가 쓸 것이지, 비싼 고리대금업자의 변전을 내느냐고 한다 치면, 할아버지가 언제 돈 달라는 족족 주었느냐고 되레 떠받고 일어섭니다.

물론 윤직원 영감은 곧이를 듣지는 않지만, 종수의 구실거리는 그만큼 유리했습니다.

해서 윤직원 영감의 무서운 규모로, 삼 년 동안에 십여만 원을 그 밑구멍에다가 들이민 것으로 보아, 군수 즉 양반이라는 것의 매력이 위대함을 알겠는데, 그러나 종수는 아직도 한낱 고원으로 있지, 그 이상 더 올라가지는 못했습니다. 월급만은 한차례 삼 원이 승급되어, 이십구 원을 받지만요.

하니, 일이 매우 장황스러, 성미 급한 윤직원 영감으로는 조바심이 나리라 하겠지만, 실상은 고원에서 본관까지 사 년, 본관에서 서무 주임까지 삼 년, 서무 주임에서 군수까지 다시 삼 년, 도합 십 개년 계획이었기 때문에, 아직 유유히 운동을 계속하는 중입니다.

그 덕에 거드럭거리는 건 종숩니다. 군에 다니는 건 명색뿐이요, 매일 술타령에 계집질, 게다가 한 달이면 사오 차씩 서울로 올라와서는 뚜드려먹고 놉니다. 돈은 물론 제집의 돈을 사기해 먹고, 또 그 밖에 중이 망건 사러 가는 돈이라도 걸리기만 하면 잡아 써놓고 봅니다. 그랬다가 다급하면 그 짓, 제집 돈 사기를 해서 물어주든지, 직접 윤직원 영감한테 운동비랍시고 뻐젓이 돈을 타든지 합니다. 이번에 올라온 것도 그러한 일 소간입니다.

얼마 전에 군의 같은 동료가 맡아보는 돈 천 원을 둘러쓴 일이 있는데, 그 돈 채워놓아야 할 날짜가 이삼 일로 박두했고, 일변 술도 날씨 선선해진 판에 한바탕 먹어제치고 싶고, 이참 저참 올라왔던 것인데, 방위가 나빴던지 일수가 사나웠던지, 첫새벽 정거장에서 내리던 길로 일이 모두 꼬이기만 했습니다.

첫째, 어제 시골서 떠나기 전에 전보를 쳐두었는데 키다리 병호가 마중을 나오지 않았습니다. 돈을 얻재도, 술을 먹재도, 오입을 하재도, 종수는 그의 병정인 키다리 병호가 아니고는 꼼짝을 못합니다. 수형을 현금으로 바꾸어 오고, 요릿집과 기생을 분변을 시키고, 더러는 외상 요리의 교섭을 하고, 계집을 중매 서고, 이래서 종수가 서울서 노는 데는 돈보다도 더, 그리고 먼저 필요한 게 병호 그 사람입니다.

그렇기 때문에 미리서 전보까지 쳐두었던 것인데, 정거장으로 나오지를 않았습니다. 이거 병이 났거나 타관에를 갔거나 한 것이라고 낙심을 한 종수는, 그래도 막상 몰라 애오개 산비탈에 박혀 있는 병호의 집까지 찾아갔습니다.

역시 병호는 집에 없고, 그의 아낙의 말이, 어제 낮에 잠깐 다녀온다고 나간 채 여태 안 들어왔다는 것입니다. 그렇다면 먼 타관에는 가지 않은 듯싶고, 그것이 저으기 다행해서, 들어오는 대로 곧 만나게 하라는 말을 이른 뒤에, 언제고 서울을 올라오면 집보다도 먼저 찾아드는 ××여관에다가 우선 자리를 잡았습니다.

××여관에서 종수는 조반을 먹고 드러누워 늘어지게 한잠을 잤습니다. 간밤에 침대차가 만원이 되어 잠을 못 잔 것이 피곤도 하거니와, 이따가 저녁에 한바탕 놀자면 정력을 길러두는 것도 해롭진 않았습니다. 또, 그러한 필요가 아니라도 병호가 없는 이상, 막대를 잃어버린 장님 같아, 저 혼자서는 옴낫을 못하니까, 낮잠이

제일 만만합니다.

한잠을 푹신 자고 나니까 오정이 지났는데, 병호는 그때까지도 오지 않았습니다. 종수는 또 한 번 애오개를 나갔다가 그만 허탕을 치고는 답답한 나머지 여기저기 그를 찾아다녀 보았습니다. 그러다가 우미관 앞에서 재수 없이 옥화를 만났던 것입니다.

종수가 도로 여관으로 돌아와서 네시까지 기다리다가 고만 질증이 나서, 다 작파하고 조부 윤직원 영감한테 급한 돈 천 원이나 옭아내어 가지고 내려가 버릴까, 내일 하루 더 기다려볼까 망설이는 판에 키다리 병호가 터덜터덜 달려들었습니다.

"허! 미안허이!"

병호는 말처럼 긴 얼굴을 소처럼 웃으면서 방으로 들어섭니다.

"무얼 핥어먹느라구 밤새두룩 주둥일 끌구 다녔우?"

종수는 일어나지도 않고 버얼떡 누운 채, 전봇대 꼭대기같이 한참이나 올려다보이는 병호의 얼굴을 눈 흘겨주다가, 한마디 비꼬던 것입니다. 남더러 전접스런 소리를 잘하는 것도 아마 윤직원 영감의 대부터 내림인가 봅니다.

그러나 그보다도 종수는 갈데없는 후레자식입니다.

한 것이, 병호와는 같은 고향인데, 나이 십오 년이나 층이 집니다. 십오 년이면 부집(父執)이 아닙니까. 종수 제 부친 창식이 윤주사가 마흔여섯이요 해서, 사실로 병호와는 네롱내롱하는 사이니까요.

그런 것을 글쎄, 절하고 뵙진 못할망정 버얼떡 자빠져서는 한단 소리가 무얼 핥아먹느라고 주둥이를 끌고 다녔느냐는 게 첫인사니, 놈이 후레자식이 아니라구요.

하나 병호는 아주 이상입니다.

"머, 그저 모처럼 봉을 하나 잡았더니, 그놈을 뚜디려먹느라구."

"그래서?…… 문밖 별장으루 나갔던 속이구면?"

"응."

"각시 맛두 봤우?"

"미친 녀석! 늙은 사람두 그런 것 바친다드냐?"

"아무렴! 개가 똥을 마대지?"

둘이는 걸직하게 농지거리로 주거니 받거니 합니다. 그러니 결국 종수로 하여금 버르장머리가 없게 하는 것은 이편 병호가 속이 없고 농판스런 탓이요, 그걸 받아주는 때문입니다.

그러나 남의 병정을 잘 서먹자면 그만큼이나 구수하지 않고는 붙일상이 없겠으니 또한 직업인지라 어쩔 수 없다는 게 병호의 변명입니다.

"돈을 좀 마련해야 할 텐데?……"

종수는 그제서야 일어나더니, 잔뜩 쪼글트리고 앉으면서 담배를 붙여 뭅니다.

"해보지…… 얼마나?"

병호의 대답은 언제나 선선합니다.

"꼭 천 원허구 또, 한 오백 원……"

"오늘루 써야 허나?"

"천 원은 내일 해전으루 되면 좋구, 오늘은 오백 원가량만……"

"해보지!…… 그렇지만 은행 시간이 지나서, 좀……"

"그러니까 진작 오정 때만 왔어두 좋았지! 핥아먹으러 싸아다니느라구……"

"허! 참, 잡놈이네! 비 올 줄 알면 어느 개잡년이 빨래질 간다냐? 네가 몇 시간만 더 일찍 전볼 치지?"

"긴소리 잔소리 인전 고만 해두구, 어서 어떻게 서둘러봐요!"

"날더러만 재촉을 하지 말구, 어서 한 장 쓰게그려!"

"그런데 이번은 말이죠……"

종수는 손가방에서 수형 용지를 꺼내가지고, 일변 쓰면서 이야
깁니다.

"……이번은 와리를 좀 더 주더래두 내 도장만 찍어야 할 텐
데?"

"건 어려울걸!…… 그런데 왜?"

"아, 지난번에 논을 그렇게 해 쓴 거 만 오천 원이 새달 그믐 아
니요?"

"참, 그렇지…… 그런데?"

"그런데, 그거가 뒤집어지기 전에 이거가 퉁겨서 나오구, 그리구
서 얼마 아니 있다가 또 그거가 나오구, 그래 노면 글쎄 한 가지씩
졸경을 치루기두 땀이 나는데, 거퍼 두 가지씩!"

종수는 쓰던 만년필을 멈추고 혀를 날름날름하면서 고개를 내두
릅니다. 졸경을 치른다는 것은 빚쟁이한테 직접 단련이 아니라, 조
부 윤직원 영감한테 말입니다.

"그렇잖우? 드뿍 큰 목아치는 크게 해먹은 맛으루나 당한다구,
요것 이천 원짜리 때문에 경은 곱쟁일 치긴 억울해!"

"그두 그렇긴 허이마는……"

병호는 깜작깜작 생각을 하다가는 종수가 도장까지 찍어 내놓는
이천 원 액면의 수형을 집어 듭니다. 아무리 가짜 도장일값에 윤두
섭의 뒷보증(우라가키)이 없는, 단부랑지자(單浮浪之者) 윤종수의
수형을 가지고 돈을 얻다께 하늘서 별 따깁니다.

"좀 어렵겠는데에……"

병호는 수형을 만지작만지작, 그 기다란 윗도리를 앞뒤로 끄덕끄덕 연신 입맛을 다십니다.

"쉬울 테면 왜 온종일 당신 기대리구 있겠소? 잔소리 말구 어여 갔다가 와요!"

"글쎄, 가보긴 가보지만……"

병호는 수형을, 빛 낡은 회색 포라 양복 속주머니에다가 건사하고 일어섭니다.

"꼭 돼야 해요! 더구나 한 사오백 원은 오늘 우선……"

"홍, 이거 말이지?"

병호는 씨익 웃으며, 손으로 술잔 기울이는 흉내를 냅니다. 종수도 따라 웃습니다.

"참새가 방앗간을 그대루 지내우?"

"염려 말게…… 돈이 못 되면 외상은 못 먹나?"

"싫소, 외상은…… 그리구, 요릿집 간죠뿐이우?"

"각시두 외상 얻어줌세, 끙……"

"어느 놈이 치사하게 외상 오입을 하구 다니우?"

"난 없어 못하겠더라!"

"양반허구 상놈허구 같은가?"

"양반은 별수 있다더냐?"

한 시간 안에 다녀오마고 나간 병호는, 두 시간 세 시간 눈이 빠지게 기다려놓고서 일곱시 반에야 휘적휘적, 그나마 맨손으로 돌아왔습니다.

윤직원 영감의 뒷보증이 없어도 종수의 도장만 보고서 돈을 줄 사람이 꼭 한 사람 있기는 있고, 또 그 사람이면 소절수를 받아다가 현금과 진배없이 풀어 쓸 수가 있는 자린데, 세상 기고 매고 아무리 찾아다녀야 만날 수가 없다는 것입니다.

이것이, 따로이 슬그머니 욕심이 생겨가지고는, 짐짓 꾸며대는 농간인 것을 종수는 알 턱이 없습니다.

윤종수의 도장 하나를 보고서 수형을 바꾸어줄 실없는 돈 장수라고는 이 천지에 생겨나지도 않았습니다. 병호는 그것을 잘 알고 있고, 그러면서도 어쩌면 될 듯한 눈치를 보이는 것은, 우선 수형을 쓰게 하자는 제일단의 공작이었습니다.

그 세 시간 동안 병호는 누구를 찾아다니기는커녕, 제집으로 가서 편안히 누웠다가 온 것도, 그러니까 종수는 알 턱이 또한 없습니다.

"빌어먹을!…… 에이 속상해!"

종수는 슬며시 짜증이 나서 피우던 담배를 재떨이에 북북 비벼 던지고는 나가 드러누우면서 두런거립니다.

"……이럴 줄 알았으면 진작 아까 저물기 전에 집으루나 가서, 할아버지께라두 말씀을 했지! 에이, 빌어먹을……"

은연중 병호가 늦게 온 칭원까지 하는 소립니다. 그러나 병호는 그 소리가 귀에 거슬리기보다는 일이 묘하게 얼려간대서 속으로 기뻐합니다.

"여보게?"

"………"

"여기다가 자네 조부님 도장 찍어서 우라가끼하게."

"싫소!…… 다아 고만두구, 내일 할아버지께 돈 천 원이나 타서 쓰구 말겠소!"

"웬걸 주실라구?"

"안 주시면 고만두, 머…… 에잇, 속상해!"

"그렇게 있어두 고만, 없어두 고만일 돈이면 애여 왜 쓸려구를 들어?"

"남 속 상하는 소리 말아요! 시방 돈 천 원에 여러 집 초상나게 된 걸 가지구……."

"허어! 그 장단에 어디 춤추겠나!"

"아니, 할아버지 도장 찍구 우라가끼할 테니, 당장 돈 만들어 올 테요?"

"열에 일곱은 될 듯하네마는…… 그러구저러구 간에 여보게?"

"말 던지우!"

"만일 자네 조부님께 말씀을 해서 돈이 안 되면은 낭패가 생길 돈이라면서? 응?"

"낭패뿐이 아니우…… 내 온, 돈 고까짓 천 원 때문에 이렇게 속 상하기라군 생전 츰이요!"

"그러니 말일세. 여그다가 우라가낄 해주면, 시방 나가서 주선을 해보구…… 하다가 안 되면 내일 해보구 할 테니깐, 자넬라커던 이 놈은 꼭일랑 믿지 말구서, 내일 자네 조부님을 조르구. 그렇게 해서 두 군데 중에 되면은 좋잖은가?"

"아, 글쎄 이 당신아!……."

종수는 답답하다고 벌떡 일어나 앉으면서 삿대질을 합니다.

"맨 츰에 내가 하던 소린, 한 귀루 듣구 한 귀루 흘렸단 말이요?"

"온 참!…… 저놈 논 잽혀 쓴 놈 만 오천 원짜리허구 연거푸 팅 겨질 테니 안됐단 말이지?"

"이번 치가 먼점 뒤집어질 테니깐 더 걱정이란 말이랍니다요!"

"그러니깐 말이야. 이번 칠랑 이자나 주구서 두어 번 가끼가엘 하면 될 게 아닌가?"

"가끼가에? 누가 가끼가엘 해준대나?"

"아니 해줄 게 어딨나? 이자를 주는데 왜 아니 해주나?"

"그럼 그래 보까? 히히."

종수는 별안간 싱겁게 웃으면서, 언제고 준비해 가지고 다니는 윤직원 영감의 도장으로 아까 그 수형에다가 뒷보증을 해놓습니다.

"되두룩 단돈 백 원이라두 현금을 좀 가지구 오시우?"

구두를 신고 있는 병호더러 부탁을 합니다.

"글쎄, 그렇게 해보지만……"

병호는 돌아서려다가 싱글싱글 웃습니다.

"…… 자네 거 기생 고만두구서 오늘 저녁일라컨 여학생 오입 하나 해볼려나?"

"여학생?…… 그 희떠운 소리 작작 허슈!"

"아냐! 내 장담허구 대령시킬 테니……"

"진짤?"

"아무렴!"

"정말?"

"허어!"

"아니면 어쩔 테요?"

"내 목을 비여 바치지!"

"그럼, 내기요?"

"내기하세!…… 그런데 진짜가 아니면 나는 목을 비여놓구……
또오, 진짜면?"

"백 원 상급 주지!"

"그래. 내, 오는 길에 다아 주문해놓구 오문세."

한 시간이 좀 못 되어서 돌아온 병호는 이번도 허탕이었습니다.

단골로 그새 거래를 하던 세 군데를 찾아갔는데, 하나는 타관에 가고 없고, 하나는 놀러 나갔고, 또 하나는 은행에 예금한 게 없어서 내일이나 입금시키는 형편을 보아야만 소절수라도 발행하겠다고 한다는 것입니다.

이것도 물론 꾸며대는 소리요, 동관의 뚜쟁이 집에 가서 노닥거리다가 오는 길입니다.

"그러면 내일 될 상두 부르군요?"

종수는 생각하던 바와 달라, 소갈찌도 내지 않습니다.

"글쎄?……"

"안 될 것 같아?"

"그럴 게 아니라, 이 수형일랑 내게 두었다가, 내가 한 번 더 돌아다녀 볼 테니, 그렇지만 꼭 믿진 말구서, 자넨 조부님한테 타내두룩 하게…… 그래야만 망정이지, 꼭 되려니 했다가 아니 되는 날이면 낭패가 아닌가? 지금두 오면서두 고옴곰 생각했지만, 그 남의 수중에 있는 돈을 얻어 쓴다는 게 무척 힘이 들구, 자칫하면 큰일을 잡치기가 쉬운 걸세그려! 아, 오늘 저녁 일만 두구 생각해보게? 남의 돈을 믿었다가 이렇게 누차 낭패가 아닌가?"

근경 있이 타이르듯 하는 말에, 종수는 그렇겠다고 고개를 끄덕거립니다. 종수가 다소곳하니 곧이듣는 것을 보고 병호는 일이 열에 아홉은 성사라서 속으로 좋아 못 견딥니다.

병호는 그 이천 원짜리 수형을 제 주머니 속에 넣어두고 내놓지 않을 참입니다.

종수가 저의 조부 윤직원 영감한테 돈을 타서 쓰면 이 수형은 소용이 없으니까, 대개는 잊어버리고 시골로 내려가기가 십상입니다. 또, 혹시 생각이 나서 찾더라도 포켓을 부스럭부스럭하다가,

"아뿔싸! 간밤에 변소에 가서 휴지가 없어서 고만!……"
이렇게 둘러댑니다.

만일 윤직원 영감한테 돈을 타지 못하고, 불가불 수형을 이용해야 할 경우라도 역시 뒤지를 해 없앤 줄로 둘러대고서, 새로 수형을 쓰게 합니다.

그래 좌우간 그 수형은 제가 홀트려 쥐고 있다가, 일 할 오 부 활이를 뗀 천칠백 원을 찾아서 집어삼킵니다.

삼켜도 아무 뒤탈이 없습니다. 우선 법적으로 따져서, 하나도 죄가 될 것이 없습니다. 그러나 도시 문제가 그렇게 커지질 않습니다.

그 수형이 나중에 윤직원 영감의 수중으로 들어가서 필경 종수가 닦달을 당하기는 당하는데, 종수는 그것이 병호의 야바윈 줄 단박 알아내기야 하겠지만, 그의 사람 된 품이 저만 알고서 제가 일을 뒤집어쓰지, 결코 그 속을 들춰내도록 박절하진 못한 사람입니다.

뿐만 아니라, 그는 의붓자식 옷 해 입힌 셈만 대지야고 버릇없는 소리나 해가면서, 역시 전과 다름없이 병호를 심복의 병정으로 부릴 것이요, 그것은 사람이 뒤가 없는 소치도 있겠지만, 일변 아섭기도 한 때문입니다.

더구나 일이 뒤집어지기 전에 병호가 미리서, 아 이 사람 종수, 다른 게 아니라 내가 목이 달아나게 급한 사정이 있어서 약시 이만저만하고 이만저만했네. 그러니 어떡허려나? 날 죽여주게. 이렇게 빌기라도 한다면 종수는 그것을 순정인 줄 여겨 오히려 양복이라도 한 벌 해 입힐 것입니다.(옛날의 주공(周公)도 사람이 종수처럼 이렇게 어질었다구요?)

"자아, 어서 옷 입구 나서게!……"

병호는 천칠백 원을 먹어둔 바람에 속이 달떠서는 연신 싱글벙글 종수를 재촉합니다.

"……내일 일은 내일 일이구…… 자아, 오늘 저녁일라컨 위선 산뜻한 여학생 오입을 속짜루 한바탕 한 뒤에 어디 별장으루 나가서 밤새두룩, 응?"

"돈두 없으면서 무얼!"

"걱정 말래두! 요릿집은 내가 다아 그웃두룩 할 테니깐 염려 없구, 여학생 오입은 십 원이면 썼다 벗었다 하네!"

"십 원?"

"아무렴!…… 잔돈 얼마나 있나?"

"한 삼십 원 있지만!"

"됐어! 십 원은 여학생 오입채루 쓰고 이십 원은 요릿집 뽀이 행하루 쓰구, 머어 넉넉허이!"

"그 여학생이라는 게 밀가루나 아니우?"

"천만에!…… 글쎄, 목을 비여 바친대두 그러나?"

"더구나, 십 원이면 된다니, 유곽만두 못하잖아?"

"글쎄, 예서 우길 게 아니라, 좌우간 가보면 알 걸 가지구!"

"어디, 한번 속는 셈 대구!"

사맥이 다 이렇게쯤 되어서, 당대의 주공(周公) 종수가 이 동관의 뚜쟁이 집엘 온 것입니다.

폐병 앓는 갈빗대 여대치게 툭툭 불거진 연목을 반자지도 아니요 거무튀튀한 신문지로 처덕처덕 처바른 얄디얄은 천장 한가운데 가서, 십삼 와트 전등이 목을 잔뜩 매고 높다랗게 달려 있습니다.

도배는 몇 해나 되었는지, 하얬을 양지가 노랗게 퇴색이 된 바람벽인데, 그나마 이리저리 쓸려서 제멋대로 울퉁불퉁 떠이고 있습니다. 거기다가 빈대 피로 댓잎[竹葉]을 쳐놓았어야 제격일 텐데, 그 자국이 없는 것을 보면 사람이 붙박이로 거처를 않고, 임시임시 그 소용에만 쓰는 게 분명합니다.

윗목으로 몇 해를 뜯이 맛을 못 보았는지, 차악 눌린 이부자리가 달랑 한 채, 소용이 소용인지라 잇만은 깨끗해 보입니다.

방 안에서는 눅눅한 습기와 곰팡 냄새가 금시로 몸이 끈끈하게 시리 가득 풍깁니다.

이지러진 사기 재떨이 하나가 방 안의 유일한 가구요, 그것을 사이에 놓고 병호와 종수는 위아랫목으로 갈라 앉아 입맛 없이 담배를 피웁니다.

"멀쩡한 뚜쟁이 집이구면, 무엇이 달라요? 까치 뱃바닥 같은 소릴……"

종수는 이윽고 방 안을 한 바퀴, 아까 처음 들어설 때처럼 콧등을 찡그리며 둘러보면서, 목소리 소곤소곤 병호를 구박을 주던 것입니다.

"글쎄 뚜쟁이 집은 뚜쟁이 집이라두, 시방은 다르다니깐 그래!"

"다를 게 무어람!…… 여보 나두 열여덟 살부터 다녀본 다아 구로오도야!"

"그땐 말끔 은근짜들뿐이지만, 시방은 이 사람아 오는 기집들이 모두 상당허네!…… 여학생을 주문하면 꼭꼭 여학생을 대령시키구, 과불 찾으면 과불 내놓구, 남의 첩, 옘집 예편네, 빠쓰껄, 여배우, 백화점 기집애, 머어 무어든지 처억척 잡아 오지!"

"또 희떠운 소리를!…… 아니 그래, 과부면 과부라는 걸 무얼루다가 증명허우? 민적 등본을 짊어지구 오우? 여학생은 재학 증명설 넣구 오구, 빠쓰껄은 가방을 차구 오우?"

"허허허…… 그거야 그렇잖지만…… 아냐, 대개 맞긴 맞느니…… 그렇게 널리 한대서 요샌 뚜쟁이 집이라구 아녀구, 세계사업사라구 하잖나?"

"당찮은 소릴! 여보, 세계사업사란 내력이나 알구서 그리우?"

연전에 관훈동에 있는 어떤 뚜쟁이의 구혈을 경찰서에서 엄습한 일이 있었습니다. 연루자가 수십 명 잡혔는데, 차차 취조를 해 들어가니까, 그 조직이 맹랑할 뿐 아니라, 이름을 세계사업사라고 지은 데는 모두 깜짝 놀랐습니다. 물론 별 의미는 없고, 아마 취체를 기이느라고 그런 엉뚱한 명칭을 붙였던 것이겠지요.

아무튼 그때부터 뚜쟁이 집을 어디고 세계사업사라고 불렀고, 시방은 한 개의 공공연한 은어(隱語)가 되어버렸습니다.

종수가 그러한 내력을 설명하는 것을 듣고 앉았던 병호는,

"허허, 날보담 선생이군!……"

하면서 웃고 일어섭니다.

"……자아, 난 먼점 가서……"

"어디루?"

"××원 별장으루 먼점 나가서 이것저것 모두 분별을 해놓구 기대릴 테니, 자넬라컨 처억 재미 볼 대루 보구……"

"그럴 것 무엇 있소? 이왕이니 하나 더 불러오래서, 둘이 같이, 응? 하하하하?"

"허허허허…… 늙은 사람 놀리지 말구…… 그리고 참 돈은 음식 값 무엇 할 것 없이 십 원 한 장만 노파 손에다가 쥐여 주구 나오게!"

"그리구저러구 간에, 진짜 여학생이 아니면 당신 죽을 줄 알아요! 괜히!……"

"염려 말래두!"

병호는 마루로 나가더니 안방의 노파를 불러내어 무어라고 두어 마디 소곤소곤 이야기를 하고 나서 밖으로 나갑니다.

종수가 시계를 꺼내어 마침 아홉시 이십분이 된 것을 보고 있노라니까, 샛문을 배깃이 열고 노파가 담뱃대 문 곰보딱지 얼굴을 들이밉니다.

"한 분이 먼점 가세서 심심하시겠군!……"

노파는 병호가 앉았던 자리로 가서 팔짱을 끼고 도사려 앉습니다.

"……아이! 그 새서방님 얼굴두 좋게두 생겼다! 오래잖아 색시가 올 테지만, 보구서 색시가 더 반하겠우. 호호호……"

언변이 벌써 뚜쟁이로 되어먹었고, 게다가 곁목을 질러 웃는 소리가 징그러울 만큼 능청스럽습니다.

"시방 온다는 게 정말 여학생은 여학생입니까?"

종수는 하는 양을 보느라고 말을 시켜놓습니다.

"온! 정말 아니구요! 아주 버젓한 고등학교 다니는 색시랍니다. 머, 밀가룰 가져다가 복색만 여학생으루 채려서 들여밀 줄 알구들 그리시지만, 아 시방이 어느 세상이라구 그렇게 속힐래서야 되나요! 정말 여학생이구말구요, 온!"

"버젓한 여학생이 어째 하라는 공분 아니 허구서……"

"오온! 여학생은 멋 모르나요? 다아, 웅? 멋이 들어서, 다아 심심소일루 다니는 색시두 있구, 또오 더러는 돈맛을 알구서 다니기두 허구…… 그렇지만 지끔 오는 색신 노상히 돈만 바라거나, 또 심심소일루 다니는 이가 아니랍니다! 그건 참, 잘 알아두시구, 너무 함부루 다루질라컨 마시우! 괜히……"

"그럼 무엇 하러 다니는데요?"

"신랑! 신랑을 고르느라구 그래요. 꼬옥 맘에 드는 신랑을!"

"네에! 그래요오! 으응, 신랑을 고른다!"

"참, 인물인들 오죽 잘났나요. 머, 똑떨어졌죠."

"네에! 그렇게 잘났어요?"

"말두 마시우! 괜히, 담박 반해가지굴랑, 내일이래두 신식 결혼하자구 치마끈에 매달리리다! 호호호……"

"피차에 맘에 들면야 그래두 좋죠. 마침 장가두 좀 가구푸구 하던 참이니깐……"

"그렇게 뒷심을 보실 테거들랑 돈을 애끼지 말구서, 우선 오늘 저녁버틈이라두 척 돈을 좀 몇십 환 듬뿍 쓰세야죠! 그래야 다아 색시두!"

"지끔 오는 인 돈을 바라구 오는 게 아니라면서요?"

"온! 시방야 돈을 아니 바라지만서두, 신랑 양반이 다아 돈이 많구 호협허신 그런 인 줄은 알아야, 다아 맘이 당기죠?"

"옳아! 그두 그렇겠군요!…… 나인 몇이라죠?"

"온 어쩌나! 아, 말 탄 서방이 그리 급하랴구, 시방 곧 올 텐데, 호호, 미리서 반하셨구료! 호호호…… 올해 갓 스물이랍니다. 나이두 꼬옥 좋죠!"

마침 대문 소리가 삐그덕 나더니 자박자박,

"기세요?"

하고 삼가로운 목소리가 들립니다.

"왔군!"

어느 결에 일어서서 샛문으로 나가려던 노파가, 종수를 돌려다보고 눈을 찌긋째긋합니다.

종수는 저도 모르게 약간 긴장이 되어, 바깥의 동정에 귀를 기울입니다. 그는 아까부터 노파의 하는 수작이 속이 빠안히 들여다보여, 역시 여학생이란 공연한 소리요, 탈을 쓴 밀가루기 십상이려니 하는 속치부는 하고 있으면서도, 급기야 긴장이 되는 것은 화류계 계집은 많이 다뤘어도 명색이 여학생은 접해보지 못한 그인지라, 얼마간 최면에 걸리지 않질 못한 탓이겠습니다.

노파는 밖으로 나가서 한참 소곤소곤하다가, 이윽고 샛문이 열립니다.

"자아, 내가 정말을 했는지, 거짓말을 했는지 보십시요! 이렇게 뻐젓한 여학생을 모셔 왔으니, 자아."

노파가 가려 서서 한바탕 장담을 치고 나더니,

"……자아…… 어여 들어와요! 원 부꾸럽긴 무에 그리 부꾸럽담! 다아 신식물 자신 양반들이, 자아……"

하고 또 한바탕 너스레를 떨면서 모로 비껴섭니다.

십여 년 화류계에서 놀며 치어난 종수도, 어쩐지 압기가 되는 듯, 이 장면에서만은 단박 얼굴을 들고 치어다볼 담이 나질 않고, 마침 문턱 안으로 한 발 들여놓는 비단 양말을 신은 다리로부터 천천히 씻어 올라갑니다.

놀맢한 비단 양말 속으로 통통하니 살진 두 다리, 그 중간께를 치렁거리는 엷은 보이루의 검정 통치마, 연하게 물결치는 치맛주름을 사풋 누른 손길, 곱게 끊긴 흰 저고리의 앞섶 끝, 볼록한 젖가슴에 맺어진 단정한 고름, 이렇게 보아 올라가는 종수는 어느덧 저를 잊어버리고, 과연 시방 순결을 의미하는 여학생을 맞느니라 싶은 일종의 엄숙한 기분에 잠겨갑니다.

필경 종수의 시선이, 여자의 동그스름한 턱으로부터 얼굴 전체로 퍼지려고 하는데 마침 저편에서도 외면했던 고개를 이편으로 돌리고, 돌려서 얼굴과 얼굴이 딱 마주치는 순간! 그 순간입니다.

"어엇!"

"아이머닛!"

소리는 실상 지르지도 못하고, 남녀는 동시에 숨이 막히게 놀랍니다. 종수는 앉은자리에서 뒤로 벌떡 자빠질 뻔하다가 겨우 몸을 가누어 고개를 푹 숙이고, 계집은 홱 몸을 날려 마루를 쿵쿵, 구두는 신었는지 어쨌는지 대문을 왈카닥 삐그덕, 그다음에는 이내 조용하고 맙니다.

계집이 달아나자 종수는 정신을 차려 쫓기듯 세계사업사를 도망해 나왔습니다.

계집은 바로 창식이 윤 주사의(그러니까 즉 종수의 부친의) 둘째 첩 옥화였습니다.

종수는 사람이 밤에 불[光線]을 가진 것이 참으로 고맙고 다행스럽다는 것을 절절히 느끼면서, 자동차를 몰아 동소문 밖 ××원 별장으로 나왔습니다.

병호는 아직 기생도 나오기 전이라 혼자 달랑하니 앉았다가, 종수가 뜻밖에 일찍 온 것이 의아해 자꾸만 캐고 묻습니다.

종수는 부르댈 데 없는 울화가 나는 깐으로는, 아무튼 여학생은 아니었으니, 목을 베어내라고 병호나마 잡도리를 해주고 싶었으나, 그것도 객쩍은 짓이라서, 그저 온다는 그 여학생이 갑자기 병이 나서 못 온다는 기별이 왔기에, 또 마침 내키지도 않던 참이라, 차라리 다행스러 얼핏 일어섰노라고, 역시 종수 그 사람답게 쓸어 덮고 말았습니다.

## 13. 도끼 자루는 썩어도…… (즉 당세(當世) 신선놀음의 일척(一齣))

동대문 밖 창식이 윤 주사의 큰첩네 집 사랑, 여기도 역시 같은 그날 밤 같은 시각, 아홉시가량 해섭니다.

큰대문, 안대문, 사랑 중문을 모조리 닫아걸고는 감때사납게 생긴 권투 할 줄 안다는 행랑아범의 조카 놈이 행랑방에 버티고 앉아 드나드는 사람을 일일이 단속합니다.

큼직하게 내기 마작판이 벌어졌던 것입니다. 벌어진 게 아니라 어젯밤부터 시작한 것을 시방까지 계속하고 있습니다.

십 전 내기로 오백 원 짱이니 큰 노름판이요, 대문을 단속하는 것도 괴이찮습니다. 그러나 암만해도 괄시할 수 없는 개평꾼은 역시 괄시를 못 하는 법이라, 한 육칠 인이나 그중 서넛은 판 뒤에서 넘겨다보고 있고, 서넛은 밤새도록 온종일 지키느라 지쳤는지, 머릿방인 서사의 방에 가서 곯아떨어졌습니다.

삼 칸 마루에는 빙 둘린 선반 위에 낡은 한서(漢書)가 길길이 쌓였습니다. 한편 구석으로 고려자기를 넣어둔 유리 장에다가는 가야금을 기대 세운 게 더욱 운치가 있습니다.

추사(秋史)의 글씨를 검정 판자에다가 각해서 흰 뺑끼로 획을 낸 주련이 군데군데 걸리고, 기둥에는 전통(箭筒)과 활[弓]……

다시 그 한편 구석으로 지저분한 청요리 접시와 정종 병들이 섭슬려 놓인 것은 이 집 차인꾼이 좀 게으른 풍경이겠습니다.

방은 양지 위에 백지를 덮어 발라 분을 먹인, 그야말로 분벽(粉壁), 벽에는 미산(美山)의 사군자와 ××의 주련이 알맞게 벌려 붙어 있고, 눈에 뜨이는 것은 연상(硯床) 머리로 걸려 있는 소치(小癡)의 모란 족자, 그리고 연상 위에는 한서가 서너 권.

소치의 모란을 걸어놓고 볼 만하니, 이 방 주인의 교양이 그다지 상스럽지 않을 것 같으면서, 방금 노름에 골몰을 해 있으니 속한(俗漢)이라 하겠으나, 이 짓도 하고 저 짓도 하고, 맘 내키는 대로 무엇이든지 하는 게 이 사람 창식이 윤 주사의 취미랍니다. 심심한 세상살이의 취미……

마작 판에는 주인 윤 주사와, 그의 손위에 가서 부자요 마작 잘하기로 이름난 박 뚱뚱이, 그리고 손아래에는 노름꾼 째보 이렇게 세 마작입니다.

모두들 얼굴에 개기름이 번질번질하고 눈곱 낀 눈이 벌겋게 충혈이 되었습니다.

윤 주사는 남풍 말에 시방 장가인데, 춘자 쓰거훠를 떠놓고, 통스〔筒字〕 청일색입니다.

팔통이 마작두요 일이삼 육칠팔 해서 두 패가 맞고, 사오와 칠팔 두 멘스〔面字〕에 구만이 딴짝입니다. 하니 통스는 웬만한 것이면 무얼 뜨든지 방이요, 만일 육통을 뜨면 삼육구통 석자방인데, 게다가 구통으로 올라가면 일기통관까지 해서 만지만관입니다.

윤 주사는 불가불 만관을 해야 할 형편인 것이, 오천을 다 잃고 백짜리가 한 개비 달랑 남았는데, 요행 이 패로 올라가면 사천이 들어와서 거진 본을 추겠지만, 만약 딴 집에서 예순 일백스물로만 올라가도 바가지를 쓸 판입니다.

하기야 윤 주사는 그새 많이 져서 삼천 원 넘겨 폈고 하니, 한 바가지 더 쓴댔자 오백 원이요, 그게 아까운 게 아니라, 청일색으로 만관, 고놈이 놓치기가 싫어 이 패를 기어코 올리고 싶은 것입니다.

패는 모두 익었나 본데, 손위에서 박 뚱뚱이가 씨근씨근 쓰모를 하더니,

"헤헤 뱀짝이루구나! 창식이 자네 요거 먹으면 방이지?"
하면서 쓰모한 육통을 보여주고 놀립니다.

내려오기만 하면 단박 사오륙으로 치를 하고서 육구통 방인데, 귀신이 다 된 박 뚱뚱이는 그 육통을 가져다가 꽂고 오팔만으로 방이 선 패를 헐어 칠만을 던집니다.

"안 주면 쓰모하지!……"

윤 주사가 쓰모를 해다가 훑으니까 팔만입니다. 이게 어떨까 하고 만지작만지작하는데, 뒤에서 넘겨다보고 있던 개평꾼이 꾹꾹 찌릅니다. 그것은 육칠팔통을 헐어 사오륙으로 맞추고 칠통 두 장으로 작두를 세우고 팔통 넉 장을 앙깡으로 몰고, 팔구만에 칠만변짱 방을 달고서 팔통 앙깡을 개깡하라는 뜻인 줄 윤 주사도 모르는 게 아닙니다.

그러나 그렇게 한다면 가령 올라간다고 하더라도 청일색도 아니요 핑호도 아니요, 겨우 멘젱 한 판, 쓰거훠 한 판, 장가 한 판 도합 세 판이니, 물론 백짜리 한 개비밖에 안 남은 터에 급한 화망은 면하겠지만, 윤 주사의 성미로 볼 때엔 그것은 치사한 짓이요 마작의 도도 취미도 아니던 것입니다.

윤 주사가 팔만을 아낌없이 내치니까, 손위의 박 뚱뚱이가 펄쩍 뜁니다. 육칠만을 헐지 않았으면 그 팔만으로 올라갔을 테니까요.

"내가 먹지!"

손아래서 노름꾼 째보가 육칠팔로 팔만을 치하는 걸, 등 뒤에서 감독을 하는 그의 전주(錢主)가, 아무럼 먹고 어서 올라가야지 하

고 맞장구를 칩니다. 쩨보는 윤 주사가 만관을 겯는 줄 알기 때문에 부리나케 예순 일백스물로 가고 있던 것입니다.

박 뚱뚱이가 넉 장째 나오는 녹팔을 쓰모해 던지면서,

"옜네, 창식이……"

"그걸 아까워선 어떻게 내나?"

윤 주사는 그러면서, 쓰모를 해다가 쓰윽 훑는데, 이번이야말로! 하고 벼른 보람이던지, 과연 똥그라미 세 개가 비스듬히 나간 삼통입니다.

삼사오통이 맞고, 인제는 육구통 방입니다.

윤 주사는 느긋해서 구만을 마악 내치려고 하는데, 마침 머릿방에 있던 서사 민 서방이 당황한 얼굴로 전보 한 장을 접어 들고 건너옵니다. 마작 판에서는들 몰랐지만 조금 아까 대문지기가 들여온 것을 민 서방이 받아 펴보고서, 일변 놀라, 한문자를 섞어 번역을 해가지고 왔던 것입니다.

"전보 왔습니다!"

"………"

윤 주사는 시방 아무 정신도 없어 알아듣지 못하고, 구만을 타패합니다.

노름꾼 쩨보가 날쌔게,

"펑!"

서사 민 서방이 연거푸,

"전보 왔어요!"

그러나 창식은 그저 겨우,

"웅? 전보?…… 구만 펑허구 무슨 자야? 어디어디?……"

"동경서 전보 왔어요!"

"동경서? 으응!"

윤 주사는 손만 내밀어서 전보를 받아 아무렇게나 조끼 호주머니에 넣고, 박 뚱뚱이의 타패가 더디다는 듯이 쓰모를 하려고 합니다.

"전보 보세요!"

"응, 보지. 번역했나?"

"네에."

윤 주사는 쓰모를 해다가 만지면서 전보는 또 잊어버립니다. 사만인데 어려운 짝입니다. 손위의 박 뚱뚱이는 패를 헐었지만 손아래 째보는 분명 일사만인 듯합니다.

"전보 기한 전본데요!"

민 서방이 초조히 재촉을 하는 것이나, 창식은 여전히,

"응?…… 응…… 이게 못 내는 짝이야!…… 전보 무어라구 왔지?"

"펴보세요, 저어."

"응, 보지…… 이걸 내면은 아랫집이 오르는데…… 왜? 종학이가 앓는다구?"

"아녜요!"

"그럼?…… 가마안있자, 요놈의 짝을 어떡헌다?…… 나, 전보 좀 보구서!…… 이게 뱀짝이야! 뱀짝……"

전보를 보기 위해서가 아니라, 쓰모해 온 사만을 타패하면 손아랫집이 올라가고, 올라가면 이 좋은 만관이 허사요, 그러니까 사만을 낼 수가 없고, 그래 전보라도 보는 동안에 좀 더 생각을 하자는 것입니다.

윤 주사는 종시 정신은 마작 판의 바닥에다가 두고, 손만 꿈지럭

208

꿈지럭, 조끼 호주머니에서 전보를 꺼냅니다.

"……이거 사만이 분명 일을 낼 테란 말이야, 으응!"

"이 사람아, 마작 판에 몬지 앉겠네!"

"가만있자…… 내, 이 전보 좀 보구우……"

윤 주사는 왼손에 든 전보를 손가락으로 만지작만지작, 접은 것을 펴가지고는 또 한참이나 딴전을 하다가 겨우 눈을 돌립니다. 번역해논 열석 자를 읽기에 그다지 시간과 수고가 들 건 없었습니다.

"빌어먹을 놈……"

잔뜩 이맛살을 찌푸리면서, 전보를 아무렇게나 도로 우그려 넣고는,

"………에라, 모른다!"

하고 여태 어려워하던 사만을 집어 따악 소리가 나게 내쳐 버립니다.

"옳아! 바루 고 자야!"

아니나 다를까, 손아래 째보가 일사만 방이던 것입니다. 끝수래야 일흔 일백서른!

"빌어먹을 놈!"

윤 주사는 아들 종학이더러, 전보 조건으로 또 한 번 욕을 합니다. 그러나 먼저 치는 옳게 그 전보 내용에다가 욕을 한 것이지만, 이번 치는 만관을 놓친 화풀이로다가 절로 나와진 욕입니다.

"큰댁에 기별을 해야지요?"

드디어 바가지를 쓰고, 그래서 필경 오백 원 하나가 또 날아갔고, 다시 새판을 시작하느라 마작을 쌓고 있는 윤 주사더러, 민 서방이 걱정 삼아 묻는 소립니다.

"큰댁에? 글쎄……"

윤 주사는 주사위를 쳐놓고 들여다보느라고 건성입니다.

"제가 가까요?"

"자네가?…… 몇이야? 넷이면 내가 장이군…… 자네가 가본다?"

"네에."

"칠 잣구…… 그래두 괜찮지…… 아홉이라, 칠 구 열여섯……"

윤 주사는 패를 뚜욱뚝 떼어다가 골라 세웁니다.

"그럼, 다녀오까요?"

"글쎄…… 이건 첨부터 패가 엉망이루구나!…… 인제는 일곱바가지나 쓴 본전 생각이 간절한걸…… 가긴 내가 가보아야겠네마는…… 자네가 가더래두 내가 뒤미처 불려 가구 말 테니깐…… 녹발 나가거라…… 그놈이 어쩐지 눈치가 다르더라니!…… 빌어먹을 놈!"

"차 부르까요?"

"응!"

"마작 시작해 놓구 어딜 가?"

박 뚱뚱이가 핀잔을 줍니다.

"참, 그렇군…… 그럼 어떡헌다?…… 남풍 나갑니다!"

"네에, 여기 동풍 나가니, 평하십시요!"

"없습니다!"

윤 주사는 또다시 마작에 정신이 푹 파묻히고 맙니다.

민 서방은 질증이 나서 제 방으로 가버립니다.


이렇게 해서 윤직원 영감한테나, 그 며느리 고 씨한테나, 서울아씨며 태식이한테나, 창식이 윤 주사며 옥화한테나, 누구한테나 제각기 크고 작은 생활을 준 이 정축년(丁丑年) 구월 열××날인 오늘 하루는 마침내 깊은 밤으로 더불어 물러갑니다.

오래지 않아, 새로운 날이 밝고, 밝은 그 새날은 그네들에게 다시 어떠한 생활을 주려는지, 더욱이 윤 주사가 조끼 호주머니 속에 우그려 넣고 만 동경서 온 전보가 매우 궁금합니다. 허나 밝는 날이면 그것도 자연 속을 알게 되겠지요.


## 14. 해 저무는 만리장성

만일 오늘이 우리한테 새것을 가져다주지 않고 어제와 꼬옥 같은 것만 되풀이를 한다면, 참으로 우리는 숨이 막히고 모두 불행할 것입니다.

그러나 오늘은 어제와 같으면서도(어제 치면서도 더 자라난) 한다른 오늘 치를 우리한테 가져다주고, 그러하기 때문에 그리하는 동안 인간은 늙어 백발로, 백발은 마침내 무덤으로…… 이렇게 하염없어도 인류는 하루하루 더 재미있어 간답니다.

그렇듯 반가운 새날이 시방 시작되느라고 먼동이 휘엿이 밝아옵니다.

날이 밝으면서 뚜우 여섯점 고동이 웁니다. 이 여섯점 고동에 맞추어 우리 늙은 윤직원 영감도 새날을 맞느라고 기침을 했습니다.

대단 부지런하고, 이 첫새벽(여섯점)에 일어나는 부지런은 춘하추동 구별이 없이, 오십 년 이짝 지켜오는 절대의 습관입니다.

윤직원 영감은 잠이 깨자, 맨 먼저 머리맡의 놋요강을 집어 들고, 밤사이 피에서 걸러놓은 독소를 뽑습니다. 신진대사라니, 새날이 새것을 들여다가 새 생명을 떨치기 위하여 묵은 것을 버리는 것입니다. 묵은 것의 배설! 그것은 참으로 좋은 일입니다.

절절 절절, 쏟아져 나오는 액체를 윤직원 영감은 연방 손바닥으로 받아 올려다가는 눈을 씻고, 받아 올려다가는 눈을 씻고 합니다. 매일 아침 소변으로 눈을 씻으면 안력이 쇠하지 않는다는 것은 전부터 일러오던 말인데, 윤직원 영감은 시방 그 보안법(保眼法)을 행하고 있는 것입니다.

삼십 년을 두고 해 내려오는 것인데, 만일 꼬노리야라도 앓았다면 장님이 되었기 십상이겠지만, 요행 그렇진 않았고, 소변 보안법의 덕인지 어떤지는 모르겠으나, 미상불 안력이 아직도 좋아서, 원체 잔글씨만 아니면 그대로 처억척 보는 건 사실입니다.

누구, 의학박사의 학위논문거리에 궁한 이가 있거들랑 이걸 연구해서 「요(尿)에 의(依)한 시신경(視神經)의 노쇠방지(老衰防止)와 및 그 원리(原理)에 관(關)하여」라는 것을 한번 완성시킨다면 박사 하나는 받아논 밥상일 겁니다.

윤직원 영감은 이윽고 안약 장수를 울릴 그 보안법을 행하고 나서는, 자리옷을 여느 옷으로 갈아입은 뒤에, 담뱃대에 담배를 붙여 뭅니다.

푸욱푹 피어오르는 담배 연기가 아직도 한밤중인 듯 전등불이 환히 켜져 있는 방 안으로 자욱이 찹니다. 말도 없고 소리도 없고, 인간이란 단 하나뿐, 사람이 심심하기보다도 전등과 방 안의 정물(靜物)들이 도리어 무료할 지경입니다.

담배가 반 대나 탔음 직해서는 삼남이가 부룩송아지 같은 대가리를 모로 둘러, 사팔눈의 시점(視點)을 맞추면서 방으로 들어섭니다. 손에는 빨병을 조심조심 들고……

아침마다 하는 일과라, 삼남이는 들고 들어온 빨병을 말없이 내바치고, 윤직원 영감 또한 말없이 그걸 받아놓더니, 물었던 담뱃대를 뽑고, 연상 서랍에서 소라 껍질로 만든 잔을 꺼냅니다.

졸졸 졸졸, 놀맘한 게, 또 김이 모락모락 오르는 게, 어쩌면 마침 데운 정종 비슷한 것을 잔에다가 그득 따릅니다.

이것이 역시 오줌입니다. 하나, 여느 오줌은 아니고 동변(童便)이라고, 음양을 알기 전의 어린애들의 오줌입니다.

동변을 받아 먹으면 몸에 좋다는 것도, 오줌으로 보안을 하는 것과 한가지로 옛날부터 일러 내려오던 말입니다. 그걸 보면 요새 그, 오줌에서 호르몬이라든지 무어라든지 하는 약을 뽑는다는 것도 노상 허황한 소리는 아닌 듯싶고, 만일 그게 사실이라고 하면, 오줌에 들어 있는 호르몬을 발견해낸 명예는 아무리 해도 우리네 조선 사람의 조상이 차지를 해야 하겠습니다.

윤직원 영감은 오줌을 그처럼 두루 이용하는데, 일찍이 삼십 년전 오줌 보안법으로 더불어 이 오줌 장복(長服)도 시작했던 것입니다.

시골서는 동변쯤 받아 먹기가 매우 편리했지만, 서울로 오니까는 그것도 대처(大處: 도시)의 인심이라, 윤직원 영감 말따나, 오줌도 사 먹어야 하게 되었습니다.

이웃의 가난한 집으로 어린애가 있는 데를 물색해서 그 어린애들의 아침 자고 일어난 오줌을 받아 오기로 특약을 해두었습니다. 그 대금이 매삭 이십 전…… 저편에서는 삼십 전은 주어야 한다는 것을, 대복이가 십 전만 받으라고 낙가(落價)를 시키다 못해, 이십 전에 절충이 되었던 것입니다.

그렇게 오줌 특약을 해두고는, 새벽이면 삼남이가 빨병을 둘러메고서 오줌을 걷어 오는 것이고, 시방도 바로 그 오줌입니다.

윤직원 영감은 빨병에서 오줌을 따르는 동안, 삼남이는 마침 생을 한 뿌리 껍질을 벗깁니다.

이건 바로 쩍쩍 들러붙는 약주술로 해장이나 하는 듯이 쪽 소리가 나게 오줌 한 잔을 마시고, 이어서 두 잔, 다시 석 잔, 석 잔을 마시자 삼남이가 생 벗긴 것을 두 손으로 가져다 바칩니다.

"그년의 자식이 엊저녁으 짜게 처먹었넝개비다! 오줌이 이렇게 짠 걸 보닝개⋯⋯"

윤직원 영감은 상을 찌푸리면서 생을 씹습니다.

오줌이란 본시 찝찔한 것이지만 사람의 신경의 세련이란 무서운 것이어서, 삼십 년이나 두고 매일 아침 먹어온 윤직원 영감은 그것이 조금 더 짜고, 덜 짜고 한 것까지도 알아맞힙니다.

"⋯⋯빌어먹을 년의 자식이 아마 간장을 한 종재기나 처먹었넝가부다!"

"오늘버텀은 간장 한 종재기씩 멕이지 말라구 가서 말히라우?"

과연 간장을 한 종지씩 먹어서 오줌이 짜고, 그래서 영감님으로 하여금 더 짠 오줌을 자시게 한다는 것은, 삼남이로 앉아 볼 때에, 그대로 묵인할 수가 없는 사건이었던 것입니다.

"야야, 구성읎넌 소리 내지두 마라! 누가 너더러 그런 참견 허라냐?"

"그럼, 구성읎넌 소리 안 히라우!"

"참, 너두 딱허다!"

"얘."

삼남이는 물에 헹구어다 두려고 빨병과 소라잔을 집어 듭니다.

"약 대리냐!"

"얘."

"약, 잘 부아서 대려! 어제 아침 치는 약이 너머 졸았더라!"

"얘."

삼남이가 나간 뒤에 윤직원 영감은, 이번에는 보건체조를 시작합니다.

두 다리를 쭈욱 뻗고, 두 팔을 위로 꼿꼿 뻗쳐 올리는 게 준비 동작.

그다음에 발부리를 목표로, 그것을 붙잡으려는 듯이 허리 이상의 상체와 뻗쳐 올린 두 팔을 앞으로 와락 숙입니다. 그러나 이내 도로 폅니다. 그리고는 또 숙였다가 도로 또 펴고……

이렇게 계속해 숙였다가는 펴고 폈다가는 숙이고, 몸이 비대한데 배가 또한 커서 좀 힘이 드는 노릇이긴 하나, 하나, 둘, 셋 연해 세어가면서 쉰 번을 채웁니다. 쉰 번을 채우니까, 아니나 다를까, 맨 처음에는 어림도 없던 것이, 뻗은 발부리와 숙이는 손끝이 마침내 맞닿고라야 맙니다.

간단한 ××강장술(强壯術) 비슷하다고 할는지, 하니 그럴 바이면 라디오 체조를 하는 게 좋지 않으냐고 하겠지만, 그거야 젊은 애들이나 할 것이지, 노인이 어디 점잖지 않게시리……

후줄근하게 땀이 배고 약간 숨이 가쁜 것을, 앞 미닫이를 열어놓고 앉아서 서늑서늑한 아침 바람을 쏘입니다.

날은 훨씬 밝았고, 바람 끝이 소스라치게 싸늘합니다.

"허 날이 이렇기!"

혼자 걱정을 하는데, 마침 대복이가 아침 문안 삼아, 오늘 하루의 일을 협의할 겸 건너왔습니다.

"이, 날이 이렇기 냉히여서 큰일 안 났넝가?"

"글씨올시다!……"

대복이는 문안 인사도 할 사이가 없고, 공순히 꿇어앉습니다.

"……이러다가 되내기(된서리)나 오는 날이면 큰일 나겠는디
요."

"나두 허느니 말이네!…… 하누님두 원, 무슨 심청이람 말이여.
서리두 서리지만, 우선 늦베〔晩種稻〕가 영글〔結實〕이 들 수가 있어
야지! 그러잖이두 그놈의 수핸지 급살인지 때민에 도지(賭租)를
감히여 달라고 생지랄덜을 허넌디!"

가을로 접어들면서, 윤직원 영감과 대복이가 노상 걱정을 하게
된 것이 금년 추숩니다. 농형(農形)이 대체로 풍년은 풍년이지만,
전라도에 수해가 약간 있었고, 윤직원 영감네 논도 얼마가 해를 입
었습니다. 어느 것은 겨우 반타작이나 되겠고, 어느 것은 사태와
물에 말끔하게 씻겨 내려가서, 벼 한 톨 추수는커녕 그 논을 다시
파 일구는 데 되레 물역이 먹게 생겼습니다.

이것은 지난 백중 무렵에 대복이가 실지로 내려가서 보고 온 것
이니까, 노상 소작인들의 엄살로만 돌릴 수는 없는 것입니다.

하기야 그렇다고 해도 윤직원 영감은 내밀 배짱이 없는 것은 아
닙니다.

'우리 논으로 말하면 죄다 도조를 선세(先稅)로 정했으니까 상
관이 없다. 소작 계약에도 씌어 있지만, 흉년이 들어서 추수가 더
얼 났다거나, 또 아주 없다거나 하더라도, 선세인 만큼 소작인은
정한 대로 도조를 물어야 경우가 옳지 않으냐.

만약 흉년이라고 도조를 감해주기로 든다면, 그러면 그 반대로
풍년이 들어서 벼가 월등 많이 나는 해는 도조를 처음 정한 석수
(石數)보다 더 받아도 된단 말이냐? 그때에 가서 도조를 더 물라면

216

물 테냐? 물론 싫다고 할 것이다. 거 보아라. 그러니까 흉년 핑계
를 대고서 도조를 감해달라고 하는 것은 공연한 떼다.'

매우 지당한 주장입니다. 그러나 경위는 빠질 게 없는데, 윤직원
영감의 말대로 하면,

'세상이 다 개명을 해서 좋기는 좋아도, 그놈 개명이 지나치니까
는 되레 나쁘다. 무언고 하니, 그 소위 농지령이야, 소작조정령이
야 하는 천하에 긴찮은 법이 마련되어 가지고서, 소작인 놈들이 건
방지게 굴게 하기, 그래 흉년이 들든지 하면 도조를 감해내라 어째
라 하기, 도조를 올리지 못하게 하기, 소작을 떼어 옮기지 못하게
하기……'

이래서 모두가 성가시고 뇌꼴스러 볼 수가 없다는 것입니다.

'내 땅 가지고 내 맘대로 도조를 받고, 내 맘대로 소작을 옮기고
하는데, 어째서 도며 군이며 경찰이 간섭을 하느냐?'

이게 도무지 속을 알 수 없고, 해서 불평도 불평이려니와 윤직원
영감한테는 커다란 수수께끼가 아닐 수 없던 것입니다.

아무튼 싹수가 줄잡아야 천 석은 두웅둥 뜨게 되었고(물론 배짱
대로야 버티어는 보겠지만 도나 군이나 경찰의 권유며 간섭에는
항거를 해서는 못쓰니까 말입니다) 그러자니 생으로 배가 아파 요
새 며칠 대복이와 주종이 맞대고 앉으면 걱정이 그 걱정이요, 공론
이 어떻게 하면 묘한 꾀를 써서 소작인들을 꼼짝 못하게 하여 옹근
도조를 받을까 하는 그 공론입니다.

그런데 우환 중에 날이 이렇게 조랭(早冷)을 해서, 벼의 결실(結
實)을 부실하게까지 하려 드니 더욱 걱정이 안 될 수가 없습니다.

대복이와 이런 이야기 저런 이야기 하는 참에, 삼남이가 약을 달
여 짜가지고 들여다 놓습니다. 삼과 용을 주재로 한 보약입니다.

오줌도 먹고 보건체조도 하고, 좋은 보약도 먹고 해서 어떻게든지 몸을 충실히 하여 오래오래 살고 싶은 게 윤직원 영감의 크고 큰 소원입니다.

만석의 부를 그대로 누리면서(아니, 자꾸자꾸 더 늘려가면서) 오래오래 백 살 이백 살, 백 살 이백 살이라니 천 살 만 살(아니 천지가 무궁할 테니, 그 천지로 더불어 무궁토록) 영원히 살고 싶습니다. 이 가산을 남겨 두고, 이 좋은 세상을 백 살을 못 살고서 죽어버리다니, 그건 도저히 원통하고 섭섭해 못할 노릇입니다.

옛날의 진시황(秦始皇)은 영생불사를 하고 싶어, 동남동녀 오천 명을 동해의 선경으로 보내어 불사약을 구하려고 했다지만, 우리 윤직원 영감도 진실로 그만 못지않게 영생의 수명을 누리고 싶습니다.

허기야 걸핏하면, 머 내가 앞으로 오십 년을 더 살겠느냐, 백 년을 더 살겠느냐, 다직 한 십 년 더 살다가 죽을걸…… 어쩌구 육장 이런 소리를 하곤 하기는 합니다.

물론 그것이 천지의 공도(公道)요 하니까 사실도 사실이겠지만, 윤직원 영감은 비록 말은 그렇게 할값에, 마음은 결단코 앞으로 한 십 년 고거나 더 살고서 죽고 싶진 않습니다.

절대로 영생불사…… 진시황과 같이 간절하게 영생불사를 하고 싶습니다.

윤직원 영감이 재산을 고이고이 지키면서 더욱더욱 늘리고, 일변 양반을 만들어내고자 군수와 경찰서장을 양성하고 하는 것은, 진시황으로 치면 오랑캐를 막아 진나라를 보전하기 위해 만리장성(萬里長城)을 쌓던 역사적이요 세계적인 그 토목 사업과 다름없는 역사적인 정신적 토목 사업입니다.

만리의 장성을 높이 쌓아, 나라를 천지로 더불어 길이길이 지키고, 나는 불사약을 먹어 이 나라의 주재자로 이 영광을 무궁토록 누리고…… 하자던 진시황과, 만석꾼의 가산을 더욱 늘려가면서 천지로 더불어 길이길이 지키고, 양반을 만들어 가문을 빛내되, 나는 오줌을 먹고 보건체조를 하고 보약을 먹고 하여, 이 집안의 가장으로 이 영광을 무궁토록 누리고 하자는 윤직원 영감과, 그 둘은 조금도 서로 다를 바가 없는 것입니다.

그럭저럭 여덟시가 되자, 윤직원 영감은 안으로 들어가서 조반을 자시고 나와, 다시 그럭저럭 아홉시가 되었습니다.

하늘은 씻은 듯이 맑고 햇볕은 양기롭습니다. 정히 좋은 날이요, 윤직원 영감한테는 그새와 마찬가지나, 새로이 행복된 오늘입니다. 오후쯤 해서는 올챙이와 말이 얼린 수형 조건으로 오천구백오십 원을 주고서 칠천 원짜리 수형을 받아, 천오십 원의 이익을 볼 테니, 그중 백오 원은 구문으로 올챙이를 주더라도 구백사십오 원이고 본즉, 오늘도 벌이가 쏠쏠하여 기쁘고.

그런데 오늘은 또 춘심이와 다 이러쿵저러쿵하게 될 날이어서, 이를테면 특집 호화판(特輯豪華版)입니다.

행복과 만족까지는 모르겠어도, 윤직원 영감 이외의 다른 식구들도, 죄다 평온무사한 것만은 적실합니다.

태식이는 골목 구멍가게에 나가서 맘껏 오마께를 뽑고 사 먹고 하니, 무사태평을 지나 오히려 행복이고.

경손이는 간밤에 춘심으로 더불어 랑데부를 하면서, 이 원 돈을 유흥하던 추억에 싸여 시방 학과에도 여념이 없는 중이고.

서울아씨는 『추월색』을 일찌감치 들고 누웠으니, 오만 시름 다

잊었고……

　뒤채의 두 동서는 바느질에 여념이 없는 중, 박 씨는 남편 종수가 오늘은 집에를 들어오겠지야고 안심코 기다리고……

　고 씨는 새벽 세시가 지나 술이 얼큰해 들어오더니 여태 태평몽이고……

　동소문 밖 ××원 별장에서는 종수가 배반(杯盤)이 낭자한 요리상 앞에 기생들과 병호로 더불어 역시 태평몽이고……

　옥화는 간밤의 일이 좀 걸리기는 하지만, 뭘 집 한 채와 패물과 또 현금으로 이삼천 원 뭉뚱그렸으니, 발설이 되어 윤 주사와 떨어져도 그다지 섭섭할 건 없다고 안심이고.

　윤 주사는 도합 사천오백 원을 마작으로 폈으나 오천 원도 채 못 되는 것, 술 사 먹은 폭만 대면 고만이라고 새벽녘에야 든 잠이 시방 한밤중이요, 자고 있으니까 동경서 온 그 전보의 사단도 걱정을 잊었고……

　다아 이렇습니다. 그렇고 다시 윤직원 영감은……

　윤직원 영감은 오정 때에 오라고 한 춘심이를 어째 다뿍 늘어지게 오정 때에 오라고 했던고. 또 제 아범이 앓는다고 불려 갔으니 혹시 못 오기나 하면 어찌하노 해서, 바야흐로 등이 다는 참인데, 웬걸 아홉시 치는 소리가 때앵땡 나자 고년이 씨근이버어근 해뜩빤뜩 달려들지를 않는다구요!

　어떻게도 반가운지! 윤직원 영감은 앞 미닫이를 더럭 열면서 뛰어나오기라도 할 듯이 엉덩이를 떠들써억, 커다란 얼굴에다가 하나 가득 웃음을 흩트립니다.

　"어서 오니라…… 아범은 앓넌다더니 인제 갱기찮어냐?"

　"내애, 인전 다 나았어요……"

춘심이는(속으로 요용용 하면서) 토방에 가 선 채 방으로 들어가려고도 않습니다.

"…… 어서 나오세요, 반지 사러 가게요……"

"헤헤헤! 그년이 잊어빼리두 안 힜네!…… 그리라, 가자! 제엔장맞일……"

"내가 그걸 잊어버려요? 밤새두룩 잠두 아니 잔걸! 아, 오정 때 오라구 허신 걸 아홉점에 왔다면 고만이지 머어…… 어서 옷 입으세요!"

"오냐. 끙……"

윤직원 영감은 뒤뚱거리고 일어서서 의관을 차립니다.

"…… 반지 파넌 가게서 쬐깐헌 여학생이 반지 찐다구 숭보면 어쩔래?"

"남이 숭보는 게 무슨 상관 있나요? 나만 좋았으면 고만이지……"

"으응 그리여잉! 그렇다면 갱기찮지!"

"갠찮기만 해요? 머……"

"오냐오냐!……"

괜히 속이 굴져서, 말이 하고 싶으니까 입을 놀리겠다요.

어제 오후 부민관의 명창 대회에 가던 때처럼, 탕건 받쳐 통영갓에, 윤이 치르르 흐르는 안팎 모시 진솔 것에 하얀 큰 버선에다가 운두 새까마니 간드러진 가죽신에, 은으로 개 대가리를 한 개화장에, 합죽선에 이렇게 차리고 처억 나섭니다.

덜씬 큰 윤선 옆에 거룻배 하나가 붙어서 가는 격이라고나 할는지, 아무튼 이 애인네 한 쌍은 이윽고 진고개 어귀에 나타났습니다.

사람마다 모두들 윤직원 영감을 한 번씩 짯짯이 보면서 지나갑니다. 더구나 때 묻은 무명 고의적삼에 지게를 짊어지고, 붉은 다리를 추어올린 요보가 아니면, 뒷짐 지고 흰 두루마기에, 어둔 얼굴에 힘없이 벌린 입에, 어릿거리는 눈으로 가게를 끼웃끼웃, 가만히 들어와서는 물건마다 한참씩 뒤적뒤적하다가 슬며시 나가 버리는 센징들만이 조선 사람인 줄 알기를 십상으로 하던 본정통 주민들은, 시방 이 윤직원 영감의 진고개 좁은 골목이 뿌드웃하게시리 우람스런 몸집이며, 위의 있고 점잖은 얼굴이며 신선 같은 차림새하며가 풍기는 양반상의 위풍에, 그만 압기라도 되는 듯 제각기 눈을 홉뜨고서 하 입을 벌립니다.

좀 심한 천착인 것 같으나, 윤직원 영감으로 해서 조선 사람에도 요보나 센징 말고 조센노 양반상이 있다는 것을 그야말로 재인식했다고 할 수가 있겠고, 따라서 윤직원 영감 자신은 그 필요는커녕 도리어 긴찮은 일로 여기는 것이지만(그렇기 때문에 애꿎이) 조선 사람을 위해 무언의 만장기염을 토한 셈이 되어버렸습니다.

앞을 서서 가던 춘심이가 초입을 조금 지나 어떤 귀금속 상점 앞에 머무르더니, 진열창 속을 파고 들여다봅니다. 제가 눈 익혀 두었던 그 칠 원 오십 전짜리 반지를 찾는 속인데, 그러나 아무리 들여다보아야 보이질 않습니다.

낙심이 되어, 어쩔꼬 하다가 무슨 생각을 했는지 윤직원 영감을 데리고 그대로 가게 안으로 들어섭니다.

"이랏샤이마세."

구경도 할 겸, 점원들이 있는 대로 대여섯 일제히 합창을 하고 나섭니다.

춘심이는 점원 하나를 상대로, 권번에서 배운 토막 일어를 이용하여, 문제의 칠 원 오십 전짜리 반지를 찾습니다.

"네에! 그건입쇼!……"

답답히 듣고 있던 점원은 척 조선말로 대응을 합니다.

"……그건 마침 다 팔렸습니다마는 그거 비슷하구두……"

점원은 부지런히 진열장을 안에서 열고, 빨갱이 파랭이 노랭이 깜쟁이, 모두 올망졸망 알룽달룽, 반지가 들이박힌 곽을 꺼내다 놓더니, 그중 빨갱이 한 놈을 뽑아 춘심이를 줍니다.

"……이것이 썩 좋습니다. 아까 말씀하시던 거보다는 훨씬 낫습니다. 뽄두 이뿌구, 돌두 빛깔이 곱구…… 네헤."

춘심이가 받아 들고 보니, 아닌 게 아니라 요전 치보다 더 이쁘고 좋아 보입니다. 다시 왼손 무명지에다가 끼어보니까는, 아주 맞춤으로 꼭 맞습니다.

"이거 사주세요."

춘심이는 정가표가 실 끝에서 아른거리는 반지를 손에 낀 채, 윤직원 영감의 코밑에다가 들이댑니다.

"그게 칠 원 오십 전이라냐? 체 참, 손복허겄다!……"

윤직원 영감은 두루마기 자락을 젖히고 염낭끈을 풀려다가, 점원을 돌아봅니다.

"……이게 칠 원 오십 전이면 너머 과허니 조깨 깎읍시다?"

"아니올시다! 이건 십 원입니다, 네헤."

"엉? 이게 십 원이여?…… 아니, 너 머시냐, 칠 원 오십 전짜리 산다더니, 십 원짜리를 골르냐?"

"그래두 그건 죄다 팔리구 없다는걸요, 머……"

"그럼 못 사겄다! 다런 디루 가던지, 이담 날 오던지 그러자!"

"난 싫여요! 이거가 꼬옥 맘에 드니깐 이거 사주세야지, 머……"

"에이! 안 될 말!"

윤직원 영감은 조그마한 걸상에서 커다란 엉덩이를 쳐듭니다.

"머, 이 원 오십 전 상관이올시다! 네헤……"

점원이 알심 있게 만류를 하던 것입니다.

"……앉으십쇼. 이게 십 원이라두 칠 원 오십 전짜리보다 갑절이나 물건이 낫습니다. 몸두 훨씬 더 굵구요, 네헤."

"그리두 여보, 원……"

"아 그리구, 할아버지께서 손녀 애기 반질 사주시자면 좀 쓸 만한 걸루, 네헤."

죽일 놈입니다. 아무리 모르고 한 소리라지만, 글쎄 애인끼리를 할아버지요 손녀 애기라고 해놓았으니, 욕치고는 이런 욕이 어디 있겠습니까?

윤직원 영감은 그렇다고, 너 이놈! 그건 무슨 고얀 소린고! 이렇게 나무랄 수도 없는 노릇, 속으로만 창피해죽겠는데, 그러나 춘심이는 되레 재미가 있다고 생글생글 웃습니다.

"난 머, 이거 꼭 사주어예지 머, 난 싫여요!"

싫다고 하니 다 의미심장한 말입니다.

"허! 거참…… 으음! 거참!"

윤직원 영감은 마지못해 도로 앉습니다. 그 두 마디의 탄성이 역시 의미가 심장합니다. 첫마디는 춘심이의 위협에 대한 항복이요, 다음 치는 할아버지와 손녀 애기가 다시금 창피하다는 소리구요.

"그리서? 꼭 그놈만 사야 헌담 말이냐?"

"내애, 해해……"

"여보, 쥔 양반?"

"네에, 헤."

"사기년 삽시다. 헌디, 좀 과허니 조깨만 드을 냅시다."

"에누린 없습니다, 네헤. 머, 십 원이라두 비싼 값이 아니올시다.
네."

"머얼 안 비싸다구 그리여! 잔말 말구서 팔 원만 받우!"

"하아, 건 안 되겠습니다. 이건 꼭 정가대루 받아두 이문이 별루
없습니다, 네…… 에 또 저어 기왕 점잖어신 어른께서 말씀하신 거
니, 이십 전만 덜해서 구 원 팔십 전에 드리지요, 네헤."

"귀년시리 시방 우넌소리 허니라구! 팔 원만 받어요. 팔 원."

"아, 이런 데 와선 그렇게 에누릴 않는 법이예요! 생선 장순 줄
아시나봐!"

춘심이가 핀잔을 주는 소립니다. 그러고 보니 윤직원 영감도, 이
년아 너는 잠자코 있지 않고서 무얼 초라니처럼 나서느냐고, 한바
탕 욕을 해야 할 텐데, 억지 춘향이가 아니라 애먼 할아버지가 되
었으니, 어떻게 손녀 애기더러 쌍스런 입잦을 놀립니까.

"야야, 그런 소리 마라! 세상으 에누리 읎넌 홍정이 어디 있다데
야? 나넌 나라에 바치넌 세전〔稅納〕두 에누리를 허넌 사람이다!"

점원은, 농담을 잘하는 재미있는 할아버지라고 빈들빈들 웃고만
있습니다.

윤직원 영감은 꿈싯꿈싯, 염낭에서 돈을 암만큼 꺼내어 조심해
서 세어보고 만져보고 또 들여다보고 하더니 별안간, 남 깜짝 놀라
게시리,

"옜소! 팔 원 오십 전이요. 나넌 인제넌 몰루……"
하고, 말과 돈을 한꺼번에 내던지고는 몸집까지 벌떡 일어섭니다.

"……가자, 인제넌 다아 되얐다, 어서 가자!"
점원은 기가 막혀서 엉거주춤, 사뭇 붙들듯 안 된다고 날뜁니다.

다시 한 시간은 넘겨 승강이를 했을 겝니다. 마구 싸우다시피 구원 십 전에 그 반지를 뺏어가지고 가게를 나오니까 열한시가 훨씬 넘었습니다.

진고개를 빠져나와 전차 정류장으로 광장을 건너가면서, 춘심이는 손에 낀 반지를 깨웃깨웃 못 견디게 좋아합니다.

"춘심아?"

"내애?"

해뜩 돌려다보고 웃으면서, 또 반지를 들여다봅니다.

"반지 사서 찌닝개 좋냐?"

"거저 그렇죠, 머……"

"저런 년 부았넝가! 이년아, 나넌 네 때민에 돈 쓰구, 망신당허구 그렸다!"

"망신은 왜요?"

"아, 그 녀석이 할아버지가 머? 손녀 애기를 어쩌구 않더냐?"

"해해, 해해해해."

"아무턴지 인제넌 내 말 듣지?"

"내애."

"흐음, 아무럼 그리야지. 저어 이따가 저녁에 에……"

"내애."

"일찌감치 오니라, 응?"

"내애."

"날 돌르먼 안 되야?"

"내애."

"꼬윽?"

"글쎄, 걱정 마세요!"

"으음."

"저어 참, 영감님?"

"왜야?"

"우리 저기 미쓰꼬시 가서, 난찌 먹구 가요?"

"난찌? 난찌란 건 또 무어다냐?"

"난찌라구, 서양 즘심 말이예요."

"서양 즘심?"

"내에, 퍽 맛이 있어요!"

"아서라! 그놈의 서양 밥, 말두 내지 마라!"

"왜요?"

"내가 그년의 것이 좋다구 히여서, 그놈의 디 무어라더냐 허넌 디를 가서, 한번 사 먹다가 돈만 내버리구 죽을 뻔히였다!"

"하하하, 어떡허다가?"

"아, 그놈의 것 꼭 소시랑을 피여논 것치름 생긴 것을 주먼서 밥을 먹으라넌구나! 허 참······"

윤직원 영감이 만약 전감이 없었다면 춘심이한테 끌려가서 그 서양 점심을 먹으라고 한바탕 진고개에 있어서의 조선 정조를 착실히 나타냈을 것이지만, 요행 그 소위 쇠스랑 펴놓은 것—포크에 대한 반감의 덕으로 작파가 되었습니다.

종로 네거리에서 춘심이를 일단 작별하면서, 또다시 두 번 세 번 다진 뒤에 계동 자택으로 돌아오니까, 마침 뒤를 쫓듯 올챙이가 수형 할인을 해 쓴다는 철물교 다리의 강 씨를 데리고 왔습니다. 대복이도 가타고 했고, 당장 칠천 원 수형을 받고 오천구백오십 원 소절수를 떼어 주었습니다. 따라 백오 원짜리를 구문으로 올챙이한테 떼어 준 것은 물론이구요.

강 씨와 올챙이를 돌려보내고 나니까, 드디어 오늘도 구백사십오 원을 벌었다는 만족에 배는 불룩 일어섭니다.

간밤에 창식이 윤 주사가 마작으로 사천오백 원을 폈고, 종수가 이천 원짜리 수형을 병호한테 야바위당했고, 이백여 원어치 요리를 먹었고, 그러고도 오래잖아 돈 이천 원을 뺏으려 올 테고 하니, 윤직원 영감이 벌었다고 좋아하는 구백여 원의 열 갑절 가까운 팔천여 원이 날아갔고, 한즉 그것은 결국 옴팡 장사요, 이를테면 만리장성의 한 귀퉁이가 좀이 먹는 것이겠는데, 그러나 윤직원 영감이야 시방 그것을 알 턱이 없던 것입니다.

다시 그리고, 이따가 저녁에 춘심이를 사랑하게 될 행복에 이르러서는 침이 흥건히 괴어 방금 뚜우 오정 소리를 듣고도 이어 점심을 먹으러 들어갈 여념이 없이 술에 취하듯 푹신 취해버렸습니다.

마침 그땝니다. 마당에서 별안간 뚜벅뚜벅 들리는 구둣소리에 무심코 미닫이의 유리 쪽으로 내다보노라니까, 웬 양복 가랭이가 펄쩍거리고 달려들지를 않는다구요!

어떻게도 놀랐는지, 벌떡 일어서서 안으로 피해 들어갈 체세를 가집니다.

요마적 양복쟁이라고는 좀처럼 찾아오는 법이 없지만, 어찌하다가 더러 찾아온다 치면 세상 그것같이 싫고 겁나는 것은 없습니다.

사람은 누구 없이 뱀을 섬뻑 만나면 대개는 깜짝 놀라 몸이 오싹해지고, 반사적으로 적의(敵意)와 경계의 자세를 취합니다.

이것은 우리의 오래오랜 조상, 즉 사전 인류(史前人類)가 파충류의 전성시대에 그들의 위협 밑에서 수백만 년을, 항상 공포와 투쟁과 경계를 하고 살아오는 동안, 그것이 어언간 한 개의 본능이 되었고, 그러한 조상의 피가 시방도 우리 인류의 몸에 흐르고 있는 때문이라고 말하는 학자가 있습니다.

그럴듯한 해석이고, 한데 윤직원 영감이 양복쟁이가 찾아오게 되면 우선 먼저 놀라 우선 먼저 피하려 드는 것도 그와 비슷한 것이라고 하겠습니다.

기미년 이후 한동안, 소위 양복청년이라는 별명을 듣는 사람들한테 그놈 새애까만 육혈포 부리 앞에 가슴패기를 겨냥 대고 앉아 혼비백산, 돈을 뺏기던 일…… 그렇게 돈 뺏기고 혼이 나고 하고서도, 다시 경찰서의 사람들한테 이실고실 참고 심문을 당하느라고 땀을 뻘뻘 흘리던 일……

지방의 유수한 명망가라고 해서 그네들과 무슨 연락이 있을 혐의는 아니었고, 범인 수사에 필요한 심문을 하던 것인데, 일 당하던 당장 혼백이 나갔던 윤직원 영감이라, 대답이 자꾸만 외착이 나곤 해서 피차에 수고로웠습니다.

치가 떨리고 이가 갈리는 게, 언제고 섬뻑 찾아드는 양복쟁이던 것입니다.

그러한 위험객 말고도, 다시 생명보험회사의 외교원……

누구나 돈냥 있는 사람은 다 겪어본 시달림이지만, 윤직원 영감도 많이 당했습니다.

하기야 윤직원 영감 당자는 나이 많으니까 가입할 자격이 없기 때문에, 가로되 자제 몫으로, 가로되 손주 몫으로, 가로되 무슨 몫으로, 이렇게 조릅니다.

윤직원 영감의 대답은 매우 신랄해서,

"게 여보! 원 아무런들 날더러 자식 손주 보험 걸어놓구서, 그것 타 돈 먹자구 그것덜 죽기 배래구 앉었으람 말이요?"

이렇습니다. 그러나 그만 소리에 퇴각할 사람들이 아니요, 찰거

머리처럼 붙어 앉아서는 쫀드옥 쫀득 졸라댑니다.

이처럼 파기증을 생으로 내주는 게 역시 불쑥 찾아오는 양복쟁이던 것입니다. 그리고 그다음이 기부를 받으러 오는 패……

대개 민간의 교육 사업이나 또는 임시임시의 빈민 혹은 이재민의 구제 사업인데, 그들이 찾아와서는 사연을 주욱 이야기한 후, 그러니 영감께서도…… 이렇게 청을 합니다.

윤직원 영감은 다 듣고 나서는, 시침 뚜욱 따고 대답입니다.

"예에! 거 다아 존 일이지요. 히여야 허구말구요…… 그런디 나넌 시방 나대루 수십 년지간 해마닥 수수백 명을 구제허구 있으닝개루, 그런 기부나 구제에넌 참예를 안 히여두 죄루 가던 않얼 티닝개루 구만둘라우!"

"네에! 거참 매우 장하십니다! 사업은 무슨 사업이신지요?"

객은 듣던 바와는 다르다고 탄복해서, 아무튼 그 사업 내용을 수인사로라도 물어볼밖에요.

"예에…… 내가 시방 한 만석가량 추수를 허우. 그러구 작인이 천 명 가까이 되지요. 그러닝개 천 명 가까운 작인덜한티다가 논을 주어서, 농사를 히여 먹구살게 허닝 게 구제허구넌 큰 구제 아니요?"

이 말에 웬만한 사람은 속으로 웃고 진작 말머리를 돌리겠지만, 좀 귀가 무딘 패는 더욱 탄복을 하여 묻습니다.

"네에! 그러면 근 천 명 되는 소작인들한테 소작료를 받지 않으시구, 논을 무료루 내주시는군요? 네에! 허어!"

"아니, 안 받으면 나넌 어떻게 허구?…… 원 참……여보 글씨, 제 논 각구 앉어서 도지〔小作料〕두 안 받구, 그냥 지여먹으라구 내주넌 그런 빙신 천치두 있다우?"

윤직원 영감은 이렇게 당당히 나무랍니다.

듣는 사람은 분반(噴飯)할 난센스나 또는 농담으로 돌리겠지만, 윤직원 영감 당자는 절대로 엄숙합니다.

지주가 소작인에게 토지를 소작으로 주는 것은 큰 선심이요, 따라서 그들을 구제하는 적선(積善)이라는 것이 윤직원 영감의 지론이던 것입니다. 윤직원 영감의 신경(神經)으로는 결코 무리가 아닙니다. 논이 나의 소유라는 결정적 주장도 크지만, 소작 경쟁이 언제고 심하여, 논 한 자리를 두고서 김 서방 최 서방 이 서방 채 서방 이렇게 여럿이, 제각기 서로 얻어 부치려고 청을 대다가는 필경 그중의 한 사람에게로 권리가 떨어지고 마는데, 김 서방이나 혹은 이 서방이나 또는 채 서방이나에게로 줄 수 있는 논을 최 서방 너를 준 것은 지주 된 내 뜻이니까, 더욱이나 내가 네게 적선을 한 것이 아니냐?⋯⋯ 이것이 윤직원 영감의 소작권(小作權)에 의(依)한 자선사업(慈善事業)의 방법론(方法論)입니다.

윤직원 영감은 그리하여 자기가 찬미하는, 가령 경찰행정 같은 그런 방면의 사업에다가 자진하여 무도장(武道場) 건축비를 기부한다든지 하는 외에는 소위 민간 측의 사업이나 구제에는 절대로 피천 한 푼 내놓질 않는 주의요, 안 할 사람인데, 번번이들 찾아와서는 졸라대고 성가시게 하고 하는 게 누군고 하면, 역시 양복쟁이던 것입니다.

이와 같이 시골서 이래로 근 이십 년 각종 양복쟁이에게 위협과 폐해와 졸경을 치르던 윤직원 영감인지라, 인류의 조상이 수백만 년 동안 파충류와 싸우고 사느라 그들을 대적하고 경계하고 하는 본능이 생겨, 그 피가 시방 우리의 몸에까지 흐르고 있듯이, 윤직원 영감도 양복쟁이라면 덮어놓고 적의(敵意)가 솟고, 덮어놓고 싫어하는 제이의 본능이 생겨졌습니다.

윤직원 영감은 그래서 방금 뚜벅거리고 달려드는 양복가래쟁이를 보자마자, 엣 뜨거라고 벌떡 일어서서 뒷문을 열고 안으로 피신을 하려는 참인데, 그러나 시기는 이미 늦어, 양복쟁이가 앞 미닫이를 연 것이 더 빨랐습니다.

화가 나서 홱 돌려다 보니까, 요행으로 낯선 양복쟁이가 아닌 게 안심은 되었지만, 속아 놀란 것이 그담에는 속이 상합니다.

"야, 이 잡어 뽑을 놈아, 지침이나 좀 허구 댕기라!……"

방금 동소문 밖 ××원 별장의, 그야말로 주지육림(酒池肉林)으로부터 돌아오는 종숩니다.

욕은, 담배 한 대 피우는 정도로 언제나 먹어두는 것, 아무렇지도 않아 하고 조부에게 절을 한 자리 꾸벅, 무릎을 꿇고 앉습니다.

"무엇 허러 또 올라왔냐?"

"볼일두 좀 있구, 그래서……"

"볼일이랑 게 별것 있간디? 매양 돈이나 뺏으러 쫓아왔지?…… 귀년시리 돈 소리 할라거던 아예 내 눈앞으 뵈지두 말구 가삐리라!"

이렇게 발등걸이를 당하고 보니, 종수는 마치 샘고누의 첫 구멍을 막힌 격이라 말문이 어디로 열릴 바를 몰라, 잠시 고개만 숙이고 대답이 없습니다.

"대체 너넌 그년의 군순지 막걸린지넌 어떻게 되넌 심이냐? 심이!……"

화가 아니 났더라도 짐짓 난 체해야 할 판, 이윽고 재떨이에 담뱃대를 땅따앙, 음성도 역정스럽던 그대로 딴 조목을 들어 지천을 합니다.

"……응? 그놈의 군수 하나 바래다가 고손자 × 패졌다. 네엔장 맞일!"

십 년 계획이라 속은 말짱하면서도, 주마가편이라니 재촉을 해, 십 년보다 더 속히 되면 속히 될수록 좋은 노릇이니까요. 그러나 이 말에서 종수는 언뜻 돈 발라낼 꾀가 생각이 났습니다.

"그건 염려 없어요. 그리잖두 이번에 그 일 때문에 겸사겸사해서……"

"응? 거 듣너니 반간 소리다!…… 그리서? 다 되았냐?"

단박 풀어져서 좋아합니다. 참으로, 애기같이 천진난만한 할아버집니다.

"오라잖어서 본관 사령은 나올려나 봐요!"

"그리여? 참말이냐?"

"네에."

"그렇다먼 작히나 좋겠냐! 그런디 그담에, 참말루 군수는 은제 되냐?"

"그건 본관이 된 댐엔, 다아 쉬어요!"

"그렇더래두 몇 해 있어야 될 것인디?"

"한 사오 년이!…… 그런데 저어……"

"응?"

"이번에 계제에 한 이천 원 좀 들여야 일이 수나롭겠어요!"

"그러면 그렇지! 그러면 그리여!……"

윤직원 영감은 펄쩍 뜁니다. 마침 옛날의 그 혼란스럽던 판임관, 그리고 그 윗길 주임관, 그들의 금테 두른 양복, 금장식한 칼, 이런 것을 손주 종수에게 입혀놓고 양반의 위풍을 떨치는 장면을 연상하면서, 비록 시방은 그러한 제복이 없어는 졌을망정 판임관이면

금테가 한 줄, 다시 주임관으로 군수가 되면 금테가 두 줄, 이렇대
서 한참 좋아하는 판인데, 밉살머리스럽게 돈소리를 내놓고 앉았
으니, 고만 정이 떨어지고, 또다시 부아가 버럭 나던 것입니다.

"……잡어 뽑을 놈! 귀년시리 돈이나 협잡질헐라닝개루, 시방
쫓아 올라와서넌, 씩둑꺽둑, 날 돌라먹을라구 그러지야? 누가 네
속 모를 줄 아냐? 글쎄 일 다아 되얐다면서 무슨 돈이 이천 원이나
드냐? 들기를……"

"지가 쓸려구 그리는 게 아니예요!"

"늬가 안 쓰구, 그러면 여산(礪山) 중놈이 쓴다냐?"

"선삿감으루 금강석 반질 하나 살려구 그래요!"

"뭐어?…… 아니 세상에 이천 원짜리 반지가 어디 있으며, 또오
있다구 치더래두, 그 사람은 그걸 손꾸락으다 찌구 베락을 맞이라
구, 이천 원짜리 반지를 사다가 슨사를 헌담 말이냐? 죽으머넌 썩
을 놈의 손꾸락으다가, 아무리 귀골이기루서니 이천 원짜리를 찌
다께, 베락 맞일 짓이 아니여! 나넌 보닝개루 구 원 십 전짜리두 버
젓허니 좋기만 허더라…… 대체 누가 조작이냐, 네 소견이냐? 누
가 시켜서 그러냐?"

"군수 영감이 그리세요. 저 거시키, 요전번 올라왔을 때 마침 지
전 씰 만났었는데, 할아버지두 잘 아시잖어요? 왜 저 총독부 내무
국에 있는 그 지전 씨!……"

"그리서?"

"구경을 나온 길인지, 부인허구 아이들을 모두 데리구 미쓰꼬시
루 들어오는 걸 만났더래요. 퍽 반가워하면서, 제 말두 묻구, 잊어
버리던 아니했노라구…… 그러면서 같이 산볼 하자구 해서 미쓰꼬
시 안을 여기저기 둘러보는데, 마침 귀금속부에 갔다가 지전 씨 부

인이 이천 원짜리 금강석 반지를 내논 것을 보더니, 퍽 가지구퍼 하더래나요? 그러니깐 지전 씨가 웃으면서, 나두 사주구는 싫어두 어디 돈이 있느냐구. 그러니깐 부인이 여간 섭섭해하는 기색이 아니더래요. 그런 때 군수 영감은, 재갸가 돈만 있었으면 담박 사서 선살 했으면, 다른 때 만 원을 들인 것보다두 생색이 더 나겠는데, 원체 재갸한테는 지닌 게 없기두 했지만 큰돈이라 생심을 못했다구……"

"그러닝개루 그걸 너더러 사서 지전 씨네 집으다가 슨사를 허라 더람 말이여?"

"네에, 마침 또 꼭지가 물러가는 눈치구 하니깐, 이 계제에 그래 됐으면 유리할 것 같다구요……"

윤직원 영감은 말없이 담배만 빽빽 빨고 있습니다. 어떻게 생각하면 정말 같기도 합니다. 또 어떻게 생각하면 종수의 야바위 같기도 합니다. 그러나 거짓말이 아닌 것을 거짓말로 잘못 넘겨짚고서, 그 벼락 맞을 선사를 않고 보면 일을 낭패시키는 것이 될 테니 차라리 속는 셈 잡고 돈을 내느니만 같지 못하겠다는 생각이 마침내 들고 말았습니다.

"모르겠다! 나는 시방 돈이래야 톡톡 털어서 천 원밖으 읎으닝개, 그놈만 갖다가 무얼 사주던지 말던지, 네 소견대루 헐라먼 히여라. 나는 모른다!"

자기 말대로 나라에 바치는 세납도 에누리를 하거든, 종수가 청구하는 운동비를 어찌 깎지 않겠습니까.

그러나 종수는 조부의 그러한 성미를 잘 알기 때문에 한 자국 더 뛰어, 천 원 소용을 이천 원으로 불렀으니 종수가 선숩니다.

윤직원 영감은 대복이를 불러, 천 원 소절수를 씌어 도장을 찍어

아주 현금으로 찾아다가 종수를 주라고 시킵니다. 그러면서 속으로, 오늘 구백사십오 원 번 것이 오십오 원 새끼까지 치어가지고 도로 나가는구나 생각하니, 매우 섭섭하고 허망했습니다.


## 15. 망진자(亡秦者)는 호야(胡也)니라

일찍이 윤직원 영감은 그의 소싯적 윤 두꺼비 시절에 자기 부친 말 대가리 윤용규가 화적의 손에 무참히 맞아 죽은 시체 옆에 서서, 노적이 불타느라고 화광이 충천한 하늘을 우러러,
"이놈의 세상, 언제나 망하려느냐?"
"우리만 빼놓고 어서 망해라!"
하고 부르짖은 적이 있겠다요.
이미 반세기(半世紀) 전, 그리고 그것은 당시의 나한테 불리한 세상에 대한 격분된 저주요 겸하여 웅장한 투쟁의 선언이었습니다.
해서 윤직원 영감은 과연 승리를 했겠다요. 그런데……

식구들은 시아버지 윤직원 영감이 보기가 싫은 건넌방 고 씨만 빼놓고, 서울아씨, 태식이, 뒤채의 두 동서, 모두 안방에 모여 종수를 맞이하는 예를 표하고, 그들의 옹위 아래 윤직원 영감과 종수는 각기 아랫목과 뒷벽 앞으로 갈라 앉았습니다. 방금 점심 밥상을 받을 참입니다.
"너 경손 애비, 부디 정신 채리라!……"
윤직원 영감이 종수더러 곰곰이 훈계를 하던 것입니다. 안식구가 있는 데라 점잖게 경손 애비지요.

"……정신을 채리야 헐 것이 늬가 암만히여두 네 아우 종학이만 못히여! 종학이는 그놈이 재주두 있고, 착실히여서, 너치름 허랑허지두 않고 그럴뿐더러 내년 내후년이머넌 대학교를 졸업허잖냐? 내후년이지?"

"네."

"그렇지? 응, 그래, 내후년이면 대학교 졸업을 허구 나와서, 삼 년이나 다직 사 년만 찌들어 나머넌 그놈은 지가 목적헌, 요새 그 목적이란 소리 잘 쓰더구나, 응? 목적…… 목적헌 경부가 되야각구서, 경찰서장이 된담 말이다! 응? 알겄어."

"네."

"그러닝개루 너두 정신을 바싹 채리각구서, 어서어서 군수가 되야야 않겄냐?…… 아, 동생 놈은 버젓한 경찰서장인디, 형 놈은 게우 군 서기를 댕기구 있담! 남부끄러서 어쩔 티여? 응?…… 아 글씨, 군수 되구 경찰서장 되구 허머넌, 느덜 좋구 느덜 호강이지 머 그 호강 날 주냐? 내가 이렇기 아등아등 잔소리를 허넌 것두 다 느덜 위히여서 그러지, 나는 파리 족통만치두 상관없어야! 알어듣냐?"

"네."

"그놈 종학이는 참말루 쓰겄어! 그놈이 어려서버텀두 워너니 나를 자별허게 따르구, 재주두 있구 착실허구, 커서두 내 말을 잘 듣구…… 내가 그놈 하나넌 꼭 믿넌다 꼭 믿어. 작년 올루 들어서 그놈이 돈을 어찌 좀 히피 쓰기는 허넝가 부더라마는, 그것두 허기사 네게다 대머는 안 쓰는 심이지. 사내자식이 너처럼 허랑허지만 말구서, 제 줏대만 실헐 양이면 돈을 좀 써두 괜찮언 법이여…… 그리서 지난달에두 오백 원 꼭 쓸디가 있다구 핀지히였길래 두말 않고 보내주었다!"

마침 이때, 마당에서 헴헴, 점잖은 밭은기침 소리가 납니다. 창식이 윤 주사가 조금 아까야 일어나서, 간밤에 동경서 온 전보 때문에 억지로 억지로 큰댁 행보를 하던 것입니다.

윤 주사는 토방으로 내려서는 아들 종수더러, 언제 왔느냐고 심상히 알은체를 하면서, 역시 토방으로 내려서는 두 며느리의 삼가로운 무언의 인사와, 마루까지만 나선 이복 누이동생 서울아씨의 입인사를 받으면서, 방으로 들어가서는 부친 윤직원 영감한테 절을 한 자리 꾸부리고서, 아들 종수한테 한 자리 절과, 이복동생 태식이한테 경례를 받은 후, 비로소 한옆으로 꿇어앉습니다.

"해가 서쪽으서 뜨겄구나?"

윤직원 영감은 아들의 이렇듯 부르지도 않은 걸음을, 더욱이나 안방에까지 들어온 것을 이상타고 꼬집는 소립니다.

"……멋 허러 오냐? 돈 달라러 오지?"

"동경서 전보가 왔는데요……"

지체를 바꾸어, 윤 주사를 점잖고 너그러운 아버지로, 윤직원 영감을 속 사납고 경망스런 어린 아들로 둘러놓았으면 꼬옥 맞겠습니다.

"동경서? 전보?"

"종학이 놈이 경시청에 붙잽혔다구요!"

"으엉?"

외치는 소리도 컸거니와 엉덩이를 꿍 찧는 바람에, 하마 방구들이 내려앉을 뻔했습니다. 모여 선 온 식구가 제가끔 정도에 따라 제각기 놀란 것은 물론이구요.

윤직원 영감은 마치 묵직한 몽치로 뒤통수를 얻어맞은 양 정신이 멍해서 입을 벌리고 눈만 휘둥그랬지, 한동안 말을 못하고 꼼짝도 않습니다.

그러다가 이윽고 으르렁거리면서 잔뜩 쪼글트리고 앉습니다.

"거, 웬 소리냐? 으응? 으응?…… 거 웬 소리여? 으응? 으응?"

"그놈 동무가 친 전본가 본데, 전보가 돼서 자세는 모르겠습니다."

윤 주사는 조끼 호주머니에서 간밤의 그 전보를 꺼내어 부친한테 올립니다. 윤직원 영감은 채듯 전보를 받아 쓰윽 들여다보더니 커다랗게 읽습니다. 물론 원문은 일문이니까 몰라보고, 윤 주사네 서사 민 서방이 번역한 그대로지요.

"종학, 사상 관계로, 경시청에 피검!……이라니? 이게 무슨 소리다냐?"

"종학이가 사상 관계로 경시청에 붙잡혔다는 뜻일 테지요!"

"사상 관계라니!"

"그놈이 사회주의에 참예를……"

"으엉?"

아까보다 더 크게 외치면서, 벌떡 뒤로 나동그라질 뻔하다가 겨우 몸을 가눕니다.

윤직원 영감은 먼저에는 몽치로 뒤통수를 얻어맞은 것같이 멍했지만, 이번에는 앉아 있는 땅이 지함을 해서 수천 길 밑으로 꺼져 내려가는 듯 정신이 아찔했습니다.

그러나 그것은 결단코 자기가 믿고 사랑하고 하는 종학이의 신상을 여겨서가 아닙니다.

윤직원 영감은 시방 종학이가 사회주의를 한다는 그 한 가지 사실이 진실로 옛날의 드세던 부랑당 패가 백 길 천 길로 침노하는 그것보다도 더 분하고, 물론 무서웠던 것입니다.

진(秦)나라를 망할 자 호(胡: 오랑캐)라는 예언을 듣고서, 변방을 막으려 만리장성을 쌓던 진 시황, 그는 진나라를 망한 자 호(胡: 오랑캐)가 아니요, 그의 자식 호해(胡亥)임을 눈으로 보지 못하고 죽었으니, 오히려 행복이라 하겠습니다.

"사회주의라니? 으응? 으응?……"

윤직원 영감은 사뭇 사람을 아무나 하나 잡아먹을 듯, 집이 떠나게 큰소리로 포효(咆哮)를 합니다.

"……으응? 그놈이 사회주의를 허다니! 으응? 그게, 참말이냐? 참말이여?"

"허긴 그놈이 작년 여름방학에 나왔을 때버틈 그런 기미가 좀 뵈긴 했어요!"

"그러머넌 참말이구나! 그러머넌 참말이여, 으응!"

윤직원 영감은 이마로 얼굴로 땀이 방울방울 배어 오릅니다.

"……그런 쳐 죽일 놈이, 깎어 죽여두 아깝잖을 놈이! 그놈이 경찰서장 허라닝개루, 생판 사회주의 허다가 뎁다 경찰서에 잽혀? 으응?…… 오사육시를 헐 놈이, 그놈이 그게 어디 당헌 것이라구 지가 사회주의를 히여? 부잣놈의 자식이 무엇이 대껴서 부랑당 패에 들어?……"

아무도 숨도 크게 쉬지 못하고, 고개를 떨어뜨리고 섰기 아니면 앉았을 뿐, 윤직원 영감이 잠깐 말을 그치자 방 안은 물을 친 듯이 조용합니다.

"……오죽이나 좋은 세상이여? 오죽이나……"

윤직원 영감은 팔을 부르걷은 주먹으로 방바닥을 땅 치면서 성난 황소가 영각을 하듯 고함을 지릅니다.

"화적패가 있너냐아? 부랑당 같은 수령(守令)들이 있너냐?……
재산이 있대야 도적놈의 것이요, 목숨은 파리 목숨 같던 말세(末
世)년 다 지내가고오…… 자 부아라, 거리거리 순사요, 골골마다
공명헌 정사(政事), 오죽이나 좋은 세상이여…… 남은 수십만 명
동병(動兵)을 히여서, 우리 조선 놈 보호히여 주니, 오죽이나 고마
운 세상이여? 으응?…… 제 것 지니고 앉아서 편안허게 살 태평
세상, 이걸 태평천하라구 허는 것이여 태평천하!…… 그런디 이런
태평천하에 태어난 부잣놈의 자식이, 더군다나 왜지 가 떵떵거리
구 편안허게 살 것이지, 어찌서 지가 세상 망쳐놀 부랑당 패에 참
섭을 헌담 말이여, 으응?"

땅 방바닥을 치면서 벌떡 일어섭니다. 그 몸짓이 어떻게도 요란
스럽고 괄괄한지, 방금 발광이 되는가 싶습니다. 아닌 게 아니라
모여 선 가권들은 방바닥 치는 소리에도 놀랐지만, 이 어른이 혹시
상성(喪性)이 되지나 않는가 하는 의구의 빛이 눈에 나타남을 가
리지 못합니다.

"……착착 깎어 죽일 놈!…… 그놈을 내가 핀지히여서, 백 년
지녁을 살리라구 헐걸! 백 년 지녁 살리라구 헐 테여…… 오냐, 그
놈을 삼천 석거리는 직분〔分財〕히여 줄라구 히였더니, 오냐, 그놈
삼천 석거리를 톡톡 팔어서, 경찰서으다가 사회주의 허는 놈 잡어
가두는 경찰서으다가 주어버릴걸! 으응, 죽일 놈!"

마지막의 으응 죽일 놈 소리는 차라리 울음소리에 가깝습니다.

"……이 태평천하에! 이 태평천하에……"

쿵쿵 발을 구르면서 마루로 나가고, 꿇어앉았던 윤 주사와 종수
도 따라 일어섭니다.

"……그놈이 만석꾼의 집 자식이, 세상 망쳐놀 사회주의 부랑당

패에 참섭을 히여, 으응, 죽일 놈! 죽일 놈!"

　연해 부르짖는 죽일 놈 소리가 차차로 사랑께로 멀리 사라집니다. 그러나 몹시 사나운 그 포효가 뒤에 처져 있는 가권들의 귀에는 어쩐지 암담한 여운이 스며들어, 가득히 어둔 얼굴들을 면면상고, 말할 바를 잊고, 몸 둘 곳을 둘러보게 합니다. 마치 장수의 주검을 만난 군졸들처럼……(大尾)

# 소설로 쓴 '친일 지주'의 사회경제사

한수영

1

한국 근대문학의 역사를 대강 100년 정도라고 한다면, 1930년대
는 첫 번째로 찾아온 '황금기'라 할 수 있다. 당시는 일제 치하여서
여전히 일정한 제약이 따르고 있었지만, 그런 와중에도 이미 청년
기를 지나 장년에 접어든 한국 근대문학은 그 나름의 성숙함과 풍
요로움을 구가할 만한 수준에 도달해 있었다. 특히 이런 성취는 소
설 분야에서 두드러졌는데, 염상섭·이기영·한설야·이태준·박태
원·이상·강경애·김남천 등 작가의 이념적 성향과 미적 취향을 불
문하고, 일일이 이름을 열거하기 어려울 만큼 많은 작가들이 풍성
한 문제작들을 발표하던 시기가 바로 이때였다. 소설의 이러한 발
전은, 문학 이론 및 비평의 발전과 나란히 진행되었으며, 리얼리즘
과 모더니즘을 포함해 다양한 소설적 실험들이 시도되었던 까닭
에, 소설의 유형도 역사소설·가족사·연대기소설·노동소설·농민

소설·풍자소설 등 매우 다양한 스펙트럼을 보여주었다. 한마디로 말해, 1930년대의 소설을 읽는 재미는 빼어나게 아름다운 봉우리를 여럿 품고 있는 깊고 높은 산을 보는 즐거움에 견줄 만하다.

병풍처럼 늘어선 1930년대 문학사의 고봉준령(高峰峻嶺) 중에서도 가장 이채로운 모습으로 우리 앞에 우뚝 서 있는 봉우리가 바로 작가 채만식(蔡萬植, 1902~1950)이라고 할 수 있다. 일찍이 엥겔스(F. Engels)는 발자크(H. de Balzac)의 소설을 두고, '혁명 이후의 프랑스 사회의 변화에 대해 그 어떤 역사학자나 경제학자, 통계학자의 글에서보다 그의 소설에서 훨씬 더 많은 것을 배웠다'는 요지의 글을 쓴 적이 있다. 발자크 소설의 리얼리즘적 성취에 관한 엥겔스의 뜨거운 애정은 널리 알려져 있거니와, 위대한 소설이 얼마나 많은 것을 일깨우고 보여줄 수 있는가를 더할 나위 없이 적실하게 표현한 말이다. 실제로 발자크 소설에는 혁명 이후의 프랑스 사람들의 욕망, 사회심리적 추이, 계급의 부침(浮沈) 따위들이 공허한 관념이 아니라, 구체적인 물질 연관을 통해, 특히 풍속과 같은 일상생활의 범주 안에서 적절히 형상화되고 있다. 이런 맥락에서 발자크의 이름값에 견줄 만한 한국 근대작가로 채만식의 오른편에 나설 만한 작가가 드물 것이다.

채만식은 어떤 근대작가보다도, 인간의 사회적 삶에서 '물질 연관'을 중요하게 생각한 작가였다. 그는 인간의 의식주에 필요한 재화의 구입과 거래, 수입과 지출, 소비에 관한 인간 욕망의 형성과 해소 등에 대해 남다른 관심을 기울였다. 이러한 작가적 개성은, 원래 그런 미학적 전제 위에서 소설을 쓸 것이라 짐작되는 사회주의 계열의 작가보다도 훨씬 주도면밀한 부분이 있다. 다소 역설적인 이야기지만, 이러저러한 논쟁이나 비평을 통해 채만식은 당대

프로문학 작가들이 제대로 '물질 연관'을 그려내지 못한다고 여러 차례 비판을 하기도 했다.

'물질 연관', 특히 돈의 흐름과 관계된 그의 관심은 개인의 영역에 머무르지 않고 사회나 역사로 확장된다. 그는 늘 사회와 역사라는 큰 지도를 놓고 돈의 행방을 추적한다. 그리고 그 돈의 흐름이 개인에서 사회로, 다시 사회에서 개인으로 어떻게 경계를 넘나들고 영향을 주고받는가를 탁월하게 분석해낸다. 그러니 그는 늘 물건값 하나도 소홀히 넘어가지 않는다. 단언하건대, 해방 전 물가나 그 변동 추이를 알고자 할 때, 그의 소설만큼 긴요한 자료는 달리 없을 것이다. 물질 연관이 반드시 '돈'으로 수렴되는 것은 아니지만, 그의 소설은 '자본'이나 '화폐'라고 말할 때의 추상성을 가볍게 뛰어넘어, '돈'을 매개로 한 사회의 구체적 일상이 어떻게 유지되는지를 손에 잡힐 듯이 또렷하게 그려 보인다.

그래서 그를 '소설로 쓴 사회경제사'의 작가라고 불러도 전혀 손색이 없다.


2


『태평천하(太平天下)』는 조선일보사가 발행하던 종합월간지 『조광(朝光)』에 1938년 1월부터 9월까지 연재되었던 장편소설이다. 그 전해에 발표했던 장편 『탁류(濁流)』와 더불어 『태평천하』는 1930년대 후반 우리 소설사의 백미(白眉)이자, 작가 채만식의 역량이 최고조에 이르렀을 때의 작품이다. 이듬해에 발표한 『금(金)의 정열』에 이르기까지 1937~1939년이 아마도 해방 전 채만식의 작품 활동 기간 중에서 가장 빛난 시기였을 것이다. 왜냐하면 그 후부터 채만식의 세계 인식에 급격한 변화가 일어났기 때문이다.

『태평천하』는 지주이자 고리대금업과 부동산 투기를 통해 부를 쌓은 윤직원이라는 부자 영감을 중심으로 그 집안의 다양한 인물들을 다룬 일종의 가족사소설 형식을 띤 작품이다. 이를테면 염상섭(廉想涉)의 『삼대(三代)』나 김남천(金南天)의 『대하(大河)』와 비슷한 구조를 지니고 있다. 한설야(韓雪野)의 『탑』이나 이기영(李箕永)의 『봄』 등을 포함하면, 1930년대에는 이러한 유형의 가족사소설이 여러 편 발표되어 소설의 하위 장르 중 하나로 자리 잡게 된다. 이처럼 3대나 4대에 걸친 가족사를 역사와 접맥시켜 다루게 된 것은, 우리 근대사를 객관적이고 총체적으로 파악할 만한 역사적 인식이 어느 정도 확보될 수 있었기 때문이다. 또한 향후 우리 민족과 사회의 변화를 고민하려면 가까운 과거의 역사를 정확하고 냉철하게 이해할 필요가 생겼기 때문이기도 하다. 1930년대 중반을 넘어서면서, 민족해방 운동의 견인차 노릇을 하던 사회주의 운동이 안팎의 여러 가지 이유로 급격히 쇠퇴하자 이러한 필요성은 더욱 커졌다.

『태평천하』 역시 외형상으로는 전형적인 가족사소설의 형태를 갖추고 있다. 소설에 등장하는 세대만 계산하면 1대인 윤용규로부터 그의 고손(高孫) 윤경손까지 무려 5대에 걸친 가계(家系)의 구성이다. 그러나 『태평천하』는 가족의 역사가 본격적으로 서술되는 장대한 서사 구도를 가지고 있는 것은 아니다. 자세히 읽어보면, 이 소설이 서술되고 있는 현재 시간은 중일전쟁이 일어난 1937년의 9월 중순 어느 날 오후부터 이튿날 아침까지 겨우 열대여섯 시간에 지나지 않는다. 이 짧은 시간 동안에 작가의 시선은 참으로 분주하게 시간과 공간의 축을 이동하면서 독자들에게 다양한 인물과 사건을 보여준다. 서술자의 시선은 역시 주인공인 윤직원에게 집중되어 있으며, 그 외의 인물들은 주변 삽화로 개입할 뿐, 각 세대가 독자적인 이야기 축을 형성하고 있지는 않다. 그 점에서, 엄밀하게 말하면『태평천하』는 가족사소설의 외형을 띠고는 있으나 본격적인 가족사소설이라고 보기는 어렵다.

소설의 주인공 윤직원의 본명은 윤두섭이다. 원래 '직원(直員)'은 향교의 직급을 이르는 말로서, 윤 영감이 고향 향교에 돈을 주고 사서 자기 이름에 훈장(勳章)처럼 갖다 붙인 것이다. 미천한 출신으로서의 콤플렉스와 벼슬에 대한 그의 욕망을 희화적으로 묘사하는 장치라고 할 수 있다. 그는 아버지(윤용규) 대에 일군 재산을 더욱 늘려 만석꾼 소리를 듣는 대지주에, 엄청난 현금 자산을 밑천으로 하여 수형(어음) 할인과 집 장사로 재산을 모은 당대의 내로라하는 부자다. 그는 고을 수령의 가렴주구(苛斂誅求)와 명화적(明火賊) 패가 날뛰던 한말(韓末)의 혼란에 견준다면 사유재산 제도를 확실히 보장해주고, 더욱이 그것을 경찰과 군대의 힘으로 철저히 보호·유지해주는 일제 강점하의 식민지 시대가 '태평천하'라고 굳건히 믿고 있다. 게다가 자신의 미천한 신분을 양반 가문과의 정략혼인을 통해 대리 보상받으려 애쓰는가 하면, 손주 둘을 각각 군수와 경찰서장으로 출세시켜 부와 권력을 세세연년 누릴 꿈에 부풀어 있다. 독립 자금을 확보하기 위해 권총을 품고 불시에 방문하는 양복쟁이만 없으면 세상 무서울 것이 없는 이 부자 노인은, 그러므로 갈데없는 친일 지주이며, 일제 강점하에서 기득권을 누리는 반(反)민족적인 인물이다.

그나마 윤직원은 이 집에서 유일하게 돈을 버는 사람이지만, 나머지 식솔들은 하나같이 윤직원의 재산에 기생하고 있는 인물들이다. 맏아들 창식은 오로지 노름과 여자에만 관심을 둔 무골호인(無骨好人)으로 집에서 가져다 쓴 돈이 수천금에 이르자 일찌감치 아버지 윤직원으로부터 금치산자(禁治産者) 선고를 받은 '내놓은 자식'이다. 그의 아들이자 윤씨 집안의 종손인 종수는 아버지보다 한 술 더 뜬다. 종수의 엽색 행각은 마침내 아버지의 애첩인 옥화와 유곽에서 맞닥뜨리고 황망히 자리를 뜨는 장면에서 절정을 이룬다. 종수의 특기 중의 하나는 할아버지의 가짜 도장으로 어음을 남발해 그것을 윤직원이 고스란히 갚도록 만드는 것이다. 자손의 일이고, 그나마 장차 군수가 될지도 모를 금지옥엽인 까닭에 윤직원은 그 빚을 고스란히 갚아주고는 있지만, 문제는 윤직원이 소작료와 수형 할인 등으로 벌어들이는 돈에 비해 종수가 쓰는 돈이 훨씬 많은 탓에, 윤직원의 대차대조표는 늘 적자를 기록한다는 데 있다. 시아버지인 윤직원과 사사건건 충돌하는 며느리 고 씨, 소박맞고 친정으로 돌아온 윤직원의 딸 서울아씨, 되바라진 증손자 경손이와 반편짜리 바보인 태식이 등, 윤씨 집안의 인물들은 하나같이 모자라거나 미욱하거나 무능력해서, 장차 윤직원이 세상을 뜨고 나면 이 많은 재산을 어떻게 갈무리해나갈지, 독자인 우리가 은근히 걱정하게 될 정도다.

잘 알려진 대로,『태평천하』는 '풍자'라는 미학적 장치를 통해 이 문제적 인물 윤직원과 그의 부패한 가족 구성원들을 마음껏 조롱하고 희화화(戲畵化)함으로써, 독자들에게 유쾌한 웃음과 미적 카타르시스를 제공한다. 풍자란 본래 미적 범주 가운데서도 '희극미'의 하위 양식에 속하는 것으로, '웃음'의 대상과 주체 사이에 가장 적대적인 관계가 형성되는 희극적 양식이다. 이를테면 희극적 양식의 하위 범주에는 풍자 외에도 해학이나 골계, 과장과 역설, 아이러니 등 여러 형태가 있는데, 풍자는 '웃음을 머금은 칼'이라는 비유도 있듯이, 대상을 향한 노골적이고 적대적인 공격 의지를 내장하고 있다. 다시 말하면, 풍자는 적어도 그저 한바탕 웃고 나면 해결될 사안을 다루는 희극적 양식은 아니라는 얘기다. 친일 지주이자 악덕 고리대금업자 '윤직원'을 우스갯거리로 만드는 주체의 공격 의지는 대단히 민족주의적이며 또한 계급적이기도 하다.

그러나 우리가 이 작품에서 좀 더 각별한 관심을 기울여야 할 대목은, 풍자가 동원되었다는 사실 자체보다도, 그것을 어떻게 미적으로 구현하고 있는가 하는 '형상화의 과정'이다. 채만식 소설 미학의 특장(特長)은 바로 여기서 비롯되고 있기 때문이다.


3


채만식은 『태평천하』에서 친일 지주 윤직원을 결코 윤리적 기준이나 소박한 민족주의의 관점에서만 그리고 있지 않다. 윤직원이 아무리 적대적 대상이라고 하더라도, 그와 그가 속한 계급의 탄생을 넓은 역사적 지평 위에서 묘사하고 있기 때문이다.

투전판을 기웃거리던 윤직원의 아버지 윤용규는 우연히 이재(理財)에 눈을 떠 200원을 밑천으로 당대에 이미 많은 토지를 손에 넣게 된다. 그러나 그의 큰 골칫거리는 뇌물 욕심에 시도 때도 없이 불러들여 '네 죄를 네가 알렷다'라고 호통 치며 치도곤(治盜棍)을 날리는 '고을 수령'과, 역시 불시에 들이닥쳐 곳간을 작살내는 '화적떼'들이다. 결국 윤용규는 화적떼의 요구를 안 들어주고 버티다가 그들의 손에 죽게 된다. 아버지의 시신을 부둥켜안고 '우리만 빼놓고 어서 망해라'라고 울부짖는 젊은 윤직원의 절규는, 봉건 학정과 무능한 한말 정부를 향한 평민 지주 계급의 처절한 원망을 담고 있기도 한 것이어서, 아무리 그가 '웃음'의 대상이라고 하더라도 마냥 웃을 수만은 없게 된다.

우리는 윤직원이 속한 이러한 계급의 이전 유형들을 문학사 가운데서 여러 명 발견할 수 있다. 가령 연암 박지원(朴趾源)의 「양반전(兩班傳)」에 나오는 정선 부자는 역사 용어를 빌려 표현하자면 전형적인 '경영형 부농'에 해당하는 인물로서, 우리도 잘 알고 있듯이 이 정선 부자의 욕망은 '경제적 지위에 걸맞은 정치적 지위를 획득하는 것'이었다. 결국 그 욕망은 이루어지지 않는데, 실패의 가장 큰 원인은 합심하여 자신들의 권력을 창출하거나 봉건 질서를 무너뜨릴 만큼 이들 계급의 힘이 강고하지 않았기 때문이다. 그런 역사적 정황을 알 턱이 없는 정선 부자는 지극히 개인적인 방식으로 '양반 직첩'을 매수하여 정치적 지위를 얻어보려고 용을 썼던 것이다.

이 「양반전」의 정선 부자가 1·2차 매매계약서에 학을 떼고 미련 없이 줄행랑을 놓은 이후, 정선 부자의 미완의 역사적 임무를 떠맡고 다시 등장한 인물이 있으니, 그가 바로 이인직(李人稙)의 소설 『은세계(銀世界)』에 등장하는 강릉 부자 최병도다. 최병도는 계급적으로 자기의 선배 격인 정선 부자에 비해서는 탁월한 역사 인식과 정치 감각을 소유하고 있었기 때문에, 개화당의 정치적 후원자가 되어 김옥균과 줄을 대고 갑신정변의 정치자금을 제공하는 등, 한결 정치적이고 계급적인 실천에 주력한다. 그러나 정선 부자와는 다른 이유와 상황에서이긴 하지만, 최병도 역시 반봉건 투쟁에

실패하고 옥사(獄死)하고 만다. '내재적 발전론'이나 '자본주의 맹
아론(萌芽論)'에 기대지 않더라도, 최소한 정선 부자와 강릉 부자 최
병도로 이어지는 이 평민 부농의 반봉건적 투쟁이 제대로 성공했
더라면 많은 것이 달라졌을 것이라 짐작할 수 있다. 최소한 윤직원
과 같은 '친일 지주'의 등장은 지켜보지 않을 수도 있었을 것이다.

선배들의 이런 눈물 어린 전사(前史)를 알 턱이 없는 윤직원으로
서는, 자신의 선배들인 정선 부자와 강릉 부자 최병도가 자신에게
어떤 역사적 숙제를 떠넘겼으며, 그것을 넘겨받아 자신이 무엇을
해야 하는지에 대해 아무것도 모른다. 다만 그로서는 체제가 무엇
이며 그것을 유지하는 주체가 누구이든 간에, 자신의 재산을 보호
해주고 공연히 오라 가라 괴롭히는 고을 수령이나 화적떼가 없는
세상이면 만사여의(萬事如意)라는 사실만 중요할 뿐이다. 그러므
로 윤직원과 같은 친일 지주는, 조선 후기부터 형성되어온 평민 부
호, 혹은 경영형 부농의 정치적 욕망이 '기형적으로 성취되는 과
정'에서 태어난 것이라고 할 수 있다. 뒤집어 말하면, 윤직원이 식
민지 시대를 '태평천하'라고 인식하는 데는, 그 나름의 계급적 이
유가 존재하고 있다는 뜻이다.

유럽의 자본주의 발달사나 시민혁명 과정에서 부르주아지가 그
랬던 것처럼, 정선 부자나 최병도로 이어지는 이 평민 부농은 반봉
건 투쟁의 주도 세력이 되어 근대사회를 열어젖히는 역사적 역할
을 맡을 수도 있는 계급이었다. 그러나 식민주의는 이들 평민 부농
계급의 역사적 소임을 완수할 기회를 원천적으로 박탈하고, 다만
그들의 정치투쟁의 이유 중의 하나였던 '사유재산 제도의 근대적
확립'이라는 부분적인 '당근'을 제공함으로써, 식민주의에 동의하
도록 만들었던 것이다. 작가는 놀라운 필치로 윤직원이라는 친일

지주의 '태평천하관(太平天下觀)'이 형성된 역사적 과정을 압축해서 보여주고 있다.

　채만식의 풍자가 단순히 희극적 효과를 불러일으키는 데 머무르지 않고 리얼리즘과 만나는 지점이 바로 이곳이라고 할 수 있다. 그는 풍자의 대상을 조롱하고 희화화하면서도, 그 대상의 형성과 계급적 이해관계 등을 '역사적 맥락' 안에 위치시킨다. 그래서 독자들은, 윤직원의 기행(奇行)과 윤리적 패덕(悖德), 그리고 박약한 민족의식을 비웃으면서도, 그것이 개인이나 특정 계급에만 귀속되는 문제가 아니라 더 비극적이고 안타까운 우리 근세사의 역사적 파행에 뿌리를 두고 있음을 이해하게 된다. 이러한 역사적 균형 감각은 「제향날」과 같은 희곡에서도 유감없이 발휘되거니와, 이것이 그의 소설 미학을 풍자라는 기법의 차원에서보다 리얼리즘이라는 방법론의 차원에서 밝혀야 할 이유이기도 한 것이다.

　더구나 풍자의 대상인 윤직원은 기본적으로 부정적 인물이긴 하지만, 마냥 밉살스러운 짓만 하는 것도 아니다. 인력거 삯을 아끼려고 인력거꾼과 흥정하는 장면이나, 버스 삯을 안 주고 무임승차할 욕심으로 거스름돈을 준비할 수 없을 만큼 큰 돈을 내 차장을 곤란하게 만드는 장면, 혹은 부민관에서 하등권을 끊고서는 1층이 아래쪽이니 거기가 하등석이 아니냐고 우기는 장면 등은, 풍신과 체모에 어울리지 않는 좀스러운 수전노의 면모를 유감없이 드러내는 대목들이지만, 다른 한편으로는 쓸데없는 돈을 낭비하지 않으려는 현실적 면모도 동시에 보여주고 있다. 어린 기생 춘심의 마음을 사기 위해 고군분투하는 '로맨스그레이'는 물론 친일 지주의 윤리적 패덕을 드러내려는 의도로 설정된 것이지만, 마냥 눈살을 찌푸리게 하지는 않는다. 그에겐 어쩔 수 없는 귀여운(?) 면모가 있는 것이다. 최소한 윤직원에 기생하고 있는 집안의 다른 식솔들에 비하자면, 윤직원은 가장 인간다운 인물인 셈이다. 윤직원에 대해 유지하고 있는 작가의 이런 '모순적인 거리'는, 풍자의 원론적인 기율과 배치된다. 그러나 공격 대상을 단순한 '악(惡)'으로만 설정한 경우보다, 역사적 원근감과 사실성을 확보하는 데에는 더 뛰어난 효과를 낳는다.


4


  줄거리 중심으로 채만식의 소설을 읽는 것은, 그의 소설이 주는 재미와 즐거움을 반밖에 누리지 않는 것이라 할 수 있다. 그것은 앞서 얘기한 것처럼, 그의 소설이 플롯의 공교(工巧)함만이 아니라, 치밀한 세부 묘사에서도 장인(匠人)다운 재주를 발휘하고 있기 때문이다. 예컨대 이 소설에서 묘사되고 있는 다양한 풍속사적 자료와 식민지 시대의 일상 풍경에 주의를 기울이지 않으면 『태평천하』의 흥미는 반감되고 만다. 만 하루가 되지 않는 짧은 시간을 다루면서, 작가는 독자인 우리의 시선을 명창 이동백이 공연하는 부민관으로, 종로의 전차와 버스 안으로, 일인(日人) 상점이 늘어선 쇼핑가 진고개로, 여학생 창녀를 살 수 있는 관철동 뒷골목으로, 밤새 마작판이 벌어지는 부잣집 사랑방으로 부지런히 끌고 다닌다. 그 과정에서 우리는 1930년대 후반의 인력거 삯이 얼마인지, 시내의 버스 요금과 전차 요금이 얼마인지, 판소리 공연장의 귀빈석과 일반석의 가격이 어떻게 다른지를 상세히 알게 된다.
  이를테면 윤직원 영감의 유일한 취미인 라디오 듣기 대목에서,

우리는 당시 쓸 만한 라디오 한 대가 17원이었으며 오늘날의 텔레비전 시청료에 해당하는 라디오 청취료가 한 달에 1원 했다는 '물가 정보'를 입수하게 된다. 계동에서 광화문까지 가는 버스 요금은 5전(이 돈을 안 내려고 윤직원은 10원짜리 지폐를 내놓는다. 지금의 가치로 환산하면 당시의 1전은 지금의 100원 정도에 해당하므로, 윤직원 영감은 버스 요금이 500원인데 10만 원짜리 수표를 낸 것과 같다고 보면 된다), 부민관의 판소리 공연 입장료는 하등석이 50전, 상등석(오늘날의 귀빈석)은 그 세 배인 150전.

『탁류』의 미두장(米豆場)이나 『금의 정열』의 금광 열풍이 모두 그러하듯이, 채만식은 어떤 작가보다도 예민하고 날카로운 촉수(觸手)를 드리우고, 당대의 모순이 집약된 자본주의의 일상적 시공간을 묘파한다. 이 덕분에 독자들은 소설을 읽어나가는 동안, 우리가 살고 있는 지금 여기로부터 무려 70년이나 아득히 떨어져 있는 1930년대를 마치 눈앞에 있는 것처럼 생생하게 경험하게 된다.

한 가지 흥미로운 것은, 소설을 찬찬히 읽어나가다 보면 윤직원 일가의 경제적 몰락이 재산의 출납 과정에서 저절로 예견된다는 사실이다. 흔히들 소설 마지막에 종학의 피검(被檢) 소식을 듣고 윤직원이 절규하는 장면을 두고 윤직원의 몰락을 상징하는 대목이라고 해석하지만, 이것은 윤직원의 '기대'가 일그러진 데서 오는 충격의 표현일 뿐, 그의 경제적 몰락과 직접 연결되는 사건이라고 하기는 어렵다. 정작 문제는 윤직원의 수입과 지출에 상당한 차이가 발생하고 있다는 데서 생긴다. 윤직원의 주 수입은 대토지 소유자로서 소작인들로부터 거두어들이는 소작료, 그리고 막강한 현금 동원력을 바탕으로 운영하고 있는 수형 할인(오늘날의 어음 할인에 해당한다) 등에서 생기는 소득이다.

그런데 소설의 시간인 1937년 9월 어느 날의 하루치 대차대조표만 들여다보더라도, 윤직원이 벌어들인 돈은 7,000원 액면의 수형을 5,950원에 할인해주고, 105원은 구전으로 떼 준 나머지 945원이 전부인데, 그날 하루에만도 맏아들 창식이 밤새 노름으로 날린 돈이 4,500원, 손주 종수가 가짜 도장을 찍어 발행한 수형 2,000원에 밤새 먹은 술값 200원, 그리고 새로 뜯어 간 돈 1,000원, 도합 7,700원의 지출이 생겼다. 이런 추세라면 만석꾼이라고 하더라도 수지 타산을 맞추기가 곧 어려워질 수밖에 없다. 더구나 윤직원은 자신이 소유한 토지와 화폐를 산업 자본으로 전환할 만한 능력도 계획도 없는 인물이어서, 그의 재산과 치부책(致富策)이 언제까지 유효할 수 있을지 알기 어렵다.

5

채만식 소설의 가장 큰 미덕은 식민지 자본주의의 부정적인 면을 누구보다도 핍진하게 그려내고 있다는 점이다. 그가 자본주의 체제에 적의(敵意)를 감추지 않는 이유는 무엇보다도 이 체제가 인간에게 잠재된 이기적 욕망을 무한대로 증폭시킨다는 점 때문이었다. 따라서 채만식 소설에 등장하는 대부분의 인물은 자본주의가 부추기는 욕망의 무한 질주에 속절없이 '노예'가 되는 인물들이다. 이 욕망은 비단 돈이나 물질에 관한 것뿐 아니라, 육체적 욕망을 포함한 인간의 모든 욕망을 망라하고 있다. 『탁류』의 고태수나 꼽추 장형보, 박제호, 탑삭부리 한 참봉, 초봉 아비 정 주사 등이 모두 그런 반열에 속하는 인물이며, 『금의 정열』에 나오는 강화아씨,

해주댁, 박윤식, 현씨 일가, 민 변호사 등이 또 그러하다. 이들은 선의에서든 악의에서든, 또는 자의든 타의든 이익 추구의 자유가 무한히 보장된 자본주의의 '룰(rule)'을 지배하려다 오히려 그 '룰'에 지배당하면서 비참하게 파멸한다. 그의 소설에 대부분 부정적인 인물이 등장하는 까닭이 여기에 있다.

그의 소설에 등장하는 지식인들은 이 자본주의 체제의 부정성에 저항하면서 가까스로 버티는 '정신적 존재'들이다. 그러나 그 저항은 늘 힘들고 때로는 무기력하다. 그 무기력함을 견디지 못하고, 작가는 때로 풍자의 화살을 적(敵)이 아니라 자신이 속한 지식인 계급 내부를 향해 겨누기도 한다. 단편 「레디메이드 인생」이나 「소망」 「명일(明日)」 등이 모두 이런 계열의 자기 풍자 소설들이다.

그러므로 『탁류』의 계봉이나 남승재 등은 그의 소설에서 드물게 만나는 긍정적 인물들이다. 최소한 이들은 자본주의가 부추기는 무한 욕망에서 벗어나기 위해 애쓰며, 그럴 만한 정신적 건강을 유지하고 있기 때문이다. 『태평천하』의 마지막에 전보의 주인공으로 등장하는 종학 역시 초봉이나 승재의 계보에 속하는 인물이라고 할 수 있을 것이다. 작가가 제시하는 서사적 정보에 의해, 독자인 우리는 그가 사회주의에 관심이 많고 그런 사상운동에 관여하다가 체포되었다는 사실을 알 수 있다. 그러나 종학의 세대, 혹은 종학이 몸담은 사회주의 운동이 윤직원의 '태평천하'를 무너뜨릴 것이라는 기대는 섣부르다. 종학이라는 인물의 소설 속 비중 자체가 그다지 크지 않기 때문이다.

좀 더 우리의 주목을 이끄는 각별한 대상은 바로 종학의 이념인 사회주의다. 이 사회주의는 종학의 이념이기도 하지만, 자본주의의 속악함을 비판하는 작가 채만식의 정신적 언덕이기도 하다. 그는 비록 카프(KAPF, 조선프롤레타리아예술가동맹)라는 단체에 몸담은 적도 없고, 사상 단체에 가입해 실천 운동에 뛰어든 적도 없지만, 시종일관 사회주의에 대해 강한 친연성(親緣性)을 보여주었다. 한 가지 흥미로운 것은, 사회주의 사상에 대한 그의 큰 관심에 비해, 소설 속에 등장하는 사회주의자는 그다지 긍정적으로 그려지지 않는다는 점이다. 매우 모순적으로 들리겠지만, 그의 소설들을 훑어보면, 채만식은 사회주의 사상을 지지한 만큼 사회주의 운동가들을 신뢰한 것 같지는 않다. 자본주의의 폐해와 부정성을 누구보다도 탁월하게 그릴 수 있었던 그가, 자본주의 체제를 극복할 대안, 혹은 그 몫을 담당할 인물들을 소설 속에서 성공적으로 형상화하지 못한 것은 이 때문이다.

그러나 문학사의 맥락에서 볼 때 채만식의 이러한 특징은 반드시 부정적인 평가를 내릴 사안은 아니다. 사회주의적 전망이 지나치게 과장되어 현실의 논리와 역사 변화의 복잡한 연관들을 섬세하게 다루지 못한 소설들에 비하면, 자본주의의 부정성을 파고든 채만식의 소설들이 훨씬 윗길에 놓일 수 있기 때문이다. 다만 그가 품었던 사회주의가 자본주의를 비판하고 부정하는 용도로서만 의미 있는 것일 뿐, 실제의 역사 변화를 추동하는 이념으로까지 승화되지 못한 한계는 지적해둘 필요가 있다.


6


그의 소설 미학에서 결코 빼놓을 수 없는 또 하나의 개성은 전통 문학과의 연관성이라고 할 수 있다. 우리 근대문학의 역사는 100년

남짓한 짧은 전통 위에 서 있다. 그나마 많은 작가들이 전통문학에 대한 부정과 단절이 근대문학의 가장 중요한 특징이라고 생각해왔기 때문에, 주로 앞 시대 문학의 전통을 계승하기보다는 그것을 파괴하거나 해체하고 새로운 형태를 창안하는 것에 주력해왔다. 그래서 근대문학은 더욱 빈약한 상태로 시작될 수밖에 없었다.

그러므로 채만식 소설의 개성에 관해 얘기할 때, 그의 소설이 전통 서사문학의 영향과 맺고 있는 관계를 반드시 짚어야 할 것이다. 채만식의 소설 중에 많은 작품들이 판소리 사설(辭說)의 서술 양식을 훌륭하게 접목시켜 새로운 서사 기법을 구사하고 있다. 이런 시도가 가장 성공적으로 이루어진 것이 바로 『태평천하』다.

채만식이 구사한 이 새로운 서술 양식은, 화자가 작품 속에 적극적으로 개입함으로써, 근대소설 특유의 '책 읽기의 개인화'라는 고립성과 평면성을 깨트리면서 돌연 화자와 독자의 거리를 가깝게 만들고, 마치 판소리의 소리꾼이 관객을 극 속으로 이끌듯이 독자들을 이야기 속으로 몰입하게 만드는 효과를 만든다. 다시 말하자면, 근대소설의 화자가 박제화되어 단순히 서사적 정보를 매개하는 '장치'로 위축되어버렸다면, 채만식은 살아 움직이는 중개자로 되살려놓고 있는 것이다.

그는 또 소설에서 '~입니다'의 경어체와 대화체를 왕성하게 사용함으로써, 읽기와 듣기가 통합되어 있던 고소설의 문체적 특질을 근대소설에 되살려놓고 있다. 또한 풍부한 전라도 방언과 토박이말들이 그의 소설 속에 살아 숨쉬고 있어서 고유어와 방언에 형편없이 가난한 현대 독자들을 곤혹스럽게 만든다. 그러나 이것은 그의 유장하고 감칠맛 나는 문장을 맛볼 능력이 없는 현대 독자의 '미맹(味盲)' 탓이지, 결코 그의 탓이 아니다.

# 7

『태평천하』는 앞서 말한 것처럼 연암의 「양반전」과 이인직의 『은
세계』에 연결되는 '지주 탄생'의 계보를 이루는 소설이다. 앞의 작
품들과 함께 읽으면, 우리는 작가 채만식의 탁월한 역사적 안목 덕
분에, 친일 지주가 어떤 과정과 조건을 통해 등장하게 되었는지,
그 역사적 맥락의 전후를 한눈에 보게 된다. 또한 그렇게 탄생한
친일 지주의 일상이 어떤 물질적 풍요와 도덕적 타락 속에서 유지
되고 있는지를 실감하게 된다. 더불어 그의 치부책(置簿冊)을 들여
다보듯이, 부호 윤씨 집안의 소상한 금전 출납을 환하게 알 수 있
다. 무려 5대에 걸친 다양한 인물들의 이야기를, 열대여섯 시간이
라는 짧은 시간에, 계동의 윤직원 집을 중심으로 이토록 압축해서
그려낼 수 있는 것은, 작가 채만식이 아니고서는 어려운 솜씨다.
윤직원과 그의 일가를 두고, 마치 탈춤판에서 말뚝이가 양반들에
게 그러하듯이 시종일관 놀리고 비아냥거리고 조롱해대는 그의 붓
끝을 따라가다 보면, 마지막에는 '윤직원과 그의 시대'를 '이해'하
게 된다. '이해'한다는 것, 이것은 용서한다거나 좋아한다는 것과는
전혀 다른 것이다. '이해'한다는 것이야말로, 대상에 대한 인식이
가져다줄 수 있는 성찰의 최대치이며, 이것이 리얼리즘의 진정한
가치라고 할 수 있다.

1940년을 넘어서면서, 한국 근대문학사의 가장 탁월한 리얼리스
트였던 채만식은 일본의 새로운 식민 지배 정책인 '신체제론'에 급
속히 기울어져, 작가로서의 명성에 흠집을 낼 뿐 아니라 그를 아끼
는 많은 독자들을 안타깝게 만든다. 그러나 그의 잘잘못을 모두 포

함하여, 우리 근대문학사에 이런 걸출한 작가가 존재했다는 사실, 그가 언제나 '역사'의 중심에서 고뇌했다는 사실, 그리고 그 모색의 하나로 지금 우리가 읽고 있는 『태평천하』라는 걸작을 썼다는 사실은, 우리가 우리 문학사를 사랑하고 아껴야 할 충분한 이유다.

韓壽永 / 동아대 국문과 교수, 문학평론가

# 재판(再版)을 내면서

이 작(作)은 일제 시절에 『삼인 장편집(三人長篇集)』이라고 하여, 다른 두 작가의 작품과 한 책에다 발행을 하였던 것을, 이번에 독립한 책자로서 중간(重刊)을 하게 된 것이다.

소위 초판 적의 것을 보면, 교정을 하였는가 의심이 날 만치 오식(誤植) 투성이요, 겸해서 복자(伏字)가 있고 하여 불쾌하기 짝이 없더니, 이번에 중간(重刊)의 기회를 얻어, 오식을 바로잡고 복자를 뒤집어놓고 하게 된 것만도, 작자로서는 적지않이 마음 후련한 노릇이다. 더욱이 표제를 제대로 고칠 수가 있는 것은 여간 다행이 아니다.

초판의 서(序)에도 쓰인 바와 같이, 애초에 『조광(朝光)』지에 연재를 하였는데, 그 제1회 분의 원고에 『천하태평춘(天下太平春)』이라고 표제를 붙여 보냈다가(송도(松都)에서 우거(寓居)하고 있을 때였다) 뒤미처 『태평천하(太平天下)』로 고치도록 기별을 한 것이, 서신은 중간에서 분실이 되고, 그대로 『천하태평춘』으로 제1회가

발표가 되었다. 할 수 없이 최종회까지 『천하태평춘』으로 연재를
하였고, 초판 때에도 병석에 누웠느라고 미처 고칠 기회와 경황을
가지지 못하였다.

　문학 작품이라는 것은, 보는 사람 따라 그 보는 초점이 다른 것이
어서, 이 작(作)에 대하여서도 가령 윤직원 영감의 그런 점잖하지
못한 행사만을 가지고, 그것이 작품의 중심 테마인 것처럼 말을 하
는 편이 없지가 아니한 모양 같으다. 그러나 그렇다고 작자로 앉아
서 독자에게 작품을 강화(講話)한다는 것도 허락지 않는 노릇, 차
라리 재주가 미급(未及)하여 만(萬) 독자에게 고루 작자의 옳은 뜻
을 전하지 못한 것이라고 스스로 부끄러이 여기기나 할 따름이다.


무자(戊子) 10월 16일
서울 여사(旅舍)에서 작자(作者)

# 상재(上梓)를 하면서 (初版 序)

　이 일 편은 지나간 1938년 잡지『조광(朝光)』의 지면을 빌어, 동 (同) 1월호부터 9월호까지 연재 발표했던 것을 이제 다시 한 편의 책자로서 간행을 하는 것이다. 그리고 집필은 그 전해 가을에 전편 (全篇)을 완료했던 것인데 그러므로 작품에 내용(內容)된 시대는 이미 과거(過去)한 1938년대에 속하는 것임을 말해둔다. 작품의 내용상 또는 발표 당시의 오교(誤校) 등으로 하여 일단 손을 대느라고 대기는 했으나 구작(舊作)을 전체적으로 수정하기는 지난(至難)한 노릇인지라 약간의 자구(字句)를 교정하는 데 그쳤을 뿐이다. 끝으로 간행에 임하여 두터운 우정과 간선(幹旋)해준 명성사(明星社)의 외우(畏友) 정래동(丁來東) 형에게 깊은 사의를 표해 마지않는다.

1940년 3월 6일

송도우거(松都寓居)에서 저자

# 채만식 연보

1902년   전북 옥구군 임피면 취산리에서 출생. 아버지 채규섭(蔡奎
        燮), 어머니 조쌍섭(趙雙燮)의 6남 3녀 중 5남. 본명 만식(萬
        植), 호 백릉(白菱), 채옹(采翁).
1910년   임피보통학교 입학.
1914년   임피보통학교 졸업.
1918년   중앙고등보통학교 입학.
1920년   8월 은선흥(殷善興)과 결혼.
1922년   3월 중앙고등보통학교 졸업, 4월 일본 와세다(早稻田)대학
        부속 제일와세다고등학원 문과에 입학.
1923년   9월 관동대지진이 일어나 일본인들이 조선인을 학살하자
        귀국. 처녀작 중편「과도기」가 검열로 인해 발표되지 못함.
1924년   와세다대학 부속 제일와세다고등학원 제적. 강화의 사립학
        교 교원으로 취직. 단편「세 길로」가 이광수(李光洙)의 추천
        으로『조선문단』에 발표됨. 큰아들 무열(武烈) 태어남.
1925년   7월『동아일보』정치부 기자로 입사. 단편「불효자식」이『조

선문단』에 추천됨.

1926년  10월 동아일보사 사직.

1927년  희곡 「가죽버선」 탈고.

1928년  둘째 아들 계열(桂烈) 태어남. 단편 「생명의 유희」 탈고.

1929년  단편 「산적」 『별건곤』에 발표.

1930년  『별건곤』에 단편 「그 뒤로」 「병조와 영복이」를, 『신소설』에
       「앙탈」 「산동이」를 발표. 희곡 「낙일」 「농촌 스케치」 「밥」 등
       을 발표.

1931년  개벽사에 입사. 희곡 「그의 가정풍경」 「미가대폭락(米價大暴
       落)」 「시님과 새장사」 「사라지는 그림자」 「간도행(間島行)」
       등과 단편 「창백한 얼굴들」 「화물자동차」, 대화소설 「조고
       마한 기업가」 외에 수필 「봄과 외투와」 「벽도화(碧桃花)에
       어린 옛 추억」 등과 평론 「평론가에 대한 작가로서의 불복」
       을 발표.

1932년  희곡 「낚시질 판의 풍파」 「감독의 아내」, 촌극 「행랑 들창에
       서 들리는 소리」 「목침 맞은 사또」 등과 단편 「농민의 회계
       보고」, 대화소설 「부촌(富村)」 등을 발표.

1933년  『조선일보』에 평론 「백 명이 한 개를 낳더라도 옳은 프로작
       품을」을 발표하고 장편 『인형의 집을 나와서』를 연재. 단편
       「팔려 간 몸」 외에 희곡 「조조(曹操)」, 수필 「길거리에서 만
       난 여자」 등과 「여자의 일생」 등의 잡문을 발표.

1934년  『신동아』에 단편 「레디메이드 인생」 발표. 서동산(徐東山)이
       란 필명으로 탐정소설 『염마(艶魔)』를 『조선일보』에 연재.
       그 외에 평론 「사이비평론 거부」 「작가로서 평론을 평론」 등
       과 희곡 「인텔리와 빈대떡」 「영웅모집」 등을 발표.

1935년  수필 「하일잡초(夏日雜草)」 「단장수삼제(斷章數三題)」와 평
       론 「나의 무력한 '펜' 한 개」를 발표.

1936년   조선일보사 사직. 형이 사는 개성시 남산동으로 이주, 창작
       에 전념. 단편「언약」「보리방아」「명일(明日)」등과 평론
       「문학인의 촉감」, 수필「여름풍경」등을 발표. 콩트「부전
       (不傳) 딱지」탈고. 희곡「심봉사」를『문장』에 발표하려다
       조선총독부의 검열로 전문 삭제당함.

1937년   『조선일보』에 장편『탁류(濁流)』를 연재. 중편「정거장 근
       처」와 단편「젖」「얼어 죽은 모나리자」「생명」등을 발표. 그
       외에 평론「극평(劇評)에 대하여」「출판문화의 위기」등과
       희곡「흘러간 고향」「제향날」, 수필「유정과 나」등을 발표.

1938년   『조광(朝光)』1~9월호에 장편『천하태평춘(天下太平春)』을
       연재. 단편「황금원(黃金怨)」탈고. 단편「치숙(痴叔)」「쑥국
       새」「이런 처지」「소망(少妄)」, 희곡「예수나 안 믿었더면」,
       평론「작가의 한계」등과「잃어버린 십 년」등 다수의 수필
       을 발표.

1939년   『매일신보』에 장편『금(金)의 정열』을 연재.『탁류』출간.
       단편「정자나무 있는 삽화」「패배자의 무덤」「반점」「남식
       이」「홍보 씨」「이런 남매」「모색」등을 발표하고「상경반절
       기(上京半折記)」를 탈고.「모방에서 창조로」「전기와 소설의
       한계」「정당한 평가」「사이비 농민소설」등 다수의 평론과
       수필을 발표.『채만식 단편집』출간.

1940년   개성에서 안양으로 이주. 장편『천하태평춘』을『태평천하』
       로 제목을 바꿔『3인 장편집』(명성사)에 수록. 단편「차 안의
       풍속」「순공(巡公) 있는 일요일」「냉동어」「혹」「회(懷)」등
       과 희곡「당랑(螳螂)의 전설」, 평론「시대를 배경하는 문학」
       「소설을 잘 씁시다」, 수필「문학을 나처럼 하여서는」등을
       발표.

1941년   5월『탁류』2판 간행. 6월 27일자로 조선총독부의 3판 발행

금지 처분을 받음. 장편『금의 정열』출간. 단편「근일」「사호일단(四號一段)」「집」「종로의 주민」「해후」「암소를 팔아서」「강 선달」「덕원이 선생」「차 중에서」「고약한 사돈」등을 발표. 그 외에 동화「왕치와 소새와 개미와」, 희곡「대낮의 주막집」을 발표. 시나리오「무장삼동(無藏三冬)」탈고. 평론「문학과 전체주의」발표.

1942년 『매일신보』에 장편『아름다운 새벽』을 연재. 단편「향수」「삽화」를 발표. 셋째 아들 병훈(炳焄) 태어남.

1943년 중편「어머니」를 조선총독부의 검열 때문에「여자의 일생」으로 제목을 바꿔 발표. 시찰기「간도행」등의 잡문 발표. 단편집『집』출간. 안양에서 광장리로 이주.

1944년 딸 영실(永實) 태어남.『매일신보』에 장편『여인전기(女人戰記)』를 연재. 중편「심봉사」발표. 단편「처자(妻子)」「선량하고 싶던 날」「실(實)의 공(功)」등을 탈고.

1945년 1월 아버지 사망. 큰아들 무열 병사. 4월 임피로 낙향. 해방 후 서울 서대문구 충정로로 이주.

1946년 단편「맹 순사」「역로(歷路)」「미스터 방」「논 이야기」등과 중편「허생전」을 발표. 단편집『제향날』출간. 임피로 다시 낙향.

1947년 어머니 사망. 넷째 아들 영훈(永焄) 태어남. 희곡「심봉사」발표. 장편『아름다운 새벽』출간. 중편「여자의 일생」을『조선대표작가전집』에 수록. 이리시 고현동으로 이주.

1948년 장편『옥낭사(玉娘祠)』탈고. 단편「처자」「낙조」「도야지」「민족의 죄인」등을 발표하고 단편「아시아의 운명」을 탈고. 미완의 장편『청류(淸流)』집필.

1949년 『탁류』3판 출간. 중편「소년은 자란다」탈고. 단편「역사(歷史)」「늙은 극동선수」, 동화「이상한 선생님」등을 발표.『협

동』에 신작 장편 『심봉사』 연재. 소설집 『잘난 사람들』 출
간. 4월 이리시 주현동으로 이주.
1950년　봄에 이리시 마동으로 이주. 6월 11일 사망. 미완성 소설
「소」를 남김.

# 낱말풀이

**가경(佳境)** 한창 재미있는 판이나 고비.

**가권(家眷)** 가장이나 가구주에게 딸린 식구.

**가긍(可矜)하다** 불쌍하고 가엾다.

**가끼가에** '고쳐 씀'이라는 뜻의 일본말. 특히 돌려줄 기일이 지난 차용 증서를 다시 고쳐 쓰는 것을 뜻함. 가키카에(かきかえ).

**가대(家垈)** 집터와 그에 딸린 논밭, 산림 따위를 통틀어 이르는 말.

**가래비째다** 가로로 벌리다.

**가렴주구(苛斂誅求)** 세금을 가혹하게 거두어들이고, 무리하게 재물을 빼앗음.

**가사(假使)** 가령. 만약.

**가속** '가속(家屬)'을 이르는 말. 식솔.

**가용(家用)** 집안 살림에 드는 비용.

**가차압(假差押)** '가압류(假押留)'의 전 용어. 민사 소송법에서, 법원이 채권자를 위하여 나중에 강제 집행을 할 목적으로 채무자의 재산을 임시로 확보하는 일.

**가축하다** 물품이나 몸가짐 따위를 알뜰히 매만져서 잘 간직하거나 거두다.

**가타고** 좋다고.

**가헌(家憲)** 한 집안의 법도나 규율. 가법(家法).

**가화(假花)** 종이, 천, 비닐 따위를 재료로 인공적으로 만든 꽃. 조화(造花).

**각(刻)하다** 나무나 돌 따위에 글이나 그림을 새기는 일.

**각다분하다** 일을 해나가기가 힘들고 고되다.

**간조(勘定)** '계산' '지불'이라는 뜻의 일본어.

**갈아세다** '갈아서다'의 사투리. 묵은 것이 나간 자리에 새것이 대신 들어서다.

**갈충머리 없다** 진득함이 없이 촐랑거리다.

**감때사납다** 사람이 억세고 사납다.

**감수(減壽)하다** 수명이 줄다.

**갓** 가장자리를 뜻하는 '가'의 사투리.

**강장술(强壯術)** 몸의 건강을 유지하고 혈기를 왕성하게 하는 비법.

**강짜** 아무런 근거나 조건도 없이 무리하게 억지로 함.

**강(講)하다** 학문이나 기술의 일정한 내용을 체계적으로 설명하여 가르치다. 강의하다.

**강화(講話)하다** 강의하듯이 쉽게 풀어서 이야기하다.

**갖추** 고루 있는 대로.

**개화장(開化杖)** 개화기에, '단장(短杖)'을 이르던 말. 개화지팡이.

**객쩍다** 행동이나 말, 생각이 쓸데없고 싱겁다.

**객초(客草)** 손님을 대접하기 위하여 마련한 담배.

**객회(客懷)** 객지에서 느끼게 되는 울적하고 쓸쓸한 느낌.

**갠소름하다** 넓이가 좁고 가느다랗다.

**거간(居間)** 사고파는 사람 사이에 들어 흥정을 붙이는 일을 직업으로 하는 사람.

**거금(距今)** 지금을 기준으로 지나간 어느 때까지 거슬러 올라가서.

**거니** 어떤 일이나 사태의 미묘한 상황이 진행되어가는 과정.

**거두잡다** 걷어잡다. 다잡다.

**거듭떠보다** '거들떠보다'의 잘못.

**거상(居喪)** '상복(喪服)'을 속되게 이르는 말.

**거상(居常)** 일상생활에서의 보통 때.

**거조(擧措)** 큰일을 저지름.

**거판지다** 몸집이 거대하고 동작이 무겁다. '거방지다'의 사투리.

**걸다** 음식 따위가 가짓수가 많고 푸짐하다.

**겡까도리(喧嘩鷄)** '싸움닭'이라는 뜻의 일본말.

**격난(激難)** 매우 심한 난관.

**겯다** 풀어지거나 자빠지지 않도록 서로 어긋매끼게 끼거나 걸치다.

**겹다** 때가 지나거나 기울어서 늦다.

**경마를 잡히다** 말고삐를 남에게 잡혀 몰고 가게 하다.

**경부(警部)** 경시의 아래, 경부보의 위에 있던 판임 경찰관.

**경상비(經常費)** 연속적으로 반복하여 지출되는 일정한 종류의 경비.

**경시청(警視廳)** 한성부와 경기도의 경찰 및 소방 업무를 맡아보던 관청.

**경위(涇渭)** 사리의 옳고 그름이나 이러하고 저러함에 대한 분별.

**경지영지(經之營之)하시니 불일성지(不日成之)라** 『맹자(孟子)』에 나오는 구절. '측량하기 시작하여 재고 만드니 며칠 만에 이룩했다'는 뜻.

**고등관(高等官)** 일제 강점기에 있었던 관리 등급의 하나.

**고보(高普)** 일제 강점기에, '고등 보통학교'를 줄여 이르던 말.

**고샅**   시골 마을의 좁은 골목길.

**고운 때**   젊은 기색.

**고원(雇員)**   관청에서 사무를 돕기 위해 두는 임시 직원.

**고의**   남자의 여름 홑바지.

**고의적삼**   여름에 입는 홑바지와 저고리.

**고의춤**   고의나 바지의 허리를 접어서 여민 사이.

**고정(孤貞)하다**   마음이 외곬으로 곧다.

**고패**   '고팽이'의 사투리. 비탈진 길의 가장 높은 곳. 어떤 일의 가장 어려운 상황.

**골패(骨牌)**   납작하고 네모진 작은 나뭇조각 32개에 각각 흰 뼈를 붙이고, 여러 가지 수효
  의 구멍을 판 노름 기구. 또는 그것으로 하는 노름.

**곰방조대**   대나무나 진흙 따위로 통을 만든 짧은 담뱃대.

**곰상스럽다**   성질이나 행동이 잘고 꼼꼼한 데가 있다.

**곱장리(長利)**   곱절로 받는 이자. 혹은 묵은 장리까지 합쳐서 받는 장리.

**곱쟁이**   '곱절'을 속되게 이르는 말.

**공교(工巧)하다**   솜씨나 꾀 따위가 재치가 있고 교묘하다.

**공골시**   공교롭게도.

**공규(空閨)**   오랫동안 남편이 없이 아내 혼자서 사는 방.

**공도(公道)**   떳떳하고 당연한 이치.

**공박(攻駁)**   남의 잘못을 몹시 따지고 공격함.

**공청(公廳)**   관가(官家)의 건물.

**과단(果斷)**   일을 딱 잘라서 결정함.

**과시(果是)**   과연.

**곽란(霍亂)**   음식이 체하여 토하고 설사하는 급성 위장병.

**괴이찮다**   그다지 이상하지 않다.

**교교(皎皎)하다**   매우 조용하다.

**구누름**   자조적으로 욕을 해대며 중얼거리는 짓.

**구로오도**   '전문가'라는 뜻의 일본어. 구로토(玄人).

**구문(口文)**   흥정을 붙여 주고 그 보수로 받는 돈.

**구변(口辯)**   언변(言辯).

**구성없다**   격에 어울리지 않다.

**구습(口習)**   입버릇. 말버릇.

**구혈**   굴(窟)의 속어. 소굴.

**국문(鞫問)**   국청(鞫廳)에서 형장(刑杖)을 가하여 중죄인(重罪人)을 신문하던 일.

**군욕질**   쓸데없는 욕질.

**군자금(軍資金)**   원래는 군사상 필요한 자금을 뜻하나, 여기선 어떤 일을 하는 데 필요한
  자금을 비유적으로 이르는 말.

**굴저하다**   굴지다. 마음이 느긋하고 만족스럽다.

굴지다　마음이 느긋하고 만족스럽다.

궂히다　죽게 하다.

귀년시리　공연히.

권면(勸勉)하다　알아듣도록 권하고 격려하여 힘쓰게 하다.

권번(券番)　일제 강점기에, 기생들의 조합을 이르던 말. 노래와 춤을 가르쳐 기생을 양성
　　하고, 기생이 요정에 나가는 것을 감독하고, 화대(花代)를 받아주는 따위의 중간 구실
　　을 하였다.

권지일(券之一)　제1권.

궐(闕)을 하다　참여해야 할 모임 따위에 빠지다.

궐식(闕食)　끼니를 거름.

귀년시리　공연히.

귀먹은 욕　당사자가 듣지 못하는 데서 하는 욕.

귀애(貴愛)하다　귀엽게 여겨 사랑하다.

귀인성(貴人性)　신분이나 지위가 높고 귀하게 될 타고난 바탕이나 성질.

귀정(歸正)　그릇되었던 일이 바른길로 돌아옴.

그대도록　그렇게.

근경(近境)　요즘의 사정.

근경속　실감. 근거.

근동(近洞)　가까운 이웃 동네.

근리(近理)하다　이치에 거의 맞다.

근지(根地)　①사물의 본바탕. ②자라온 환경과 경력을 아울러 이르는 말.

근천　어렵고 궁한 상태.

근천스럽다　보잘것없고 초라한 데가 있다.

금치산자(禁治産者)　가정 법원에서 심신 상실의 상태에 있어 자기 재산의 관리·처분을
　　금지하는 선고를 받은 사람.

급창(及唱)　조선 시대에, 군아에 속하여 원의 명령을 간접으로 받아 큰 소리로 전달하는
　　일을 맡아보던 사내종.

기국(棋局)　바둑판이나 장기판.

기색(氣塞)하다　심한 흥분이나 충격으로 호흡이 일시적으로 멎다.

기성(奇聲)　기이한 소리.

기수(幾數)　낌새.

기승(氣勝)　성미가 억척스럽고 굳세어 좀처럼 굽히지 않음. 또는 그 성미.

기위(旣爲)　이미.

기이다　어떤 일을 숨기고 바른대로 말하지 않다.

긴상　'김 씨(金氏)'를 일본식으로 일컫는 말.

긴치 않다　귀찮다. 쓸데없다.

길길이　여러 길이 될 만큼의 높이로.

272

**까리적다** 성깔을 부리는 태도가 없다.

**깨끼적삼** 안팎 솔기를 발이 얇고 성긴 깁을 써서 곱솔로 박아 지은 적삼.

**꼽꼽하다** '인색하다'의 사투리.

**끄은히** 질기도록 끈기 있게.


**나귀는 샌님만 업신여긴다** 자기에게 만만해 보이는 사람에게는 별 까닭도 없이 함부로 대하는 경우를 비유적으로 이르는 말.

**나우** 조금 많이. 정도가 조금 낮게.

**낙가(落價)** 값을 깎음.

**난장(亂杖) 맞다** 마구 얻어맞다.

**난찌** '런치'(lunch)를 일본어식으로 읽은 것.

**납뛰다** '날뛰다'의 잘못.

**낭탁(囊橐)** 주머니. 자기가 차지한 물건.

**낯꽃** 감정의 변화에 따라 얼굴에 드러나는 표시.

**내시 이 앓는 소리** 내시가 거세를 하여 가늘어진 목청으로 이앓이를 한다는 뜻으로, 맥없이 지루하게 흥얼거리는 것을 비유적으로 이르는 말.

**내용(內容)되다** 들어 있다.

**내평** 속내.

**너끔하다** '누꿈하다'의 사투리. 전염병이나 해충 따위의 퍼지는 기세가 매우 심하다가 조금 누그러져 약해지다.

**넘싯거리다** 넘성거리다. 자꾸 넘어다보다.

**네롱내롱하다** 너 나 하면서 서로 터놓고 지내다.

**노** 노상.

**노름채** 노름빚.

**노수** 노자(路資).

**노적(露積)** 곡식 따위를 한데에 수북이 쌓음. 또는 그런 물건.

**녹록(碌碌)하다** 하잘것없다. 보잘것없다. 의젓하지 않다.

**논다니** 웃음과 몸을 파는 여자를 속되게 이르는 말.

**놀맘하다** 보기 좋을 만큼 알맞게 노르스름하다. 놀면하다.

**농성(籠城)** 적에게 둘러싸여 성문을 굳게 닫고 성을 지킴.

**농엄** '농언(弄言)'의 사투리인 듯. 실없이 놀리거나 장난으로 하는 말.

**농판** '멍청이'를 뜻하는 사투리.

**농판스럽다** 분위기나 행동거지가 진지하지 못하고 장난기나 농기가 있다.

**농형(農形)** 농사가 잘되고 못된 형편. 또는 농사가 되어가는 형편.

**뇌꼴스럽다** 보기에 아니꼽고 얄미우며 못마땅한 데가 있다.

**뇌사리다** '뇌까리다'의 사투리인 듯. 불쾌하다고 생각되는 상대편의 말이나 행동, 태도에 대해 불쾌하다는 뜻을 담은 말을 거듭해서 자꾸 말하다.

눈정기(精氣)  힘차게 내쏘는 눈의 광채.

능장질  사정없이 몰아치는 매질.

능참봉(陵參奉)  조선 시대에, 능을 관리하는 일을 맡아보던 종9품 벼슬.


다들리다  맞다들리다. 정면으로 마주치거나 직접 부딪치다.

다래  예전에, 여자의 머리숱이 많아 보이도록 넣었던 딴 머리. '다리'의 사투리.

다직  기껏해야. 많아봤자.

단부랑지자(單浮浪之子)  일개 부랑자.

단산(斷産)  아이를 낳던 여자가 아이를 낳는 것을 끊음. 또는 못 낳게 됨.

단속곳  여자 속옷의 하나. 양 가랑이가 넓고 밑이 막혀 있으며 흔히 속바지 위에 덧입고
    그 위에 치마를 입는다.

단작스럽다  하는 짓이 보기에 치사하고 더러운 데가 있다.

담배씨  아주 작거나 적은 것을 비유적으로 이르는 말.

담보  겁이 없고 용감한 마음보.

담총(擔銃)  어깨에 총을 멤.

당꾸바지  발목이 좁은 군복 모양 바지. '덩꼬바지'라고도 함.

당자(當者)  바로 그 사람. 당사자.

대거리  일을 시간과 순서에 따라 교대로 바꾸어 함. 또는 그 일.

대고모(大姑母)  아버지의 고모. 고모할머니.

대끼다  ①애벌 찧은 수수나 보리 따위를 물을 조금 쳐가면서 마지막으로 깨끗이 찧다. ②두
    렵고 마음이 불안하다.

대뜰  댓돌에서 집채 쪽으로 있는 좁고 긴 벽 밖의 뜰.

대문(大文)  몇 줄이나 몇 구로 이루어진 글의 한 동강이나 단락.

대부(大父)  할아버지와 같은 항렬인 유복친 외의 남자 친척.

대장대신(大藏大臣)  일본의 재무부 장관.

대판(大阪)  일본의 '오사카'를 우리 한자음으로 읽은 이름.

대푼변  백분의 일로 치르는 변리. 일 푼의 변리.

더펄대다  들떠서 침착하지 못하고 자꾸 경솔하게 행동하다.

덕국(德國)  예전에, '독일'을 이르던 말.

덜머리  장가나 시집 갈 나이가 넘은 총각이나 처녀가 땋아 늘인 머리. 떠꺼머리.

덩지  '덩치'의 잘못.

데수기  '어깨'의 사투리.

도두베다  베개 따위를 높게 베다.

도람직하다  동글납작한 얼굴에 키가 자그마하고 몸매가 얌전하다.

도롱태  사람이 밀거나 끌게 된 간단한 나무 수레.

도서원(都書員)  서원의 우두머리.

도시(都是)  도무지.

274

**도조(賭租)** 남의 논밭을 빌려서 부치고 논밭을 빌린 대가로 해마다 내는 벼.

**독담(獨擔)** 혼자서 담당함.

**돈쨩** 종이돈 몇 장.

**돌르다** '도르다'의 사투리. 그럴듯하게 말하여 남을 속이다.

**동기(童妓)** 아직 머리를 얹지 않은 어린 기생.

**동남동녀(童男童女)** 남자 아이와 여자 아이를 아울러 이르는 말.

**동변(童便)** 12살 이하인 사내아이의 오줌. 두통, 학질, 번갈(煩渴), 해수(咳嗽), 골절상, 종창 따위에 쓴다.

**동병(動兵)** 군사를 일으킴.

**동촉하다** 통촉(洞燭)하다. 윗사람이 아랫사람의 사정이나 형편 따위를 깊이 헤아려 살피다.

**동티** 건드려서는 안 될 것을 공연히 건드려서 스스로 걱정이나 해를 입음.

**두루딱딱이** 여러모로 알맞은 모양.

**둘러놓다** 방향을 바꾸어 놓다.

**뒤를 내다** 자기의 잘못이나 약점으로 뒤에 가서 좋지 않은 일이 생길 것 같아 마음이 놓이지 않다.

**뒤지** 똥을 누고 밑을 씻어 내는 종이.

**뒷도장** 약속 어음의 뒷보증을 설 때 찍는 도장.

**뒷심** 당장은 내비치지 않으나 뒷날에 이룰 수 있는 어떤 일을 기대하는 마음.

**드리없다** 경우에 따라 변하여 일정하지 않다.

**등대(等待)다** 미리 준비하고 기다리다.

**떡심이 풀리다** 낙담하여 맥이 풀리다.

**떼마** 터무니없는 선동, 선전. 인신공격 또는 모략중상의 유언비어. '데마고기(demagogy)'의 준말.

**뚜렛뚜렛하다** 어리둥절하여 눈을 이리저리 굴리다.

**뚜쟁이** 부부가 아닌 남녀가 정을 통할 수 있도록 소개하는 사람.

**뜯이** 헌옷이나 이불을 빨아가지고 새로 만드는 일.

**띄우다** 구체적 대상을 정하지 않고 던져두다.


**ㄹ값에** 'ㄹ망정'의 사투리.

**랑데부(rendez-vous)** 특정한 시각과 장소를 정해 하는 밀회. 특히 남녀 간의 만남을 이른다.

**러시아워(rush hour)** 출퇴근이나 통학 따위로 교통이 몹시 혼잡한 시간.

**리베(Liebe)** '애인' '연인'이라는 뜻의 독일어.


**마른신** 기름으로 겯지 않은 가죽신.

**마을 나오다** 이웃에 놀러 나오다.

**마코(Macaw)** 겉에 마코앵무새가 그려져 있는, 일제 강점기에 판매되던 담배.

**만사여의(萬事如意)** 모든 일이 뜻과 같음.

**말긋말긋** 생기 있는 눈으로 말똥말똥 쳐다보는 모양.

**말치** 말눈치.

**망진자(亡秦者)는 호야(胡也)니라** '진나라를 망치는 것은 호해니라' 라는 뜻. 진나라를 망친 것은 오랑캐(胡)가 아니라 진시황의 아들인 호해(胡亥)였던 것처럼, 윤씨 집안을 망치는 것도 내부의 인물임을 암시하는 제목.

**맞상** '겸상(兼床)'의 잘못. 둘 또는 그 이상의 사람이 함께 음식을 먹을 수 있도록 차린 상.

**매** 시체에 새로 지은 옷을 입히고 이불로 싸는 소렴(小殮) 때에 시체에 수의(壽衣)를 입히고 그 위에 매는 베 헝겊.

**매삭(每朔)** 매달. 다달이.

**맥고자(麥藁子)** 밀짚이나 보릿짚으로 만들어 여름에 쓰는 모자. 위가 높고 둥글며 갓양태가 크다. 밀짚모자.

**맹인** '망인(亡人)'을 이르는 말. 생명이 끊어진 사람.

**머리를 얹다** 어린 기생이 정식으로 기생이 되어 머리를 쪽 찌다. 여자가 시집을 가다.

**머릿방** 안방 뒤에 달린 작은 방.

**머릿장** 머리맡에 놓고 물건을 넣기도 하고 ᄀ 위에 쌓기도 하는 단층으로 된 장.

**멋등그러지다** '멋들어지다'의 사투리인 듯.

**멋스리다** 말이나 행동을 꾸미어 하다.

**며리** 까닭, 필요.

**면면상고(面面相顧)** 서로 말없이 얼굴만 물끄러미 바라봄.

**명화적(明火賊)** 떼를 지어 돌아다니며 재물을 마구 빼앗는 사람들의 무리.

**「모로코」(Morocco)** 게리 쿠퍼가 주연한, 1930년 작 로맨스 영화.

**모필(毛筆)** 짐승의 털로 만든 붓.

**목아치** '모가치'의 잘못. 몫으로 돌아오는 물건.

**목족(睦族)** 동족 또는 친족끼리 화목하게 지냄.

**몸메(もんめ)** '돈쭝'이라는 뜻의 일본어.

**몽글게 먹고 가늘게 싼다** 크게 욕심을 부리지 않고 분수를 지키는 것이 옳은 일이며, 그것이 또한 편한 일이기도 하다는 말.

**몽창하다** '묵직하다'의 사투리.

**몽치** 짤막하고 단단한 몽둥이.

**무가내(無可奈)** 막무가내.

**무골호인(無骨好人)** 줏대가 없이 두루뭉술하고 순하여 남의 비위를 다 맞추는 사람.

**무너다** 이어서 맞춘 자리가 어긋나다.

**무렴(無廉)** 염치가 없음을 느껴 마음이 부끄럽고 거북함.

**무름하다** 적당하게 무르다. 또는 꽤 무르다.

**무명지(無名指)** 넷째 손가락. 약손가락.

**무색(無色)하다** 겸연쩍고 부끄럽다.

**무정지책(無情之責)** 아무 까닭 없이 하는 책망.

**묵화(墨畵)** 먹으로 그린 그림.

**문등(門燈)** 대문이나 현관문 따위에 다는 등.

**문밖** 사대문 밖.

**물고(物故)** 죄를 지은 사람이 죽음. 또는 죄를 지은 사람을 죽임.

**물역(物役)** 집을 짓는 데에 쓰는 벽돌, 기와, 모래, 흙 따위를 통틀어 이르는 말.

**미급(未及)하다** 아직 미치지 못하다.

**미꾸리** '미꾸라지'의 사투리.

**미두장(米豆場)** 현물 없이 쌀을 팔고 사는 미두꾼들이 모여 미두를 하는 곳.

**미맹(味盲)** 맛을 보는 감각에 장애가 있어 정상인이 느낄 수 있는 맛을 느끼지 못하는 병적 상태.

**미산(美山)** 사군자를 잘 그렸던 황용하(黃庸河, 1889~?)의 호.

**미상불(未嘗不)** 아닌 게 아니라 과연.

**미쓰꼬시(和信)** 현재의 신세계백화점 자리에 있었던 백화점의 이름.

**미어다 부딪다** 메어부딪다. '미다'는 '메다'의 사투리. '부딪다'는 '부딪다'의 사투리.

**미욱하다** 하는 짓이나 됨됨이가 매우 어리석고 미련하다.

**밑질기다** 한 자리에 눌어붙어서 떠날 줄 모르다.


**바람벽** 방이나 칸살의 옆을 둘러막은 둘레의 벽.

**바리** '마리'의 사투리.

**바스티유(Bastille)** 프랑스 파리에 있는 요새. 백 년 전쟁 때 파리의 방어를 위하여 쌓은 성으로, 루이 13세가 감옥으로 개조하여 정치범을 가두었다. 1789년 7월 14일에 파리 시민이 바스티유를 습격한 사건은 프랑스 혁명의 발단이 되었다.

**바이** 옛날에 의식을 진행할 때 '머리를 땅에 대어 절하고 머리를 들라'는 뜻으로 사회자가 외치던 말.

**바치다** 주접스러울 정도로 좋아하여 찾다.

**바투** 두 대상이나 물체의 사이가 썩 가깝게.

**박적** '바가지'의 사투리.

**박절(迫切)하다** 인정이 없고 쌀쌀하다.

**반상기(飯床器)** 격식을 갖추어 밥상 하나를 차리도록 만든 한 벌의 그릇.

**반이(搬移)** 짐을 날라 이사함. 또는 세간을 운반하여 집을 옮김.

**반자지** 천장에 바르는 종이.

**발** 길이의 단위. 한 발은 두 팔을 양옆으로 펴서 벌렸을 때 한쪽 손끝에서 다른 쪽 손끝까지의 길이다.

**발등걸이** 남이 하려는 일을 앞질러 먼저 함.

**발명(發明)** 죄나 잘못이 없음을 말하여 밝힘.

**밥티** 밥알.

**방구다** '방구(訪求)하다'의 사투리. 어떤 일에 쓸 사람을 널리 찾아 구하다.

**방물장수** 여자가 쓰는 화장품, 바느질 기구, 패물 따위의 물건을 팔러 다니는 여자.

**방색** 무엇을 하지 못하게 막음.

**방치** '다듬잇방망이'의 사투리.

**방통이질** 노름판 같은 데서 노름은 하지 않으면서 본 패 옆에 붙어서 잔심부름을 해주고 푼돈을 얻어서 쓰는 일.

**밭다** 시간이나 공간이 다붙어 몹시 가깝다.

**밭은기침** 병이나 버릇으로 소리도 크지 않고 힘도 그다지 들이지 않으며 자주 하는 기침.

**배갈(白干儿)** 수수를 원료로 하여 빚은, 알코올 농도 60% 내외의 중국 특산 소주. 고량주.

**배깃이** 틈이나 사이가 살그머니 벌어지는 모양.

**배내털** 배 속에서 아이가 자라날 때 돋은 털.

**배반(杯盤)** 술상에 차려 놓은 그릇.

**배채이다** 배가 채이다. 여기선 약을 올린다는 뜻임.

**백중(百中)** 음력 칠월 보름. 승려들이 재(齊)를 설(設)하여 부처를 공양하는 날.

**백통화** 구리, 아연, 니켈의 합금인 백통으로 만든 돈.

**번연하다** 어떤 일의 결과나 상태 따위가 훤하게 들여다보이듯이 분명하다. 뻔하다.

**범백(凡百)** 갖가지의 모든 것.

**범연(泛然)하다** 차근차근한 맛이 없이 데면데면하다.

**법수(法手)** 방법과 수단을 아울러 이르는 말.

**벙어리** 벙어리저금통.

**변전(邊錢)** 이자를 무는 빚돈. 변돈.

**별조** '별수'의 뜻인 듯.

**병정(兵丁)** 조방꾸니 노릇을 하는 사람을 비유적으로 이르는 말. 주로 돈 있는 사람을 따라다니며 잔시중을 들고 공짜 술을 얻어먹는다.

**병통** 깊이 뿌리박힌 잘못이나 결점.

**보교(步轎)** 사람이 메는 가마의 하나.

**보료** 솜이나 짐승의 털로 속을 넣고, 천으로 겉을 싸서 선을 두르고 곱게 꾸며, 앉는 자리에 늘 깔아두는 두툼하게 만든 요.

**보비위(補脾胃)** 남의 비위를 잘 맞춰줌. 또는 그런 비위.

**보소(譜所)** 족보를 만들기 위하여 임시로 설치한 사무소.

**보이루** 성기게 짜서 비쳐 보이는 얇고 가벼운 직물. 보일(voile).

**보캐블러리(vocabulary)** '어휘'라는 뜻의 영어. 여기선 '으레 하는 말'이란 뜻.

**보풀떨이** 앙칼스러운 짓.

**보풀스럽다** 보기에 모질고 날카로운 데가 있다.

**복명(復命)** 명령을 받고 일을 처리한 사람이 그 결과를 보고함.

**복색(服色)** 예전에, 신분이나 직업에 따라서 다르게 맞추어서 차려입던 옷의 꾸밈새와 빛깔.

**복자(伏字)** 원래는, 조판(組版)에 필요한 활자가 없을 경우에 적당한 활자를 뒤집어 꽂아

검게 박은 글자를 뜻하나, 여기선 조판 과정의 실수로 뒤집혀서 인쇄된 글자를 말함.

**본관(本官)**  견습, 고원(雇員) 및 촉탁 따위가 아닌 보통의 관직.

**본전꾼**  이웃에 놀러 가거나 사람들이 많이 모이는 자리에 언제 가도 와 있는 사람. 술자리 같은 데서 도중에 일어서지 않고 끝까지 앉아 있는 사람.

**본정(本町)**  일제강점기 행정구역의 명칭. 서울의 경우 지금의 충무로 근처에 해당한다.

**본정통(本町通)**  본정(本町).

**볼통이**  볼따구니.

**봉친(奉親)**  어버이를 받들어 모심.

**부동조(不同調)**  모두 제각각인 가락.

**부룩송아지**  아직 길들지 않은 송아지.

**부르대다**  남을 나무라기나 하는 듯이 거친 말로 야단스럽게 떠들어대다.

**부민관(府民館)**  일제 강점기에, 경성 부민의 공회당으로 사용한 건물. 지금의 세종 문화 회관 별관이다.

**부집(父執)**  아버지의 친구로 아버지와 나이가 비슷한 어른을 높여 이르는 말. '부집존장(父執尊長)'의 준말.

**북두갈고리**  북두 끝에 달린 갈고리. 북두로 마소의 등에 짐을 얼러 맬 때에 한끝을 얽어서 매게 된 것으로, 나뭇가지나 쇠뿔로 만들기도 하고 쇠고리를 사용하기도 한다.

**북지사변(北支事變)**  1937년 7월 7일에 화베이(華北)에서 일어난 제2차 중일전쟁을 이르는 말.

**분반(噴飯)**  입에 물었던 밥을 내뿜는다는 뜻으로, 웃음을 참을 수가 없음.

**분배**  '북새'의 사투리인 듯. 많은 사람들이 야단스럽게 부산을 떨며 법석이는 일.

**분변(分辨)**  어떤 일에 대하여 배려하여 마련함.

**분재(分財)**  가족이나 친척에게 재산을 나누어 줌.

**불가불(不可不)**  어쩔 수 없이.

**불고(不顧)하다**  돌아보지 않다.

**불문곡직(不問曲直)**  옳고 그름을 따지지 않음.

**불일성지(不日成之)**  며칠 안으로 이룸.

**붙일상**  남을 잘 사귀는 성질. 붙임성.

**빈대 피로 댓잎을 치다**  벽지에 대고 빈대를 눌러 죽여 그 핏자국이 대나무 잎 모양으로 나다.

**빗밋이**  '비스듬히'의 잘못.

**빠스**  베이스(bass).

**빠쓰껄**  버스 걸(bus girl). 버스 차장.

**빨병**  먹는 물을 담아 가지고 다니는 그릇.

**빨부리**  담배를 끼워서 빠는 물건. 물부리.


**사단(事端)**  사건의 단서. 또는 일의 실마리.

**사령(辭令)**  임명, 해임 따위의 인사에 관한 명령.

**사령(使令)**  조선 시대에, 각 관아에서 심부름하던 사람.

**사맥(事脈)** 일의 내력과 갈피.

**사분(私憤)** 개인의 일로 인하여 일어나는 사사로운 분노.

**사음(舍音)** 지주를 대리하여 소작권을 관리하는 사람. 마름.

**사전** '사전(死錢)'을 말하는 듯. 더 이상 통용되지 않는 돈.

**사향소합환(麝香蘇合丸)** 응급용으로 쓰이는 한약.

**살판** 무시무시하고 스산한 판. 매우 위태롭고 아슬아슬한 지경.

**삼수갑산(三水甲山)** 우리나라에서 가장 험한 산골이라 이르던 삼수와 갑산. 조선 시대에 귀양지의 하나였다.

**상거(相距)** 떨어져 있는 두 곳의 거리.

**상고(商賈)** 장사하는 사람. 장수.

**상관(相關)하다** 남자와 여자가 육체관계를 맺다.

**상노(床奴)** 밥상을 나르거나 잔심부름을 하는 어린아이.

**상량(商量)** 헤아려서 잘 생각함.

**상성(喪性)** 본래의 성질을 잃어버리고 전혀 다른 사람처럼 됨.

**상재(上梓)** 출판하기 위하여 인쇄에 붙임.

**상지(相持)** 양보하지 않고 서로 자기의 의견을 고집함.

**상평통보(常平通寶)** 조선 시대에 쓰던 엽전의 이름. 인조 11년(1633)부터 조선 후기까지 주조해 사용했다.

**상학(相學)** 사람의 얼굴이나 몸에 나타난 특징을 보고 그 사람의 운명을 알아내는 일을 연구하는 학문. 관상학, 골상학, 수상학 따위가 있다.

**상호(相好)** 원래는 '부처의 몸에 갖추어진 훌륭한 용모와 형상'을 뜻하나, 여기선 얼굴 생김을 말함.

**새수빠지다** 이치에 닿지 아니하다. 소갈머리가 없다.

**새짐승** '날짐승'의 잘못.

**색(色)** 성적 욕구를 가지는 마음.

**샘고누** 땅이나 종이 위에 말밭을 그려놓고 두 편으로 나누어 말을 많이 따거나 말 길을 막는 것을 다투는 놀이 중 하나. '十'의 네 귀를 둥근 원으로 막고 한쪽 귀를 터놓은 판에 각각 말 두 개씩을 서로 먼저 가두면 이긴다. 먼저 두는 사람이 첫수에 가두지는 못한다. 우물고누.

**샛밥** '곁두리'의 사투리. 농사꾼이나 일꾼들이 끼니 외에 참참이 먹는 음식.

**생** 생강(生薑).

**생광스럽다** 아쉬운 때에 잘 쓰게 되다.

**생수** 갑사의 하나. 천을 짠 후에 삶아서 뽀얗게 처리하지 않은 갑사. 생소갑사(生素甲紗) 또는 생소.

**생심(生心)** 어떤 일을 하려고 마음을 먹음.

**서두리** 일을 거들어주는 사람. 혹은 그런 일.

**서사(書士)** 대서(代書)나 필사(筆寫)를 직업으로 하는 사람.

서캐  이의 알.

석수(石數)  곡식을 섬으로 센 수효.

선경(仙境)  신선이 산다는 곳.

선변(先邊)  빚을 얻을 때에 본전에서 미리 떼어 내는 변리. 선이자.

선세(先稅)  미리 내는 세금.

설레  가만히 있지 않고 자꾸 움직이는 행동이나 현상.

설시(設始)하다  처음으로 설비를 베풀다.

섬뻑  어떤 일이 행하여진 후 곧바로.

섭슬리다  함께 섞여 휩쓸리다.

성명(性命)  인성(人性)과 천명(天命)을 아울러 이르는 말. '목숨'이나 '생명'을 달리 이르는 말.

세마리가 팔리다  '정신이 팔리다'의 비속어.

센징(鮮人)  일본인들이 조선인들을 일반적으로 낮추어 부르던 말.

셈들다  사물을 분별하는 슬기가 생기다.

셈평  이익을 따져보는 생각. 생활의 형편.

소간(所幹)  볼일.

소갈찌  '소갈머리'의 잘못. 마음이나 속생각을 낮잡아 이르는 말. 여기선 '심술' '짜증'을
       뜻함.

소대성(蘇大成)  고전 소설 『소대성전』의 주인공 이름으로, 잠이 몹시 많은 사람을 비유적
       으로 이르는 말.

소불하(少不下)  적게 잡아도.

소절수(小切手)  '수표'의 일본식 말.

소찡  소증(素症). 푸성귀만 너무 먹어서 고기가 먹고 싶은 증세.

소치(小癡)  조선 후기의 서화가 허련(許鍊, 1809~1892)의 호.

속내평  겉으로 드러나지 않은 속마음이나 일의 내막. 속내.

속량(贖良)  몸값을 받고 노비의 신분을 풀어 주어서 양민이 되게 하던 일.

속살  겉보기로는 모르는 실제.

속짜  알짜.

속치부(置簿)  잊지 않고 마음속에 새겨 둠.

속한(俗漢)  성품이 저속한 사람.

손맞다  함께 일하는 데 서로 보조가 맞다.

손복(損福)하다  복을 잃다.

손(損)을 보다  손해(損害)를 입다.

손치  손이 있는 쪽.

솟을대문  행랑채의 지붕보다 높이 솟게 지은 대문. 좌우의 행랑채보다 기둥을 훨씬 높이
       어 우뚝 솟게 짓는다.

송도(松都)  '개성(開城)'의 옛 이름. 고려의 수도였음.

솥글겅이  눌은밥.

**쇠천** 중국 청나라 때에 쓰던 동전인 '소전(小錢)'을 속되게 이르는 말.

**수나롭다** 무엇을 하는 데 어려움이 없이 순조롭다.

**수부귀다남자(壽富貴多男子)** 오래 살고, 부유하며, 신분이나 지위가 높고, 아들이 많음. 오복 가운데 네 가지임.

**수심가(愁心歌)** 구슬픈 가락의 서도 민요의 하나. 인생의 허무함을 한탄하는 사설로, 평양의 것이 가장 유명하다.

**수인사(修人事)** 인사를 차림.

**수합(收合)** 거두어서 합침.

**수형(手形)** '어음'의 전 용어.

**순연(順延)** 차례로 기일을 늦춤.

**순편(順便)하다** 마음이나 일의 진행 따위가 거침새가 없고 편하다.

**술** 책, 종이, 피륙 따위의 포갠 부피.

**술반** 술잔이나 술병 등을 담는 쟁반을 말하는 듯.

**숫두룸하다** 행동이 약삭빠르지 않고 숫된 데가 있다.

**승어부(勝於父)** 아버지보다 나음.

**시구문(屍口門)** 광희문의 다른 이름. 조선조에 궁궐에서 시체를 내보내던 문으로, '수구문(水口門)'이라고도 함.

**시근버근** 숨이 차서 숨소리를 거칠게 내는 모양.

**시들부들** 활기가 없고 풀이 죽은 모양.

**시비(侍婢)** 곁에서 시중을 드는 계집종.

**시쁘다** 마음에 차지 않아 시들하다. 껄렁하여 대수롭지 않다.

**시속(時俗)** 그 시대의 풍속.

**시앗** 남편의 첩.

**시운(時運)** 시대나 그때의 운수.

**시체(時體)** 그 시대의 풍습·유행을 따르거나 지식 따위를 받음. 또는 그런 풍습이나 유행.

**식경(食頃)** 밥을 먹을 동안이라는 뜻으로, 잠깐 동안을 이르는 말.

**식교자(食交子)** 온갖 반찬과 국, 밥 따위를 차려 놓은 상.

**신돈이** 신돈(辛旽, ?~1371). 고려 말기의 승려. 처첩을 거느려 자식을 낳고 주색에 빠져 비난이 높았다고 한다.

**신칙(申飭)** 단단히 타일러서 경계함.

**실골목** 좁고 가느다란 골목.

**실소(失笑)** 어처구니가 없어 저도 모르게 웃음이 툭 터져 나옴.

**실인심(失人心)** 남에게 인심을 잃음.

**심상(尋常)하다** 대수롭지 않고 예사롭다.

**심외(心外)** 생각지도 않음. 또는 그런 일.

**심청** '마음보' '심술'의 잘못.

**쌍주(雙奏)하다** 둘이 한꺼번에 연주하다.

**쌔와리다** 실없는 말을 함부로 지껄이다.

**씩둑꺽둑** 이런 말 저런 말로 쓸데없이 자꾸 지껄이는 모양.


**아라사(俄羅斯)** '러시아'의 음역어.

**아탕발림** 달콤한 말로 남의 비위를 맞추어 살살 달래는 일. 또는 그런 말. 사탕발림.

**안동(眼同)** 사람을 데리고 함께 가거나 물건을 지니고 감.

**안존(安存)하다** 아무런 탈 없이 평안하다.

**안중문** 안뜰로 들어가는 문.

**알심** 보기보다 야무진 힘.

**암마야상** '안마사'를 일본식으로 부르는 말.

**암상떨이** 남을 시기하고 샘을 잘 내는 짓.

**압기(壓氣)** 기세를 누름.

**앙똥하다** 말하는 것이나 하는 짓이 생각지 않게 조금 까다롭고 밉살스럽다.

**앙앙(怏怏)하다** 매우 마음에 차지 않거나 야속하다.

**앙연(怏然)하다** 마음에 차지 않거나 야속하다.

**애먼** 일의 결과가 다른 데로 돌아가 억울하게 느껴지는.

**야물치다** '야멸치다'의 사투리인 듯. 태도가 차고 야무지다.

**야바위 치다** 남의 눈을 속이어 좋은 것을 나쁜 것으로 바꾸다.

**약사 몽혼으로 향유적이면** 조선 시대 시인인 숙원 이씨 이옥봉(李玉峰)의 한시 「몽혼(夢魂)」에 나오는 구절. 원래 문장은 '약사몽혼행유적(若使夢魂行有跡)'이다.

**약시약시(若是若是)하다** 이러이러하다.

**알망궂다** 성질이나 태도가 괴상하고 까다로워 얄미운 데가 있다.

**양금(洋琴)** 채로 줄을 쳐서 소리를 내는 현악기의 하나. 사다리꼴의 오동나무 겹 널빤지에 받침을 세우고 놋쇠로 만든 줄을 열네 개 매어 대나무로 만든 채로 쳐서 소리를 낸다.

**양금(洋琴)채** 양금을 치는, 대나무로 만든 가늘고 연한 채. 가냘프고 고운 목소리를 이르는 말.

**양기(陽氣)롭다** 만물이 살아 움직이는 활발한 기운이 있다.

**양냥이** '입'을 속되게 이르는 말.

**양자(樣子)** 얼굴의 생긴 모양.

**양지(洋紙)** 서양에서 들여온 종이. 또는 서양식으로 만든 종이.

**어더고야** '얼씨구나'란 뜻인 듯.

**어루러기** 땀이 많은 사람의 몸에 사상균의 기생으로 생기는 피부병.

**억만고(億萬古)** 억만년 전의 옛날이라는 뜻으로, 매우 아득한 옛날이나 매우 오래된 세월을 이르는 말.

**언해(諺解)** 한문을 한글로 풀어서 씀.

**얼똥애기** 얼뚱아기. 둥둥 얼러주고 싶은 재롱스러운 아기.

**얼명주** '질이 좋지 않은 명주'를 뜻하는 듯.

**얼승낙(承諾)** 확답은 아니지만 어느 정도 긍정적인 승낙.

**얼핏** '얼른'의 사투리.

**업** 한 집안의 살림을 보호하거나 보살펴 준다고 하는 동물이나 사람. 이것이 나가면 집 안이 망한다고 한다.

**업원(業寃)** 전생에서 지은 죄로 말미암아 이승에서 받는 괴로움.

**엎어삶다** 그럴듯한 말로 남을 속이어 자기의 뜻대로 되게 하다.

**여대치다** 뺨치게 낫다. 능가하다. 더 낫다.

**여사(旅舍)** 여관(旅館).

**여산 중놈이 쓴다냐** '전연 관계없는 남이 쓰겠느냐'란 뜻.

**여새기다** 속으로 새겨두다.

**여섯점** 여섯시.

**여일(如一)하다** 처음부터 끝까지 한결같다.

**연만(年晚)하다** 나이가 아주 많다.

**연맥(緣脈)** 연줄. 이어져 있는 맥락.

**연목** '서까래'의 사투리.

**연분(年分)** 일 년 중의 어떤 때.

**연상(硯床)** 문방제구를 벌여 놓아두는 작은 책상.

**연전(年前)** 몇 해 전.

**연통(連通)** 연락하거나 기별함.

**연하다** 끊이지 않고 계속 이어지다.

**염(殮)** 죽은 사람의 몸을 씻긴 뒤에 옷을 입히고 염포로 묶는 일.

**염낭** 허리에 차는 작은 주머니의 하나.

**염량(炎凉)** 선악과 시비를 분별하는 슬기.

**영각** 소가 길게 우는 소리.

**영금** 따끔하게 겪는 곤욕.

**옘집** 여염집. 일반 백성의 살림집.

**오교(誤校)** 잘못된 교정.

**오꼼** 도드라지게 오뚝 일어서는 모양.

**오뇌(懊惱)** 뉘우쳐 한탄하고 번뇌함.

**오두** 매우 방정맞게 날뛰는 짓이나 성질. 오두발광.

**오마께** '경품'이나 '덤'을 뜻하는 일본어. 오마케(御負け).

**오사육시(誤死戮屍)** 몹시 저주하는 말로, 형벌이나 재앙을 입어 비명에 죽고 시체가 다시 목이 잘림을 뜻함.

**오식(誤植)** 잘못된 글자나 틀린 글자를 인쇄함. 또는 그런 것.

**오입(誤入)** 아내가 아닌 여자와 성관계를 가지는 일.

**오입채** 오입질을 하는 데 드는 삯. 화대(花代).

**옥사정** 옥에 갇힌 사람을 맡아 지키던 사람. 옥사쟁이.

**옭아내다** 올가미 따위를 씌워서 끌어내다.

**옴낫** 꼼짝할 만큼의 적은 여유. '옴나위'의 사투리.

**옴팡 장사** 이익을 보지 못하고 크게 밑지는 장사.

**와리(ゎり)** '할당' '배당'이라는 뜻의 일본어.

**왁살스럽다** 매우 우락부락하고 거칠거나 사납게 놀다.

**왜장치다** 쓸데없이 큰 소리로 마구 떠들다.

**왜지(倭地)** '일본'을 이르는 말.

**외교원(外交員)** 은행이나 회사에서 교섭이나 권유, 선전, 판매를 위하여 고객을 방문하는 일이 주된 업무인 사원.

**외수(外數)** 속임수.

**외우(畏友)** 아끼고 존경하는 벗.

**외착(外錯)** 착오가 생겨 서로 어그러짐.

**요량(料量)** 앞일을 잘 헤아려 생각함.

**요마적** 지나간 얼마 동안의 아주 가까운 때.

**요보** 일본인이 한국인을 낮춰 부르던 호칭.

**요외(料外)** 요량이나 생각의 밖.

**요정(了定)** 결판을 내어 끝마침.

**용(茸)** 녹용(鹿茸). 사슴뿔.

**용(庸)하다** 성질이 순하고 어리석다.

**용천배기** 문둥병, 지랄병 따위의 몹쓸 병에 걸린 사람.

**용천뱅이** 문둥병, 지랄병 따위의 몹쓸 병에 걸린 사람.

**우나다** 유별나다.

**우라가키(裏書)** '뒷받침하다' '보증서다'라는 뜻의 일본어.

**우미관(優美館)** 1910년 지어진, 한국 최초의 상설 영화관.

**우비다** 틈이나 구멍 속을 긁어내거나 도려내다.

**운덤** 운이 좋아 덤으로 생기는 소득.

**운두** 그릇이나 신 따위의 둘레나 둘레의 높이.

**워너니** '그러면 그렇지' '원체'라는 뜻의 사투리.

**원혐(怨嫌)** 못마땅하게 여겨 싫어하고 미워함.

**위경(危境)** 위태로운 처지.

**위의(威儀)** 위엄이 있고 엄숙한 태도나 차림새. 예법에 맞는 몸가짐.

**위정** '일부러'의 사투리.

**유린(蹂躪)하다** 원래는 남의 권리나 인격을 짓밟는 것을 뜻하나, 여기선 장단에 맞지 않게 추임새를 넣는다는 뜻.

**유세통** 유세를 부리는 서슬.

**육법전서(六法全書)** 온갖 법령을 다 모아서 수록한 종합 법전.

**육자배기** 남도 지방에서 부르는 잡가(雜歌)의 하나. 가락의 굴곡이 많고 활발하며 진양조 장단이다.

**육장(六場)** 한 번도 빼지 않고 늘.

**육집** 몸집.

**육혈포(六穴砲)** 탄알을 재는 구멍이 여섯 개 있는 권총.

**윤선(輪船)** 예전에, '기선(汽船)'을 이르던 말. 화륜선(火輪船).

**으수하다** '의수(依數)하다'의 사투리. 거짓으로 꾸민 것이 그럴듯하다.

**은근짜** 몰래 몸을 파는 여자를 속되게 이르는 말.

**을축갑자(乙丑甲子)** 육십갑자에서 갑자 다음에 을축이 오게 되어 있는데 을축이 먼저 왔
다는 뜻으로, 무슨 일이 제대로 되지 않고 순서가 뒤바뀜을 이르는 말.

**음양(陰陽)** 남녀의 성(性)에 관한 이치.

**음충맞다** 마음이 음흉하고 불량하다.

**의걸이** 위는 옷을 걸 수 있고, 아래는 반닫이로 된 장.

**의초** 부부 사이의 정(情).

**이동백(李東伯, 1867~1950)** 판소리 명창.

**이랏샤이마세(いらっしゃいませ)** '어서 오십시오'라는 뜻의 일본말.

**이상이다** 밉살스럽게 지껄이며 빈정거리다.

**이실고실(以實告實)** 곧이곧대로 알림.

**이재(理財)** 재산을 잘 관리함.

**이짐** 고집이나 떼.

**이통** 고집.

**인도깨비** 사람 모양을 한 도깨비.

**인도환생(人道還生)** 사람이 죽어 저승에 갔다가 이승에 다시 사람으로 태어나는 일.

**인조견(人造絹)** 사람이 만든 명주실로 짠 비단.

**일구이언(一口二言)은 이부지자(二父之子)** '한입으로 두말하면 두 아비의 자식'이라는 뜻.
말에 일관성이 없음을 꾸짖는 말.

**일도(一道)의 방백(方伯)** 한 도(道)를 관할하는 관찰사. 요즘의 '도지사'에 해당.

**일동일정(一動一靜)** 하나하나의 동정. 또는 모든 동작.

**일변(一邊)** 한편.

**일보(日步)** 날로 계산하여 일정하게 무는 이자. 날변.

**일아전쟁(日俄戰爭)** 러일전쟁. 1904년에 한반도와 만주에 대한 지배권을 둘러싸고 러시아
와 일본 사이에 일어난 전쟁.

**일언이폐지(一言以蔽之)하면** 한마디로 말해서.

**일왈(一曰)** 한편으로 일러 말하기를.

**일조(一朝)에** 하루아침에. 갑작스럽도록 짧은 사이에.

**일척(一齣)** 한 단락.

**임의롭다** 일정한 기준이나 원칙이 없어 하고 싶은 대로 할 수 있다.

**입 구구** 입으로 구구단을 외어 따져보는 짓.

**입살** 악다구니가 세거나 센 입심.

**입잣** 좋지 않은 뜻의 입짓. 입놀림.

**잇** 이부자리나 베개 따위의 거죽을 싸는 천.

**잇샅** '잇새'의 잘못. 이와 이의 사이.


**자리옷** 잠잘 때 입는 옷.

**자별(自別)하다** 친분이 남보다 특별하다.

**자심(滋甚)하다** 더욱 심하다.

**자웅(雌雄)** 암컷과 수컷.

**작파(作破)** 어떤 계획이나 일을 중도에서 그만두어 버림.

**잔나비** 원숭이. 여기선 신(申) 자가 십이지(十二支)에서 원숭이를 가리키기 때문에 그렇
게 놀린 것이다.

**잔사살** 잔사설(辭說). 쓸데없이 번거롭게 자질구레한 말을 늘어놓음. 또는 그 말.

**잔영산(靈山)** 「현악 영산회상(靈山會上)」의 셋째 곡조.

**잔주** 큰 주석 아래에 더 자세히 단 주석.

**잘겁** 뜻밖의 일에 자지러질 정도로 깜짝 놀람.

**잡도리** 아주 요란스럽게 닦달하거나 족치는 일.

**잡두리** '잡도리'의 잘못. 아주 요란스럽게 닦달하거나 족치는 일.

**장독(杖毒)** 예전에, 장형(杖刑)으로 매를 심하게 맞아 생긴 상처의 독.

**장리변(長利邊)** 돈이나 곡식을 꾸어 주고, 받을 때에는 한 해 이자로 본디 것의 절반 이상
을 받아 내는 돈놀이.

**장방(長房)** 너비보다 길이가 길고 큰 방.

**장복(長服)** 같은 약이나 음식을 오랫동안 계속해서 먹음.

**장작바리** 소나 말의 등이나 수레에 장작을 가득 실은 큰 짐.

**장혈(獐血)** 노루의 피.

**재갸** 자기.

**재리** 매우 인색한 사람을 낮잡아 이르는 말.

**재우치다** 어떤 행동이 잇따라 진행되다.

**재인(才人)** 고려·조선 시대에, 무자리 가운데에서 갈라져 나와 광대 일을 하던 사람.

**재전(在前)** 이미 지나가 버린 그때.

**재하자(在下者)** 손아랫사람.

**저어하다** 염려되거나 두려워지다.

**저혈(猪血)** 돼지의 피.

**적공(積功)** 많은 힘을 들여 애를 씀.

**적당(賊黨)** 도둑의 무리.

**전감(前鑑)** 거울로 삼을 만한 지난날의 경험이나 사실.

**전고(前古)** 지나간 옛날.

**전기(戰機)** 전투가 일어나려는 기운.

**전단(戰端)** 전쟁을 벌이게 된 실마리. 또는 전쟁의 시작.

**전장(傳掌)하다** 전임자가 후임자에게 맡아보던 일이나 물건을 넘겨서 맡기다.

**전접스럽다** 하는 짓이 보기에 매우 치사하고 더러운 데가 있다. 던적스럽다.

**전주(錢主)** 사업 밑천을 대는 사람. 혹은 빚을 준 사람.

**전중이** 징역살이하는 사람을 속되게 이르는 말.

**전통** '전동(箭筒)'의 잘못. 화살을 담아 두는 통.

**절치부심(切齒腐心)** 몹시 분하여 이를 갈며 속을 썩임.

**점진안(漸進案)** 조금씩 앞으로 나아가자는 구상.

**정랑(情郞)** 여자가 남편 이외에 정을 둔 남자.

**정모(正帽)** 정복(正服)에 갖추어 쓰는 모자.

**정상(情狀)** 딱하거나 가엾은 상태.

**제수(祭需)** 제사에 드는 여러 가지 재료. 제물.

**조간** 쪼간. 어떤 사건이나 이유.

**조랭(早冷)** 날씨가 일찍 추워짐.

**조센노 얌반상** '조선의 양반 씨'라는 뜻의 일본어.

**조촘** 망설이거나 가볍게 놀라서 갑자기 멈칫하거나 몸을 움츠리는 모양.

**졸경(卒更)을 치르다** 한동안 남에게 모진 괴로움을 당하다.

**졸략히** 절약하여.

**졸연찮다** 갑작스러워 심상치가 않다.

**종시(終是)** 끝내.

**종작하다** 대중으로 헤아려 짐작하다.

**종차(從次)** 이다음에.

**주련(柱聯)** 기둥이나 벽 따위에 장식으로 써서 붙이는 글귀로, 주로 한시의 연구(聯句)를 씀.

**주장(主掌)** 어떤 일을 책임지고 맡음.

**주제** 변변하지 못한 몰골이나 몸치장. 주제꼴.

**주종(主從)** 주인과 부하를 아울러 이르는 말.

**주지육림(酒池肉林)** 술로 연못을 이루고 고기로 숲을 이룬다는 뜻으로, 호사스러운 술잔치를 이르는 말.

**주축하다** '추축하다'의 잘못. 친구끼리 서로 오가며 사귀다.

**죽영(竹纓)** 아주 가는 댓가지를 마디마디 잘라서 실에 꿰고 그 사이에 구슬로 격자(格子)를 쳐서 만든 갓끈. 대갓끈.

**준금치산(準禁治産)** 재산의 처분이나 관리가 법에 의해 제한되는 상태인 '금치산'에 준함.

**줄창치다** 어떤 일을 쉬지 않고 잇대어 계속하다.

**중간(重刊)** 이미 펴낸 책을 거듭 간행함.

**중동** 사물의 중간이 되는 부분이나 가운데 부분.

**중판메다** 도중에 그만두다.

**지게목발**  지게 몸체의 맨 아랫부분에 있는 양쪽 다리. 지겟다리.

**지나(支那)**  '중국'을 가리키는 말.

**지나사변(支那事變)**  일본에서 중일전쟁을 이르던 말.

**지날말**  별다른 의미 없이 하는 말.

**지다**  '찌다'의 옛말.

**지딱지딱**  서둘러서 마구 일 따위를 벌이는 모양.

**지망지망**  조심성이 없고 경박하게 촐랑대는 모양.

**지중(至重)하다**  더할 수 없이 귀중하다.

**지차(之次)**  다음이나 버금. 맏이 이외의 자식들.

**지천**  '지청구'의 잘못. 꾸지람.

**지청구**  꾸지람.

**지치다**  문을 잠그지 않고 닫아만 두다.

**지함(地陷)**  땅이 움푹 가라앉아 꺼짐.

**직각(直覺)하다**  보거나 듣는 즉시 곧바로 깨닫다.

**직신거리다**  지그시 힘을 주어 자꾸 누르다.

**직원(直員)**  일제 강점기에 향교나 경학원의 직무. 또는 그 직무를 맡아 하던 사람.

**직첩(職牒)**  조정에서 내리는 벼슬아치의 임명장.

**진고개**  지금의 충무로2가.

**진솔**  가을에 다듬어 지어 입는 모시옷.

**진지리 꼽재기**  '진저리가 날 만큼 작고 더러운 물건'이라는 뜻.

**질증**  지루함이나 시달림으로 생긴, 몹시 싫어하는 생각.

**집달리(執達吏)**  '집달관(執達官)'의 옛 용어. 지방법원 및 그 지원에 소속되어 재판 결과의 집행, 법원이 발행하는 서류의 송달 사무, 기타의 사무를 맡아보는 단독제의 독립 기관. 또는 그 기관의 직원.

**집살이**  시집살이.

**짜나따나**  자나깨나.

**짜장**  과연 정말로.

**짯짯하다**  성미가 딱딱하고 깔깔하다.

**찜믿다**  '꼭 믿다'라는 뜻인 듯.


**차인(差人)**  임시 심부름꾼으로 부리는 사람. '차인꾼'의 준말.

**참례(參禮)**  예식, 제사, 전쟁 따위에 참여함.

**참섭(參涉)**  어떤 일에 끼어들어 간섭함.

**채장**  가마, 들것, 목도 따위의 앞뒤로 양옆에 대서 메거나 들게 되어 있는 긴 나무 막대기. 채.

**책가위**  책의 겉장이 상하지 않게 종이, 비닐, 헝겊 따위로 덧씌우는 일. 또는 그런 물건.

**처결(處決)하다**  결정하여 조처하다.

**천착(穿鑿)** 억지로 이치에 닿지 않는 말을 함.

**첩장인(妾丈人)** 첩의 친정아버지.

**청기와 장수** 비법이나 기술 따위를 자기만 알고 남에게는 알려 주지 않는 사람을 비유적으로 이르는 말.

**체계변(遞計邊)** 예전에, 장에서 돈을 비싼 이자로 빌려 쓰고 장날마다 본전과 이자를 얼마씩 갚던 빚돈.

**체모(體貌)** 체면.

**체세(體勢)** 몸을 가지는 자세.

**체수** 체면.

**체집** 몸집.

**체화(滯貨)** 상품 따위가 팔리지 않거나 수송이 부진하여 밀려 있음. 또는 그런 짐.

**쳇것** 명색이 그런 사람이나 물건을 이르는 말.

**초(草)를 잡다** 기초를 잡다.

**초라니** 하회 별신굿 탈놀이에 등장하는 인물의 하나. 양반의 하인으로 가볍고 방정맞은 성격을 지닌다.

**초종범절(初終凡節)** 초상을 치르는 것에 관한 모든 절차.

**추기다** 다른 사람을 꾀어서 무엇을 하도록 하다.

**추다** 다른 사람의 기분을 맞추느라 훌륭하거나 뛰어나다고 말하다.

**추럿하다** '추레하다'의 사투리. 태도 따위가 너절하고 고상하지 못하다.

**추사(秋史)** 조선 후기의 문신이자 서예가로 유명했던 김정희(金正喜, 1786~1856)의 호.

**『추월색(秋月色)』** 최찬식(崔瓚植)의 신소설. 지식층 남녀 간의 애정 문제를 잘 그려냈으며, 신교육관이나 자유 결혼관을 기존의 윤리와 대조시켜 보여주었다.

**춘궁(春窮)** 묵은 곡식은 다 떨어지고 햇곡식은 아직 익지 않아 겪는 봄철의 궁핍. 또는 그것을 겪는 시기.

**충그리다** 머물러서 웅크리고 있거나 머뭇거린다는 뜻의 사투리.

**취(取)하다** 남에게서 돈이나 물품 따위를 꾸거나 빌리다.

**취리(取利)** 돈이나 곡식을 빌려 주고 그 변리(邊利)를 받음.

**취체(取締)** 규칙, 법령, 명령 따위를 지키도록 통제함.

**치가(置家)** 첩을 얻어 따로 살림을 차림.

**치도곤(治盜棍)** 조선 시대에, 죄인의 볼기를 치는 데 쓰던 곤장.

**치부(致富)꾼** 매우 부지런하고 검소하게 생활해 부자가 된 사람.

**치산(治産)** 집안 살림살이를 잘 돌보고 다스림.

**치어나다** 똑똑하고 뛰어나다.

**치지(置之)하다** 그냥 내버려 두다.

**치지도외(置之度外)하다** 내버려 두어 문제 삼지 않다.

**칙살스럽다** 하는 짓이나 말 따위가 잘고 더러운 데가 있다.

**침모(針母)** 남의 집에 매여 바느질을 맡아 하고 일정한 품삯을 받는 여자.

**침정(沈靜)** 마음이 차분히 가라앉을 수 있을 만큼 조용함. 또는 그런 상태.

**칭원(稱寃)** 원통함을 들어서 말함.

**켯속** 일이 되어 가는 속사정.

**코티(Coty)** 화장품 회사의 이름. 혹은 그 상표.

**타관(他官)** 자기 고향이 아닌 고장.

**타다** 부끄럼이나 노여움 따위의 감정이나 간지럼 따위의 육체적 느낌을 쉽게 느끼다.

**탄하다** 남의 일을 아랑곳하여 시비하다.

**탈망(脫網)** 머리에 쓴 망건을 벗음. 탈망건(脫網巾).

**탕건(宕巾)** 벼슬아치가 갓 아래 받쳐 쓰던 관(冠)의 하나. 말총을 잘게 세워서 앞쪽은 낮고 뒤쪽은 높게 턱이 지도록 뜬다. 집 안에서는 그대로 쓰고 외출할 때는 그 위에 갓을 썼다.

**태음인(太陰人)** 사상 의학에서 네 가지로 분류한 사람의 체질 가운데 하나. 폐가 작고 간이 큰 형(型)으로, 체격은 큰 편이고 상체가 약하나 하체가 튼튼하며 성질은 꾸준하고 참을성이 있는 반면 욕심이 많은 체질이다.

**테리어(terrier)** 개 품종의 하나. 키는 20~60cm이며, 사납고 영리하며 날쌔다. 굴속에 있는 짐승을 잡는 습성이 있다. 사냥용 또는 애완용으로 기른다.

**토반(土班)** 여러 대를 이어서 그 지방에서 붙박이로 사는 양반.

**토방(土房)** 방에 들어가는 문 앞에 좀 높이 편평하게 다진 흙바닥.

**토색질** 돈이나 물건 따위를 억지로 달라고 하는 짓.

**통영갓** 경상남도 통영 지방에서 만든 갓. 또는 그런 양식으로 만든 갓. 품질이 좋고 테가 넓은 것이 특징이다.

**통인(通引)** 조선 시대에, 경기·영동 지역에서 수령(守令)의 잔심부름을 하던 구실아치.

**퇴침(退枕)** 서랍이 있는 목침. 속에는 빗과 같은 화장 도구를 넣으며 거울을 붙여 만들기도 한다.

**특약(特約)** 특별한 조건을 붙인 약속.

**파계(派系)** 같은 갈래에서 갈리어 나온 계통.

**파기증** 계약이나 약속 따위를 깨뜨려버리고 싶은 마음.

**파락호(破落戶)** 재산이나 세력이 있는 집안의 자손으로서 집안의 재산을 몽땅 털어먹는 난봉꾼을 이르는 말.

**파립(破笠)** 해어지거나 찢어져 못 쓰게 된 갓.

**파탈(擺脫)** 어떤 구속이나 예절로부터 벗어남.

**퍼근히** 다리를 뻗어 느긋하고 편안하게.

**퍼스트 임프레션(first impression)** '첫인상'이라는 뜻의 영어.

**편사(便射) 놈이 널머리 들먹거리듯** 활쏘기를 겨루는 사람이 전혀 상관없는 널에 대하여 이러쿵저러쿵한다는 뜻으로, 당치 않은 것을 들추어내서 말썽을 부린다는 말.

**편성(偏性)**  한쪽으로 치우친 성질.

**포라**  가는 심지실과 굵은 장식실을 강한 꼬임을 주어 하나로 엮어 만든 실을 사용하여 평직으로 짠 천. '포럴'(poral)의 잘못.

**포류의 질**  잎이 일찍 떨어지는 연약한 나무라는 뜻으로, 갯버들처럼 몸이 잔약하여 병이 걸리기 쉬운 체질을 이르는 말. 포류지질(蒲柳之質).

**포태(胞胎)**  아이를 뱀. 임신(妊娠).

**푸네기**  가까운 친척.

**풀기**  드러나 보이는 활발한 기운.

**풍기다**  짐승이 사방으로 흩어지다. 또는 그런 것을 흩어지게 하다.

**풍도(風度)**  풍채와 태도를 아울러 이르는 말.

**풍신(風神)**  드러나 보이는 사람의 겉모양. 풍채(風采).

**풍안(風眼)**  바람과 티끌을 막으려고 쓰는 안경.

**프로 취(臭)**  프로다운 분위기.

**피안(彼岸)**  현실적으로 존재하지 않는, 관념적으로 생각해 낸 현실 밖의 세계.

**피종**  일제 강점기에 팔린 값싼 담배의 이름.

**피천**  아주 적은 액수의 돈. 노린동전.

**필경(畢竟)**  끝장에 가서는.


**하마**  행여나 어찌하면.

**하부다이**  견직물의 일종으로, 부드러우며 윤이 나는 순백색 비단을 가리키는 일본어. 하부타에(はぶたえ).

**하회(下回)**  윗사람이 내리는 회답. 어떤 일이 있은 다음에 벌어지는 일의 형태나 결과.

**한무내하다**  아무 상관없다.

**한인(閑人)**  한가하고 일이 없는 사람.

**핥아먹다**  옳지 못한 수단으로 남의 재물을 빼앗다.

**핫길**  하등의 품질. 또는 그 품질의 물건.

**항라(亢羅)**  명주, 모시, 무명실 따위로 짠 피륙의 하나.

**항용(恒用)**  흔히 늘.

**항투(恒套)**  항상 하는 말투. 인사치레로 하는 말투.

**해망(駭妄)**  행동이 해괴하고 요망스러움. 또는 그런 행동.

**행투**  '행티'의 잘못. 심술을 부려 남을 해롭게 하는 버릇.

**행하(行下)**  심부름을 하거나 시중을 든 사람에게 주는 돈이나 물건. 놀이가 끝난 뒤에 기생이나 광대에게 주는 보수.

**향의(向意)**  마음을 기울임. 또는 그 마음.

**허겁떨이**  마음이 실하지 못하여 매우 겁을 내는 일.

**허겁스럽다**  야무지거나 당차지 못하고 겁이 많은 데가 있다.

허랑(虛浪)하다  언행이나 상황 따위가 허황하고 착실하지 못하다.

허실(虛失)하다  헛되이 잃다.

허우를 하다  상대에게 하오체의 말씨를 쓰다.

허위단심  허우적거리며 무척 애를 씀.

허천들다  '배가 몹시 고프다'는 뜻의 사투리.

허출하다  허기가 지고 출출하다.

헐하다  값이 싸다.

헤먹다  들어 있는 물건보다 공간이 넓어서 어울리지 않다.

헤멀끔하다  얼굴이 좀 희고 멀끔하다.

헷다방  헛다방. '헛일'의 속어.

현부(賢婦)  어진 며느리.

현신(現身)  아랫사람이 윗사람에게 처음으로 자신을 보임.

형장(刑杖)  예전에, 죄인을 신문할 때에 쓰던 몽둥이.

형적(形跡)  사물의 형상과 자취를 아울러 이르는 말. 또는 남은 흔적.

호리(毫釐)를 다투다  매우 적은 분량도 아껴 쓰고 아까워하다. '호리'는 자나 저울눈의 호
    와 이로, 매우 적은 분량을 비유적으로 이르는 말.

호사(好事)에 마(魔)가 붙기 쉽다  좋은 일에는 방해되는 일이 생기기 쉽다. 호사다마(好事
    多魔).

호외(號外)  특별한 일이 있을 때에 임시로 발행하는 신문이나 잡지.

호장(戶長)  조선 시대에, 각 관아의 벼슬아치 밑에서 일을 보던 구실아치들의 우두머리.

호협(豪俠)하다  호방하고 의협심이 있다.

혼띔  단단히 혼냄. 또는 그런 일.

홍권(紅券)  붉은색 입장권. 여기선 백권(白券)보다 값이 쌈.

홍안백발(紅顏白髮)  늙어서 머리는 세었으나 얼굴은 붉고 윤이 나는 모습.

화광(火光)  불빛.

화류 개화장(樺榴開化杖)  자단(紫壇)의 목재로 만든 단장(短杖).

화용도(華容道)  중국소설『삼국지연의(三國志演義)』중 가장 극적인 부분인 적벽대전(赤
    壁大戰)에 나오는 지명. 여기선 '싸움'을 가리킴.

활동사진(活動寫眞)  '영화'의 옛 용어.

활량  '한량(閑良)'의 변한말. 돈 잘 쓰고 잘 노는 사람을 비유적으로 이르는 말.

활빈당(活貧黨)  1900년에서부터 1904년까지 활동한 반제국주의·반봉건주의적 무장 민중
    봉기 집단.

활이  '할리(割利)'를 말하는 듯. 여기선 이자율을 말함.

활협(闊俠)하다  남을 돕는 데 인색하지 않고 시원스럽다.

흔감(欣感)스럽다  기쁘게 여기어 감동하는 태도가 있다.

흔연(欣然)하다  기쁘거나 반가워 기분이 좋다.

홀게  매듭·사개·고동·사복 따위를 단단하게 조인 정도나, 어떤 것을 맞추어서 짠 자리.

**흠선(欽羨)**   우러러 공경하고 부러워함.

**흥신록(興信錄)**   개인이나 법인이 거래상의 신용 정도를 분명히 하기 위하여 재산과 영업 상황을 적은 문서.

**희떱다**   말이나 행동이 분에 넘치며 버릇이 없다.


**JODK**   경성중앙방송국. 1927년에 개국해 1945년에 문을 닫음

# 태평천하

초판 1쇄 발행 | 2006년 5월 26일
초판 29쇄 발행 | 2022년 3월 18일

지은이 | 채만식
펴낸이 | 강일우
책임편집 | 신동해
펴낸곳 | (주)창비
등록 | 1986년 8월 5일 제85호
주소 | 10881 경기도 파주시 회동길 184
전화 | 031-955-3333
팩시밀리 | 영업 031-955-3399 · 편집 031-955-3400
홈페이지 | www.changbi.com
전자우편 | ya@changbi.com